AF289813

plaisir
d'amour

SARAH HAWTHORNE
REBEL CUSTODY
Demon Horde MC

Ins Deutsche übertragen
von Julia Weisenberger

Sarah Hawthorne
Demon Horde MC Teil 2: Rebel Custody

Aus dem Amerikanischen ins Deutsche übersetzt von Julia Weisenberger.

© 2017 by Sarah Hawthorne unter dem Originaltitel „Rebel Custody (The Demon Horde Motorcycle Club Series Book 2)“

© 2022 der deutschsprachigen Ausgabe und Übersetzung by Plaisir d'Amour Verlag, D-64678 Lindenfels
www.plaisirdamour.de
info@plaisirdamourbooks.com
© Covergestaltung: Sabrina Dahlenburg
(www.art-for-your-book.de)
© Coverfoto: Shutterstock.com
ISBN Print: 978-3-86495-560-0
ISBN eBook: 978-3-86495-561-7

Dieses Werk wurde im Auftrag von Harlequin Books ULC vermittelt durch die Literarische Agentur Thomas Schlück GmbH, 30161 Hannover.

Für den besten Dad der Welt.

Kapitel 1

Skeeter

Ich mochte es, den Rücken zur Wand zu haben. Das hatte ich mir während meines Einsatzes in der Wüste von Registan angewöhnt. Aber heute Abend war ich in einem Stripclub namens *Jiggles*, einem Treffpunkt in der Nachbarschaft. Ich überblickte ihn von einer Ecke in der Nähe der Billardtische aus. Eine Frau tanzte auf der Bühne, während ein Rocksong lief. Der dröhnende Bass ertönte mit einem leichten Schnarren. Im Soundsystem des Stripclubs hatten letztes Jahr ein paar Lautsprecher den Geist aufgegeben, aber niemand hatte sich die Mühe gemacht, sie zu ersetzen.

Als ich an der Reihe war, lehnte ich mich über den grünen Filz. Stoß über die Bande. Kugel drei in die Ecktasche. Ich schloss die Augen und ließ den Queue durch meine Finger gleiten. Die Kugeln knallten zusammen. Ich hörte den Aufprall gegen das Seitenpolster und dann das Klappern, als die Kugel in die Tasche sank. Das war einfach gewesen.

Ich öffnete die Augen, um meinen nächsten Stoß vorzubereiten.

„Hey, du Genie." Clint lachte. „Du hast die Halben. Aber danke, dass du dich um einen meiner Bälle gekümmert hast."

Scheiße. Ich schaute auf den Tisch. Er hatte Recht; ich hatte die Kugeln mit den farbigen Streifen. Ich hatte nicht aufgepasst. Anstatt auf meinen Lieblingsplatz an der Wand zurückzukehren, setzte ich mich auf einen Hocker vor der Bar.

„Hi, Baby." Asia, eine der Nutten, die ich am liebsten buchte, lehnte sich dicht zu mir. „Ich kümmere mich gerne um deine Bälle, aber wie wäre es, wenn du mir zuerst einen Drink spendierst?"

Ich verdrehte die Augen und bat den Barkeeper, ihr ein Bier zu geben.

„Du hast mich seit Wochen nicht angerufen." Asia schob schmollend ihre Unterlippe vor. „Ich könnte eine Freundin anrufen und wir drei könnten unsere eigene persönliche Party feiern. Weißt du noch, wie lustig das damals war?"

Verlockend. Asia war immer enthusiastisch und bereit, im Bett zu gefallen, vor allem, wenn es ihr ein großes Trinkgeld einbrachte.

„Eigentlich erinnere ich mich nicht an wirklich viel von dieser Nacht." Ich nippte an meinem Bier. „Ich war in letzter Zeit nicht in der Stimmung."

„Oh!" Sie lächelte und begann, in ihrer riesigen Handtasche zu wühlen. „Dafür habe ich was."

Ich legte meine Hand auf ihre Schulter. „Das habe ich nicht gemeint. Ich bin einfach nicht interessiert, okay?"

Was zum Teufel war mit mir los? Asia war groß und hatte lange Beine, die sie in jede gewünschte Richtung biegen konnte. Und ihr Preis war angemessen. Aber der Sex hatte einfach seinen Reiz verloren. Es war die gleiche alte Scheiße. Frauen in knappen Kleidern, die mich zum Kauf verführen wollten, was ich auch oft tat. Dann ein bedeutungsloses Treffen in meinem Zimmer im Clubhaus und ein Vormittag allein.

Vielleicht konnte ich die Abfuhr abmildern. „Warum hängst du nicht mit Clint ab?"

Wir sahen beide zu ihm hinüber – er unterhielt sich mit einer blonden Stripperin in einem lila Kleid. Asia runzelte die Stirn.

„Na ja, vielleicht lerne ich heute Abend einfach einen neuen Freund kennen. Danke." Sie ging weg, die Hüften schwingend. Ich wusste, sie wollte, dass ich einen Blick auf ihren Hintern warf und meine Meinung änderte, aber das war mir egal.

Ich lehnte mich an die Theke, trank mein Bier aus und behielt den Raum im Auge. Ständig in einem Stripclub abzuhängen, wurde langsam ermüdend. Der konstante Lärm und das nichtssagende Flirten … Ich sehnte mich nach einer Nacht zu Hause, und nicht nur nach einem Abend in meinem Zimmer im Clubhaus. Letztes Jahr hatte ich ein Haus gekauft und war verdammt noch mal nie dort. Ich war ständig am Feiern. Vielleicht war es an der Zeit, umzuziehen.

Ich versuchte, Clints Blick auf mich zu lenken; ich überlegte, die lange Fahrt zu mir nach Hause anzutreten. Er sprach immer noch mit der Blondine, also beschloss ich, aufs Klo zu gehen.

Die Toiletten in Stripclubs waren seit jeher ekelhaft. Ganz gleich, wie viel Dekokram sie reinstopften, es war immer noch ein Pissoir in einem

Tittenhaus.

Als ich den Reißverschluss schloss, berührte mich etwas im Nacken.

Kalt. Hart. Stahl.

Scheiße.

„Ich dachte mir, dass ich dich hier finden würde.“

Der schwere Cajun-Akzent des Mannes brachte mich sofort zurück nach Hause. Die Stimme kam mir vage bekannt vor. Das Gesicht meines Vaters schwebte in meinem Kopf, bevor ich mich an die verdammte Waffe erinnerte, die mir an den Hals gedrückt wurde.

„Kenne ich dich?“ Ich begann mich umzudrehen, um zu sehen, wer dieser Scheißkerl war.

Er spannte den Hahn. Ich erstarrte. Es war ein unverwechselbares Klicken und wenn die Waffe direkt unter das Ohr gedrückt wurde, klang es verdammt laut.

„Okay, steck die Waffe weg und wir gehen ein Bier trinken.“ Der Druck des Laufs in meinem Nacken wurde etwas weniger und ich hörte, wie der andere den Hahn wieder löste. „Ich drehe mich jetzt um“, sagte ich.

Die Pistole hielt Davide Lavernge. Er war in der Schule ein oder zwei Jahre hinter mir und der Klassenclown gewesen, der nebenbei ein bisschen mit Gras gedealt hatte.

„Wie wär's mit dem Drink?“ Er grinste.

Davide folgte mir an die Bar und wir bestellten eine Runde. Ich nuckelte an meinem Bier und studierte den Drecksack neben mir. Sein saurer Atem wehte von zwei Barhockern entfernt herüber. Er roch wie Langusten drei Tage nach dem Kochen.

Davide leckte sich das Salz von den Lippen und kämmte sich die Erdnussschalen aus dem Bart. Sein Gesicht war faltig und verwittert, seine Zähne gelb. Er war nicht mehr der fröhliche Typ, den ich von früher gekannt hatte.

„Tacoma, Washington, ist verdammt weit von Breaux Bridge, Louisiana, entfernt. Was machst du so weit im Norden, Davide?"

Er stellte das Bier ab, das ich bezahlt hatte, und wandte sich mir zu. „Ich bin wegen der Unterhaltszahlungen hier."

Er musste in großen Schwierigkeiten stecken, wenn er mich um Hilfe bat. Ich zuckte mit den Achseln. „Wie viel bist du schuldig?"

Er schüttelte den Kopf. „Du schuldest *mir* was, Skeeter. Vierzig Riesen. Ich habe mich um dein Kind gekümmert."

Die Welt wurde unscharf, also blinzelte ich. Dann noch einmal. Meine Sicht war klar, aber mein Gehirn begriff nicht ganz, was Davide gerade gesagt hatte.

„Va te faire foutre!" Leck mich am Arsch. Ich drückte mich von der Bar zurück. „Ich war seit Jahren nicht mehr in Breaux Bridge. Ich habe kein Kind."

Davide kratzte sich an seinem Bart. „Nachdem du zur Armee gegangen warst, stellte Delphie fest, dass sie schwanger war. Sie beschloss, dass sie es allein aufziehen wollte. Deshalb hat sie mit dir Schluss gemacht."

Delphie. Meine erste Liebe. Wir waren neunzehn Jahre alt und voller Träume gewesen. Nun, ich war voller Träume und sie war voll mit Meth, Gras und allem anderen gewesen, was sie in die Finger bekommen hatte. Ich hatte ihr einen winzigen Ring an den Finger gesteckt und mich dann auf den Weg ins Trainingscamp gemacht. Der Brief war zwei Tage nach meiner Ankunft in Afghanistan gekommen. Ein klassischer Laufpassbrief. Ich hatte ihn in meiner Koje gelesen und mir dann ein privates Plätzchen suchen müssen, um auf etwas einzuschlagen. Ein Captain hatte mich gesehen und ich hatte die nächsten drei Wochen damit verbracht, Latrinen in der Wüste von Registan zu putzen.

Ich kniff die Augen zusammen. Ich hatte nicht vor, auf seinen Scheiß hereinzufallen. „Sie hat mir nie gesagt, dass sie schwanger ist."

„Das ist doch egal. Du hast ein Kind, für das du nie Unterhalt gezahlt hast. Nach meiner Rechnung schuldest du mir also vierzig Riesen." Davide zuckte die Achseln und stopfte sich noch mehr Erdnüsse in den Mund.

Ich rollte mit den Augen. Darum ging es also. „Das ist eine verdammte Erpressung. Wenn es ein Kind gäbe, würde Delphie mir mit gerichtlichen Schritten drohen. Du verarschst mich und das weißt du auch."

Davide starrte mich an, kalt und hart. Das war

nicht der Mann, den ich früher gekannt hatte. Damals hatte er ein bisschen Gras verkauft und viel Ärger gemacht. Er war immer zu Späßen aufgelegt gewesen, hatte das Leben in vollen Zügen genossen. Was auch immer er jetzt machte, es hatte ihn verändert.

„Delphie hatte vor etwa sechs Jahren eine Überdosis. Aber das ist unwichtig. Du hast ein verdammtes Kind und ich will mein verfluchtes Geld. Wenn du das kapiert hast, ruf mich an. Sonst finde ich dich wieder. Das verspreche ich dir." Er reichte mir eine altmodische Streichholzschachtel mit dem Namen eines Motels und einer mit Bleistift hingekritzelten Handynummer. „Das Kind ist mit mir hier."

Davide stand auf und überließ mir die Rechnung.

Das Streichholzbriefchen war blau mit einem roten, stilisierten Pferd. *Cowboy Motel*. Auf der Rückseite war eine Karte aufgedruckt. Es lag direkt am Highway, südlich der Stadt, inmitten einer Reihe von Apfelplantagen. Touristen würden direkt vorbeifahren und sich ein Zimmer in Seattle oder Tacoma suchen. Dieses Motel war nur für Trucker gedacht oder für Leute, die sich nicht mit der Gesellschaft abgeben wollten. Die Art von Leuten, die von jemandem Unterhalt für ein Kind erpressen würden, das gar nicht existierte.

Das war nur eine weitere Möglichkeit für die Familie Lavernge, mich aufs Kreuz zu legen. Delphie hatte mich abserviert, sobald sie einen Typen mit mehr Kohle kennengelernt hatte und jetzt versuchte Davide, mich nach allen Regeln der Kunst auszubeuten. Ich hatte genug, um über die Runden zu kommen, aber vierzig Riesen hatte ich nicht mal so eben für schlechte Zeiten zurückgelegt.

Ich fuhr mit dem Daumen über die Oberseite des Streichholzbriefs und fühlte Rillen. Im Licht der Bar konnte ich gerade noch die Einkerbungen eines Stiftes erkennen. Irgendetwas war auf der Innenseite geschrieben. Ich klappte den verdammten Streichholzbrief auf und sah eine Zeichnung. Es war nicht viel Platz, aber jemand hatte eine Sonne mit Sonnenbrille gezeichnet. Die Strahlen der Sonne waren nicht ganz gleichmäßig und die Linien waren alle verwackelt. Ein Kind hatte es gezeichnet.

Was, wenn ich wirklich ein Kind hätte? Was wäre, wenn Delphie schwanger gewesen wäre, als ich nach Afghanistan geschickt worden war? Ich machte ein paar schnelle Berechnungen. Das Kind wäre neun oder zehn Jahre alt. Ich dachte an mich selbst in diesem Alter, mit aufgeschürften Knien und schmutzigen Händen. Wenn ich ein Kind hätte, wie wäre er oder sie?

Ich drehte die Streichholzschachtel um und starrte auf die Karte, die auf der Rückseite abgedruckt war. Derselbe beschissene Ort, direkt an der Interstate. Davide musste ziemlich verzweifelt sein, wenn er den ganzen Weg hierher nach Washington gekommen war, in der Hoffnung, eine Menge Geld zu bekommen. Ich wusste nicht, in was für Schwierigkeiten er steckte, aber es war schlimm und kein Kind sollte darin verwickelt werden.

Ich bezahlte meine Rechnung und ging zu Clint an den Billardtisch. Wenn das eine Erpressung war, brauchte ich Verstärkung.

* * *

Eine Stunde später stellten Rip, Clint und ich unsere Motoren ab und parkten auf einem Feld hinter dem Motel. Es war leicht, herauszufinden, welches Zimmer Davide gehörte. Ein verbeulter blauer Truck mit Louisiana-Kennzeichen parkte am anderen Ende, so weit wie möglich vom Motel-Büro und der Überwachungskamera entfernt.

Also kauerten wir im Efeu, der uns bis zu den verdammten Schultern reichte, und warteten. Das Licht im Raum flackerte, als ob jemand fernsehen würde.

„Scheiße, Skeeter, es ist schon fünfundvierzig Minuten her", murmelte Clint in unserem Efeuloch.

Ein Lichtschimmer erhellte das dunkle Motel, als jemand seine Tür öffnete. Es war eine Frau, die herauskam, um eine zu rauchen. Sie ließ sich in einen Plastikstuhl auf der Terrasse fallen und zündete sich einen Joint an. Zu klein, um Delphie zu sein, dunkles Haar. Zerfurchtes Gesicht. Zerrissene Jeansshorts. Davides Freundin vielleicht? Unter dem Hyperfokus des Fernglases sah sie verbraucht aus.

Dann kam Davide heraus und setzte sich auf den anderen Stuhl. Sie reichten einen Joint hin und her. Die Tür öffnete sich wieder und zeigte eine kleine, dunkle Gestalt. Im hellen Licht des Innenraums waren die Gesichtszüge der Person nur schemenhaft zu erkennen. Der Schatten reichte nur etwa dreißig Zentimeter über den Türknauf. Ein Kind.

Mein Herz schlug mir bis zum Hals. Ich versuchte, zu atmen, aber es kam nur ein gutturales Geräusch heraus. Auch wenn ich das Kind nicht deutlich sehen konnte, wusste ich es. Es war wie ein Pinselstrich in meinem Gehirn, der die Wahrheit verbreitete. Davide war nicht den ganzen Weg quer durchs Land gereist, nur um mich zu erpressen. Er hatte die Wahrheit gesagt.

Heilige Scheiße.

Ich hatte ein Kind.

Kapitel 2

Miriam

Sheena räusperte sich an der Tür zu meinem Büro. Sie hatte ihren Notizblock nicht dabei, also musste es das Ende des Tages sein. Ich hatte das Zeitgefühl verloren. In meinem winzigen Büro mit seinen Glaswänden, durch die jeder hereinsehen konnte, gab es keine Fenster, aber ich war die Tochter des Chefs, daher hatte ich ohnehin keinen Anspruch auf Privatsphäre.

„Ich bin auf dem Sprung." Sheena machte ein trauriges Gesicht. „Ist er immer noch nicht da?"

Gott sei Dank gab es Sheena. Der Rest von Dads Firma war spießig und steif. Aber ich hatte meine eigene Assistentin einstellen dürfen. Im Büro wurde manchmal über ihre blauen Haare gelästert, doch sie war eine hervorragende Anwaltsgehilfin – und meine Freundin.

„Danke." Ich lächelte. „Ich bin sicher, er verspätet sich nur."

„Ich habe das Telefon der Rezeption an deinen Schreibtisch weitergeleitet." Sie hängte sich ihre Handtasche höher auf die Schulter. „Vergiss nicht, es zurückzustellen, wenn du gehst, sonst bekommst du alle Anrufe am Morgen."

Ich nickte. Die Firma meines Vaters hatte vier Partner und fünfzehn Mitarbeiter, von denen ich einer war. Die Mandanten riefen morgens immer an, um sich über ihre Fälle zu informieren. Die meisten davon waren straf- oder gesellschafts-rechtlicher Natur, doch ich bearbeitete auch Familienrecht. Mein Stundensatz war niedriger als der der anderen, aber wenigstens verteidigte ich keine Mörder.

„Ich mach das schon. Wir sehen uns dann morgen." Ich winkte sie weg.

Um siebzehn Uhr dreißig packte ich meine Sachen zusammen. Mein Kunde hatte anderthalb Stunden Verspätung und es war Zeit für mich zu gehen. Sobald ich zu Hause war, hatte ich noch mehr Arbeit vor mir.

Ich fuhr mir durch die Haare, löste meinen Dutt und griff nach meiner Tasche. Ich schlüpfte aus meinen hohen Schuhen und zog mir flache an – meine kleine Rebellion am Ende des Tages. Ich hasste das Geräusch, das meine Absätze machten, wenn ich abends durch das leere Parkhaus lief.

Ich bog links in den Gang ein und ging in Richtung Tiefgarage.

Tapp, Tapp, Tapp.

Ich blieb stehen. War jemand mit mir auf dem Flur? Ich warf einen Blick auf mein Mobiltelefon. Keine verpassten Anrufe von meinem abwesenden Kunden. Dann war er es wohl nicht.

Meine Schritte hallten von den kahlen Wänden und dem Linoleumboden wider, während ich weiterging. Die Geräusche wurden immer lauter und kamen näher. Abends lief niemand diesen Flur entlang. Verfolgte mich jemand? Ich verdrehte die Augen über meinen Gedankengang. Wahrscheinlich war es nur das Reinigungsteam oder ein Wachmann. Ich versuchte, es zu verdrängen, aber ich beschleunigte meinen Schritt.

Die Geräusche kamen in schneller Folge den Flur hinunter.

Ich prallte gegen die Brandschutztür, die zur Garage führte, und rannte direkt los.

„Hey!", rief eine männliche Stimme hinter mir.

Scheiße, mein Auto war zu weit weg. Ich würde es nie schaffen. Zeit für einen neuen Plan. Während ich sprintete, griff ich in meine Handtasche. Sonnenbrille, Lippenstift, Portemonnaie, alles hüpfte herum wie verrückt. Mein Geldbeutel sprang aus der Tasche und flog zu Boden. Ich rannte weiter. Meine Finger schlossen sich um den kalten Zylinder.

Jackpot. Ich holte das Pfefferspray aus meiner Handtasche.

„Ich will nur mit Ihnen reden!"

Es war die Stimme eines Mannes mit einem seltsamen Akzent. Sie klang fast europäisch, aber nicht ganz. Ich würde es nie schaffen, vor ihm wegzulaufen. Vielleicht war das Überraschungsmoment zu meinen Gunsten. Ich blieb stehen und drehte mich um. Zielte. Sprühte.

Das Pfefferspray kam in einem Strahl heraus und verbrannte mein Gesicht. Ich hatte die verdammte Flasche verkehrt herum gehalten. Tränen brannten bereits in meinen Augen, aber das war mir egal. Ich musste ihn erwischen. Meine Hände zitterten, als ich den oberen Teil der Flasche abtastete, um herauszufinden, wohin ich sie richten sollte.

„Hey, beruhigen Sie sich. Ich werde Ihnen nichts tun. Ich will nur reden", sagte der Mann wieder.

Es war mir egal, warum er hier war. Ich wollte nur, dass er verschwand. Ich schnappte nach Luft, drehte die Flasche und drückte erneut auf den Knopf. Diesmal erwischte ich ihn. Er schrie auf und hielt sich die Hände vors Gesicht. Ich stoppte jedoch nicht, sondern stolperte weiter zu meinem Auto.

Das Brennen in meinen eigenen Augen wurde stärker und meine Sicht begann zu verschwimmen. Meine Tränen brannten wie Säure in meinen Augen und auf meinen Wangen. Ich musste einfach nur zu meinem Auto kommen. Dort konnte ich mich wenigstens hinsetzen und die Tür abschließen.

Seine Finger schlossen sich um meinen Unterarm, ich fiel und landete hart auf dem Asphalt.

„Mein Gott, Lady", keuchte er. „Wir waren um sechzehn Uhr verabredet."

Wir rangen beide um Atem und mein Herz schlug nicht mehr so schnell. Er war der Termin, der sich verspätet hatte? Shit. Ich hatte einen Kunden besprüht. Dad würde nicht glücklich darüber sein.

Ich hielt die Dose vor mich, und schaute ihn durch meine Tränen hindurch an. Er hatte zotteliges Haar und trug eine schwarze Lederweste. Ich musste sicher sein, dass er tatsächlich mein Mandant war und nicht ein Vergewaltiger, der im Parkhaus auf eine ahnungslose Frau wartete.

„Ach ja?" Ich schnappte nach Luft und wischte mir die brennenden Tränen weg. „Wer hat Sie weiterempfohlen?"

Meine Kehle, meine Nase, meine Augen, sogar meine Ohren brannten, mein Sehvermögen verschwamm.

„Er ist der Anwalt unseres Clubs. Demon Horde, Tacoma Chapter. Er hat meinen Fall seiner Tochter Miriam Englestein übertragen." Er griff den Saum seines Shirts und tupfte sich damit über das Gesicht. „Ich war zu spät und sah Sie den Flur entlanggehen, als ich ankam." Er wischte sich die Tränen ab, die ihm die Wangen herabliefen. „Packen Sie bitte das verdammte Pfefferspray weg. Ich wollte Sie nicht erschrecken."

Gerald Englestein war der beste Strafverteidiger zwischen Seattle und Los Angeles. Wenn man sich aus einer Mordanklage herauswinden wollte, rief man ihn an, und dann bezahlte man ihn. Und zwar viel. Mein Vater mochte Luxusjachten und schnelle Autos und er hatte einen Stundensatz, der das alles finanzierte. Er verlangte mehr für eine Stunde, als ich in einer Woche verdiente.

Die meiste Zeit waren Dads Kunden genauso reich wie er selbst. Sie spielten Golf, während sie ihren Fall besprachen, oder aßen drei Stunden lang in einer Martini-Bar zu Mittag. Aber nicht alle waren aus dem Countryclub. Dad hatte schließlich

Rechnungen zu berappen und das organisierte Verbrechen zahlte gut. Die Mafia war vor allem an der Ostküste zu Hause, also spezialisierte sich Gerald-Englestein-Esquire auf Motorradclubs und Straßenbanden – im Grunde jeden, der im Voraus bar bezahlen konnte.

Nachdem ich das College abgeschlossen hatte, hatte ich die Stelle in der Kanzlei meines Vaters mit der Voraussetzung angenommen, dass ich niemals Strafsachen übernehmen würde. Ich wollte einfach keine Mörder verteidigen. Mein Vater steckte mich ins Familienrecht und übertrug mir die Scheidungen und Sorgerechtsstreitigkeiten. Solche bekamen wir nicht oft, nur etablierte Mandanten, die bereits ihren Vorschuss für ein anderes Problem bezahlt hatten, wurden von uns in dieser Angelegenheit vertreten.

Da saß ich nun mitten auf dem Parkplatz mit einem von Dads Bargeld-Kunden, keuchend und weinend wegen dem Pfefferspray. Sein Haar reichte ihm bis zu den Schultern und er trug eine schwarze Lederweste und verblichene Jeans. Dieser Typ würde sich nicht so bald unter die Oberschicht von Seattle mischen.

„Wenn Sie der Kunde meines Vaters sind, warum hat er Sie dann zu mir geschickt?" Ich hielt die Dose immer noch fest in meinem Griff.

Er wischte sich mit dem Handrücken über die Augen. „Ich brauche einen Anwalt für einen Sorgerechtsfall. Für mein Kind." Er atmete ein und aus. „Der beste Weg, mit Pfefferspray umzugehen, ist, es einfach auszuweinen. Haben Sie ein paar Taschentücher?“ Ich fischte eine Packung aus meiner Handtasche und reichte sie ihm. Meine Haut kribbelte. War er schon einmal mit Pfefferspray besprüht worden? Hoffentlich war er nicht gefährlich.

„Gibt es eine Möglichkeit, dass Sie mich wieder reinlassen, damit ich die Toilette benutzen kann?“, fragte er und tupfte sich die Wangen ab. „Ich glaube, ich habe das Zeug in meinen Haaren, und ich muss einen Helm tragen, wenn ich nach Hause fahre.“

„Es gibt ein Fitnessstudio mit Duschen“, erklärte ich. „Dort können wir uns waschen.“

Ich weinte immer noch von dem Pfefferspray, als wir durch das Gebäude gingen. Meine Haut kribbelte bei jedem Schritt. Logischerweise wusste ich, dass der Mann neben mir ein Kunde war und mir nicht wehtun würde, aber das kleine Mädchen, das in dem gutbürgerlichen Viertel Queen Anne in Seattle aufgewachsen war, hatte große Angst.

Das Trainingsstudio befand sich im Erdgeschoss, also mussten wir nach oben gehen. Da ich mich nicht in einem geschlossenen Raum mit den Überresten des Pfefferspraydampfes aufhalten wollte, verzichtete ich auf den Aufzug und entschied mich für das Treppenhaus. Unsere Schritte hallten wider, während wir hinaufgingen, was deutlich machte, wie allein ich mit diesem Kunden war. Nur er und ich. Keiner, der mich schreien hören würde.

„Also, woher kommen Sie?", fragte ich im Bemühen, Konversation zu betreiben. Sein Akzent war ungewöhnlich und ich konnte ihn nicht zuordnen.

„Ich bin in Louisiana aufgewachsen", antwortete er. „Aber jetzt lebe ich in Tacoma."

Ich zitterte. Tacoma hatte eine der höchsten Mordraten im ganzen Land. Er war ein Kunde, erinnerte ich mich. Er verdiente denselben Kundenservice, den ich jedem angedeihen ließ, egal wie er bezahlte. Ich wiederholte das noch einmal, als wir schweigend den Treppenabsatz erreichten.

Auf der letzten Stufe blieb ich mit dem Zeh hängen und stolperte. Ich griff nach dem Geländer, um mich zu stützen, aber etwas packte meinen Arm.

Das war er. Er hatte nach meinem Arm gegriffen und mich auf den Treppenabsatz gezogen, um mich vor dem Sturz zu bewahren. Wir standen einen Moment dort und seine Hand ruhte auf meiner Schulter. Sein Griff war fest, tat aber nicht weh. Ich wusste, dass er mich nicht fallen lassen würde.

Seine Augen waren braun, honigfarben. Er hatte ein paar Sommersprossen auf der Nase. Ich wollte den Rest seines Gesichts sehen, doch es war von einem riesigen Bart bedeckt. Ich hatte noch nie einen so wilden Bart gesehen.

„Geht es Ihnen gut?" Er blickte mich suchend an. „Ich dachte schon, ich verliere Sie auf der Treppe."

„Alles gut." Ich zog am Kragen meines Pullovers. Mir musste heiß geworden sein, als ich die Stufen hinaufgegangen war. Ich machte einen Schritt auf die Tür zu. „Zum Trainingsraum geht es da lang."

Wir kamen am Cardio-Trainingsbereich vorbei, wo die Laufbänder aufgereiht und leer waren.

Ich blieb vor der Männerumkleide stehen.

„Ich war noch nie da drin, aber neben den Damenduschen liegen Handtücher, also nehme ich an, dass es für die Männer dasselbe ist." Ich runzelte die Stirn. Ich hatte den armen Kerl mit Pfefferspray besprüht, und das war alles, was ich tun konnte? „Rufen Sie mich einfach, wenn Sie Hilfe brauchen."

„Ich bin sicher, dass ich unter der Dusche keine brauchen werde", erwiderte er.

Dann lächelte er, und ich spürte, wie mir die Knie zitterten. Grübchen zeigten sich durch den schweren Bart und sein ganzes Gesicht veränderte sich. Er war nicht mehr der bedrohliche Typ, der mich im Parkhaus gejagt hatte.

Er verschwand in der Umkleidekabine. Nachdem ich in die Damentoilette geflüchtet war, starrte ich mich im Spiegel an. Mein Haar war ein einziges Durcheinander und auf der Seite zerzaust, wo mich das Spray getroffen hatte. Das war völlig inakzeptabel. Nach einer Dusche lieh ich mir einen der Haartrockner des Trainingsstudios und schaffte es, meine Strähnen zu einem Dutt zu flechten. Wenigstens *sah* ich jetzt professionell aus.

Da er nicht wusste, wo sich mein Büro befand, wartete ich in der Halle, bis er aus der Umkleidekabine kam. Ohne Hemd. Ich erschrak. Eine große Tätowierung bedeckte seine Schulter und lief seinen Arm hinunter. Auf seinem anderen Arm hatte er ein Pin-up im Stil der 1940er-Jahre mit dunklem Haar.

„Oh." Er neigte den Kopf und legte sich ein Handtuch um die Schultern. „Tut mir leid, mein Shirt ist durchnässt und ich habe nichts anderes dabei. Ich wollte Sie nicht erschrecken."

„Sie haben mich nicht erschreckt." Ich schnaubte. „Ich habe schon mal einen Mann oben ohne gesehen."

„Nur einen?", fragte er lachend.

Ich presste die Lippen zusammen und versuchte zu lächeln. Kundenservice. Ich konnte das. Nur weil er umwerfend gut aussah, hieß das nicht, dass ich mich in eine sabbernde, liebeskranke Idiotin verwandeln würde.

„Mein Büro ist hier entlang." Ich drehte mich um und ging zurück zum Treppenhaus, ohne darauf zu warten, dass er mir folgte. Meine Wangen waren heiß, und ich war mir sicher, dass das nicht von meiner Dusche kam. Ich hantierte mit meiner Handtasche und zog im Gehen meine Strickjacke aus. In meinem Büro würde es nicht kühler sein.

Ich setzte mich an meinen Schreibtisch und lud ihn ein, auf dem ledernen Gästesessel Platz zu nehmen. Ich lächelte, griff nach einem Notizblock und tat so, als sei es völlig normal, dass ein Kunde halbnackt in meinem Büro saß. Vollkommen normal. Kundenbetreuung. Ich konnte das.

„Jean Luc Devaneaux." Er streckte mir die Hand entgegen. „Freut mich, Sie kennenzulernen, Ma'am."

„Miriam Englestein." Ich nahm seine Hand. Genau wie beim Treppenabsatz war sein Griff fest, aber nicht hart. Ich setzte mein professionellstes Lächeln auf. „Ich möchte mich für das, was passiert ist, entschuldigen. Ich hoffe, wir können es hinter uns lassen und eine sehr erfolgreiche Arbeitsbeziehung haben."

„Klingt großartig." Sein Lächeln wirkte allerdings nicht mehr ganz so strahlend wie noch im Flur.

Ich runzelte die Stirn. Warum hatte sich sein Lächeln verdunkelt? Hatte ich etwas falsch gemacht?

„Also, was kann ich für Sie tun?", fragte ich.

„Ich werde um Unterhalt für ein Kind erpresst, von dem ich bis gestern Abend nicht wusste, dass ich es habe." Er verschränkte die Arme, lehnte sich in seinem Stuhl zurück und wartete auf meine Reaktion.

Ich zog die Augenbrauen hoch, während er mir eine Geschichte über ein dunkles Motel, einen Parkplatz und Schatten erzählte. Bei meinen Fällen handelte es sich in der Regel um Scheidungen oder Klagen gegen einen Ehepartner auf zusätzliche Unterhaltszahlungen.

„Sie wollen also das Sorgerecht beantragen?",

fragte ich und schrieb eine kurze Liste von Punkten auf meinen Block. „Das ist ziemlich einfach. Wir stellen die Vaterschaft fest, dann klagen Sie auf das Sorgerecht. Wenn das Kind die gleiche DNA hat wie Sie, stehen die Chancen gut, dass Sie in irgendeiner Form das Sorgerecht bekommen. Wie viel Verantwortung wollen Sie?"

„Wenn ich ein Kind habe, will ich das volle Sorgerecht – wenn die Mutter wirklich tot ist. Ich will es kennenlernen, mehr als alles andere." Er nickte, räusperte sich dann jedoch. „Aber so einfach ist das nicht. Ich kann ihn nicht einfach auf das Sorgerecht verklagen oder das Gericht einschalten. Er wird verdammt schnell abhauen. Er hat wahrscheinlich einige Haftbefehle, und wenn jemand kommt und herumschnüffelt, dann ist mein Kind weg."

„Oh." Ich runzelte die Stirn. Es lag Schmerz in seiner Stimme. Er wollte sein Kind wirklich kennenlernen und mein Herz zog sich ein wenig für ihn zusammen. „Ich bin Anwältin – Gerichte sind sozusagen mein Metier. Ich möchte Ihnen helfen, aber was genau wollen Sie?"

Er lehnte sich über meinen Schreibtisch. Meine Haut erhitzte sich, während sich diese kräftigen Schultern auf mich zubewegten. „Ich könnte es einfach mitnehmen, aber dann mache ich mich des Kidnappings schuldig, richtig? Ich will nicht, dass mein Kind denkt, ich hätte es der einzigen Familie weggenommen, die es je gekannt hat. Ich muss das richtig machen. Ich will nicht, dass es mir jemand wegnehmen kann."

Er streckte die Hand aus und ergriff meine. Der Schmerz war deutlich in seinen Augen zu sehen, als er darüber sprach, dass er sein Kind nicht kannte. Ich hatte keine Ahnung, wie ich ihm helfen konnte, ohne das Gerichtssystem einzuschalten, aber ich wusste, dass ich es versuchen musste.

Ich drückte seine Finger.

„Zuerst sollten wir das Kind kennenlernen", schlug ich vor. „Dann können wir uns einen Plan ausdenken."

Kapitel 3

Ich wusste sofort, dass es meine Anwältin war, als das Auto auf den Parkplatz fuhr, wo Davide untergekommen war. Das perlweiß lackierte Mercedes-Coupé passte überhaupt nicht auf den mit Schlaglöchern übersäten Motelparkplatz. Hoffentlich würde niemand versuchen, ihn zu stehlen, während wir unser Vorhaben umsetzten. Sie trug einen marineblauen Hosenanzug und wirkte genauso deplatziert wie ihr Auto. Verdammt. Vielleicht war das doch keine so gute Idee gewesen.

„Er ist in dem da." Ich zeigte ihr Davides Zimmer. Es war das mit den billigen Plastikstühlen und dem Metalleimer für die Zigarettenkippen vor der Tür. „Davides Truck ist weg. Aber wir sollten trotzdem klopfen."

„Lassen Sie mich das machen." Sie berührte meinen Arm. „Wenn das Kind allein dort ist, wirke ich weniger bedrohlich."

Ich nickte. Ja, sie hatte Recht. Es war wohl das Beste, das Kind nicht gleich bei der ersten Begegnung zu erschrecken. Ich stellte mich an die Seite, während Miriam an die Tür des Motelzimmers klopfte. Es waren Stimmen zu hören, dann ein kleiner Knall. Zur Sicherheit schob ich Miriam hinter mich und wir warteten darauf, dass jemand öffnete.

Die Tür ging auf und die Brünette von neulich

Abend schaute heraus. Ihr Haar war ungekämmt und ihre Augen fokussierten sich kaum, bis sie mich erblickte. „Skeeter?", fragte sie und lachte.

Ich kannte sie irgendwoher. War sie vielleicht auf meiner Highschool gewesen? Allerdings Jahre später. Ihre Stimme wurde flach, ihre Augen verengten sich. Sie war nicht erfreut, mich zu sehen.

„Davide ist nicht da." Sie verdrehte die Augen und zündete sich eine Zigarette an. „Warum kommst du nicht später wieder?"

„Ist das Kind hier?", fragte ich und versuchte, an ihr vorbei in den Raum zu schauen.

„Davide ist nicht hier." Sie zuckte mit den Achseln. „Das ist das Wichtigste."

Ich kramte ein Bündel Bargeld heraus. „Fünfzig Mäuse. Betrachte es als Anzahlung in gutem Glauben." Ich winkte ihr mit den Scheinen und beobachtete, wie ihre abnorm kleinen Pupillen der Bewegung folgten. „Ich will das Kind sehen."

Sie nahm mir das Geld aus der Hand und steckte es in ihren BH. Sie drehte sich um und schrie in das Motelzimmer. „Christophe, komm raus. *Il est ton papa.*" *Es ist dein Vater.*

Cajun-Französisch – ich rief meine Mutter einmal im Monat oder so an, nur um diese Sprache zu hören. Ich hatte Louisiana vor zehn Jahren verlassen. Ich hatte Französisch, Langusten und mein Erbe zurückgelassen. Das Einzige, was mir geblieben war, war mein Dialekt.

„Englisch", knurrte ich. Meine Anwältin musste alles verstehen, was wir sagten.

Sie starrte mich böse an. Ich versuchte, um sie herum in das dunkle Motelzimmer zu schauen, aber alles, was ich sehen konnte, waren zwei ungemachte Betten und ein Haufen Wäsche. Im hinteren Teil des Zimmers öffnete sich die Badezimmertür und ein kleiner Junge stolperte in den Raum. Er hatte einen roten Haarschopf und Sommersprossen.

Verdammte Scheiße.

Dieses Kind war eine Mini-Version von mir.

Ich musste ihn berühren, ihn kennenlernen.

Etwas strich über meine Schulter und ich blieb stehen. „Noch nicht", murmelte Miriam. „Lassen Sie ihn rauskommen."

Mein Sohn brauchte genau zwölf Schritte, um das winzige Motelzimmer zu durchqueren und zur Tür zu kommen. Ich ging in die Hocke und sah ihn an. Rotes Haar, Sommersprossen, meine Nase, mein Mund. Delphies Augen. Er war neun. Das musste er sein. Dann wäre Delphie gerade erst schwanger geworden, als ich zur Armee gegangen war.

„Hi." Was hätte ich sonst sagen sollen?

Das Kind lächelte. Mein Lächeln. Ich riss mich zusammen, als ich ins Schwanken geriet.

„Hi", antwortete er.

Irgendwann hatte sich Miriam zu mir gesellt und hockte auf der Veranda des Motelzimmers. „Hi, mein Kleiner, ich bin Miri. Und wie heißt du?"

Der Junge sah mich an und dann wieder zu

Miriam. „Christophe." Er sagte es genau so, wie ich es getan hätte, mit einem starken Vokal auf französische Art.

„Wie heißt dein Vater, Christophe?", fragte Miriam weiter.

Fuck. Ich stützte mich mit der Hand auf dem Beton ab, um mich zu beruhigen. Ich musste Christophe meinen Namen sagen hören.

Er zuckte mit den Achseln. „Ich weiß es nicht. Onkel Davide sagte, er ist gestorben, als ich noch sehr klein war. Genau wie meine Mama."

Es war, als hätte er mir ins Herz gestochen. Er war in dem Glauben aufgewachsen, seine Eltern seien beide tot. Ich nahm alles an meinem Sohn in mich auf. Alles, von seinen nackten Füßen bis zu seinem gewellten Haar. Es war nicht zu leugnen, dass er mein war. Ich wollte ihn nur an mich pressen und nicht mehr loslassen. Ich wollte die Hand nach ihm ausstrecken, aber Miriam zerrte an mir.

„Noch keine Umarmungen. Sie würden ihn erschrecken", flüsterte sie.

Ich nickte und holte tief Luft. Mein Kind. Mein Sohn. Ich hatte einen Sohn.

„Vielleicht sollten wir uns in einem Park treffen?", schlug Miriam vor. „Wir könnten mit Davide sprechen und Christophe ein wenig kennenlernen?"

Die Brünette nahm das Geld aus ihrem BH und begann es zu zählen. „Ja, ich denke, das ist eine gute Idee. Ich sage Davide Bescheid und er wird euch anrufen. Ich denke, ihr solltet jetzt gehen.

Keine Zeit mehr ohne Davides Anwesenheit."

Ich nickte, trat zurück und gab der Frau meine Telefonnummer. Ich konnte meinen Blick nicht von Christophe losreißen. Seine Sommersprossen waren genau wie meine.

Fuck. Ich hatte einen Sohn und jetzt musste ich ihn verlassen? Er war mein Sohn und ich wollte ihn bei mir haben. Ein beschissenes Motelzimmer mitten im Nirgendwo war kein Ort für ein Kind. Ich hasste es, dass Davide hier alle Trümpfe in der Hand hielt.

„Wir sollten gehen", sagte Miriam und unterbrach meine Gedanken.

Ich sah an mir herunter und bemerkte, dass wir den ganzen Weg zu ihrem Auto gegangen waren und ich immer noch ihre Hand hielt.

„Scheiße, tut mir leid!" Ich ließ sie los. Ich hatte sie schon zu Tode erschreckt, als wir uns getroffen hatten. Ich wollte nicht, dass sie sich bei ihrem Vater beschwerte. „Ich habe es nicht bemerkt."

„Oh, das ist schon in Ordnung." Sie lächelte. „Es war ziemlich emotional für Sie. Denken Sie sich nichts dabei. Also, machen Sie ein Treffen mit Davide und Christophe aus. Ich will dabei sein, okay?" Sie kramte in ihrer Handtasche und reichte mir ihre Visitenkarte. „Rufen Sie an und sagen Sie meiner Assistentin, wann alles stattfinden soll."

Ich nahm ihre Karte. Schwarzer Schriftzug auf Weiß. Schlicht, professionell. Es passte zu ihr. Sie trug eine marineblaue Hose und eine Jacke. Davide würde wissen, dass etwas nicht stimmte, wenn sie das nächste Mal in einem ähnlichen Outfit auftauchte.

Ich konnte Davide noch nicht sagen, dass ich eine Anwältin hatte. Er würde sofort abhauen, falls er es erfuhr. Ich betrachtete sie von oben bis unten. Selbst unter dem ordentlichen Hosenanzug konnte ich erkennen, dass sie einen guten Körper hatte.

„Ich glaube, wir brauchen eine Tarngeschichte." Ich steckte die Visitenkarte in meine Tasche. „Ich kann ihm nicht sagen, dass Sie meine Anwältin sind, sonst macht er sich aus dem Staub und ich werde Christophe nie wieder sehen."

„Guter Punkt." Sie nickte und biss sich auf die Lippe.

„Sie könnten meine Freundin sein." Ich schnallte meinen Helm fest und zwinkerte ihr zu.

Ihr Mund formte ein entzückendes kleines O, während sie mich schockiert anstarrte.

„Ich rufe dich an." Ich grinste. Es machte Spaß, meine Anwältin in Verlegenheit zu bringen.

Ich ließ den Motor aufheulen und freute mich darauf, auf die Autobahn zu fahren. Die offene Straße hatte sich immer wie ein Ort angefühlt, an dem ich keine Verantwortung und keine Sorgen hatte. Ich spürte, wie der Wind mich umwehte, aber dieses Mal verschwanden meine Probleme nicht. Das würden sie nie mehr. Ich war ein Vater von jemandem, der von mir abhängig war.

Ich hatte einen Sohn.

Kapitel 4

Mir blieb der Mund offen stehen, als Jean Luc mit seinem Motorrad den Parkplatz verließ. Manchmal engagierte die Firma einen Privatdetektiv, wenn es für einen Fall nötig war, aber ich war noch nie selbst undercover unterwegs gewesen. Und er wollte, dass *ich* so tat, als wäre ich seine Freundin? Wahrscheinlich ging er mit Frauen aus, die gut aussahen und selbstbewusst genug waren, um enge Kleidung zu tragen.

Ich zog an meinem marineblauen Jackett. Das könnte ich auf keinen Fall durchziehen. Außerdem, was würde mein Freund von diesem Plan halten? Er würde ihn sicher nicht gut finden.

Jean Luc ließ den Motor seiner Maschine ein wenig aufheulen, bevor er auf die alte Landstraße fuhr. Selbst aus dieser Entfernung hatte er ein schönes Paar Schultern. Das Bild von ihm ohne Hemd tauchte in meinem Kopf auf, und ich schüttelte ihn, verbannte diesen Gedanken sofort wieder. Er war ein Kunde und ich musste es professionell halten.

Ich blickte zurück zur Tür des Motelzimmers. Ein kleines Kind mit bezaubernden roten Haaren wuchs ohne seinen Vater auf. Ich seufzte. Es war nur ein winziger Trick, um ihm zu helfen, das Sorgerecht für seinen Sohn zu bekommen. Was konnte es schon schaden?

* * *

Als ich in mein Büro zurückkehrte, ging die Sonne bereits unter und die Straßen füllten sich mit dem Feierabendverkehr. Ich dachte immer noch über den Fall von Jean Luc nach. Es musste schwer gewesen sein, seinen Sohn zum ersten Mal zu sehen und ihn dann zurücklassen zu müssen.

Ich gab einen Zuckerwürfel in meine Tasse und rührte um. „Was machst du da?" Sheena schnappte sich die Tasse Tee von meinem Schreibtisch. „Du musst jetzt los. Du bist spät dran."

„Los?" Ich hatte keine weiteren Termine für den Tag. Ich hatte geplant, Papierkram zu erledigen. „Habe ich eine Anhörung vergessen?"

Sheena rollte mit den Augen. „Du hast heute Abend ein Date, schon vergessen?" Sie nahm mein Jackett vom Haken.

„Oh!" Ich erstarrte. Ich hatte Pete völlig vergessen. Wir hatten für heute Abend einen Tisch reserviert.

Sheena warf mir das schwarze Kleid zu, das ich im Büro aufbewahrte, und ich zog mich in Rekordzeit um. Ich kontrollierte mein Haar mit den Händen, bevor Sheena mich am Arm packte und zur Tür zog. „Keine Zeit. Der letzte Zug zur King Street Station fährt in zwanzig Minuten. Mach dir unterwegs die Haare."

Im Berufsverkehr von Seattle zu fahren, war

von vornherein zum Scheitern verurteilt. Ich schaffte es, die Bahn zu nehmen, und verbrachte die dreißigminütige Reise mit dem Versuch, die Gedanken an Jean Luc und seinen Sohn zu verdrängen. Ich konnte mir gar nicht vorstellen, wie Jean Luc sich gefühlt hatte, als er seinen Sohn zum ersten Mal getroffen hatte. Auch Christophe hatte erstaunt und verängstigt gewirkt. Ich wollte bei ihnen sein, während sie lernten, einander zu lieben. Dann erinnerte ich mich daran, dass ich die Anwältin war und nicht Teil der Familie. Alle meine anderen Fälle spielten sich in Form von Zeugenbefragungen und in Gerichtssälen ab. Ich hatte noch nie einen Fall gehabt, bei dem sich die Familie direkt vor meinen Augen formte.

Ich musste mich daran erinnern, dass sie nur ein Job waren.

Als ich an der King Street Station aus dem Nahverkehrszug stieg, entdeckte ich Pete in der Menge. Er war der Einzige, der einen Anzug trug. Alle anderen Geschäftsleute hatten ihre Züge für den Abend schon erwischt.

Er gab mir einen kurzen Kuss auf die Wange und nahm meinen Ellbogen. „Hast du Taschen dabei?", fragte er und zog eine Augenbraue hoch.

Ich schüttelte den Kopf. „Äh, nein. Ich habe morgen ein paar Termine. Ich kann nicht bleiben."

Pete machte ein Geräusch. Es war nicht wirklich ein Grunzen, denn Pete war dafür nicht ungehobelt genug, aber es war der Laut, den er von sich gab, wenn er unzufrieden war.

Als wir zum Parkhaus hinausgingen, bettelte ein alter Mann um Kleingeld. Ich steckte einen Dollar in seinen Schaumstoffbecher und rannte dann, um Pete einzuholen.

„Audi hat ein neues Sportcoupé, das perfekt zu dir passen würde. Lass es mich einfach leasen." Er entriegelte die Türen seines Autos mit einem Knopfdruck und hielt mir die Beifahrertür auf.

Ich setzte mich hinein und ballte die Fäuste, nachdem ich den Sicherheitsgurt angelegt hatte. „Mein Auto ist erst fünf Jahre alt. Ich brauche kein neues. Außerdem macht es mir nichts aus, mit dem Zug zu fahren."

Er sah zu mir hinunter und hob eine Augenbraue. „Wenn du mit deinem Auto fahren würdest, müsste ich nicht den Pennern ausweichen, um dich abzuholen." Er schloss die Beifahrertür für mich.

Das Abendessen war eine mehrgängige Angelegenheit in einem französischen Restaurant mit Blick auf South Lake Union. Am Ende des Abends hielten wir vor meinem Gebäude und Pete stellte den Wagen ab. Oh, oh. In den meisten Nächten ließ er ihn einfach im Leerlauf, bis ich in meine Wohnung gekommen war. Er wollte reden.

„Hat dir das Essen geschmeckt?", fragte er. „Dein Lachs sah fantastisch aus."

Ich nickte. „Er war sehr lecker."

„Du hattest Wolfsbarsch", erwiderte er trocken.

Ich zuckte zusammen und drehte mich auf meinem Sitz. „Tut mir leid, ich weiß, ich war den ganzen Abend abgelenkt. Ich habe gerade einen wirklich schwierigen Fall hereinbekommen. Du verstehst das sicher."

Pete war stellvertretender Bezirksstaatsanwalt der Stadt Seattle. Es gab viele Nächte, in denen er wegen eines Falls oder seines Interesses an der Lokalpolitik abgelenkt war. Er plante, in ein paar Jahren als Bürgermeister zu kandidieren, und verlor sich oft in Gedanken an seine Kampagne.

„Ich verstehe schon. Aber ich wünschte mir, ich müsste dich nicht so absetzen. Es ist, als wären wir in der Highschool." Er machte ein verärgertes Geräusch. „Warum kommst du das nächste Mal nicht zu mir?"

Ich lehnte meinen Kopf gegen den Sitz und ließ die Stille auf mich wirken. Er verlangte mehr als nur einen kurzen Besuch in seiner Wohnung. Es war eine andauernde Diskussion.

Er seufzte. „Wir sind seit einem Jahr zusammen. *Ein* Jahr, Miriam. Irgendwann musst du doch bereit sein."

„Ich weiß, es tut mir leid. Versuchen wir es ein anderes Mal", flehte ich. „Ich bin heute Abend so in diesen Fall vertieft. Ich will dich nicht enttäuschen." Ich lächelte und hoffte, er würde meine Entschuldigung annehmen.

„In Ordnung, gut. Ich werde mir etwas Besonderes einfallen lassen, okay?" Er nahm meine Hand und küsste meine Knöchel. Genau wie ein Prinz im Märchen. „Wir werden etwas Romantisches machen."

Ich beugte mich vor, gab ihm einen kurzen Kuss auf die Wange und wartete darauf, dass er mich für einen tieferen Kuss an sich ziehen würde. Er tat es nicht.

„Vergiss nicht die Benefizveranstaltung für das Büro des Bürgermeisters morgen", sagte er. „Sie steht in deinem Kalender."

Ich nickte. „Ich werde da sein."

Ich stieg aus dem Auto aus und rannte durch den Frühlingsnieselregen in meine Wohnung. Lizzy, meine Mitbewohnerin, sah sich ihren Lieblingsfilm an – *Casablanca*. Sie schaltete den Ton ab und hob ihren Kopf über die Lehne der Couch.

„Und, wie ist es gelaufen?", fragte sie.

„Gut." Ich beugte mich vor und zog meine High Heels aus.

„Ja?" Sie schob sich ein Popcorn in den Mund. „Hast du es endlich hinter dir?"

„Nein." Ich lachte. „Wir sind in ein neues Restaurant gegangen."

„Ihr seid wie ein altes Ehepaar, nur dass ein altes Ehepaar bereits Sex hatte." Sie rollte mit den Augen. „Warum probierst du ihn nicht einfach aus? Leg los. Du bist ja keine Jungfrau mehr. Er wartet schon seit einem Jahr auf dich. Er steht auf dich, das schwöre ich dir."

Ich setzte mich neben sie auf die Couch und bediente mich an ihrem Popcorn. Es war an der Zeit, zu gestehen. Wenn ich es Lizzy erzählte, würde die Sache vielleicht etwas weniger beängstigend wirken.

„Ich *bin* noch Jungfrau", gab ich zu.

Lizzy starrte mich mit heruntergefallener Kinnlade an. „Du bist dreißig. Du warst sechs Jahre lang auf dem College." Sie zog eine Augenbraue hoch. „Du bist wirklich noch Jungfrau?"

„Ich habe Jura studiert. Die meiste Zeit meines Lebens habe ich meine Nase in ein Buch gesteckt", erklärte ich. „Außerdem war mir noch nie jemand besonders genug."

Lizzy hielt sich den Mund zu und keuchte. „O mein Gott, du bist eine Romantikerin." Sie kicherte. „Ich habe die ganze Zeit gedacht, du wärst einfach nur langweilig. Eines Tages, Schatz. Eines Tages wirst du einen Mann finden, bei dem dir die Knie weich werden. Eines Tages wirst du Ilsa sein. Du wirst deinen Rick finden und es werden Funken sprühen und es wird ein Feuerwerk geben und es wird perfekt sein."

Wir saßen auf der Couch und schauten uns den Film einen Moment lang ohne Ton an. Die Untertitel leuchteten auf dem Bildschirm auf.

Von allen Gin-Lokalen in allen Städten der Welt …

„Ich habe Funken gespürt", flüsterte ich. „Wir hielten uns an den Händen, sehr lange. Ich bin geschmolzen und es hat gekribbelt und vielleicht gab es sogar ein paar sehnsüchtige Seufzer."

Die Gefühle waren nur nicht wegen Pete gewesen und ich war die Einzige, die sie empfand.

„Endlich!" Lizzy drehte sich zu mir um und schlug ihre Beine übereinander. „Gut, dann lass denjenigen einfach den Deckel von deiner Keksdose abnehmen."

Auf dem Bildschirm zog Rick Ilsa am Bahnhof zu einem leidenschaftlichen Kuss heran. „Werde ich. Eines Tages."

Ich überließ Lizzy ihrer Romanze und ging ins Bett. Warum musste ich für meinen Mandanten Funken schlagen? Jean Luc dachte wahrscheinlich, ich sei ein Möbelstück mit einem Jurastudium.

Kapitel 5

Skeeter

Es war eine Party, aber alle waren nervös. Die Jungs waren über den gesamten Barbereich des Clubhauses verstreut, doch es fühlte sich eher wie das Warten auf eine Hinrichtung an als eine typische Trinknacht unter Freunden. Heute Abend jährte sich zum ersten Mal der Tag, an dem die Storm Kings, unser alter Club, seine Farben abgelegt hatte und zur Demon Horde geworden war. Es war auch der erste Jahrestag, seit wir einen der unseren getötet hatten.

Bear, unser ehemaliger Vizepräsident, hatte den Club bestohlen. Eines Abends hatten wir dann herausgefunden, dass er in viel mehr verwickelt gewesen war, als wir gedacht hatten. Es hatte sich herausgestellt, dass er die örtliche Methproduktion finanziert und unser Geld dafür verwendet hatte. Dann hatte er versucht, Colts Old Lady und seine Tochter umzubringen, um aus dem Loch zu kommen, das er sich selbst gegraben hatte.

Ich hätte nie gedacht, dass wir mal einen Freund würden töten müssen. Die Erinnerung an all die Ereignisse von vor einem Jahr sorgte für eine verdammt beschissene Nacht.

Eine Rothaarige mit Titten, die sie bis unters Kinn hochgedrückt hatte, kam mit einem weiteren Tablett mit Patrón vorbei. Da wir keinen festen Barkeeper mehr hatten, hatte Tate ein paar Mädchen aus dem Stripclub angeheuert, die ab und zu Drinks servierten.

„Herzlichen Glückwunsch zu deinem Kind." Colt hob ein Schnapsglas in meine Richtung, bevor er den Inhalt hinunterkippte.

Ich nickte und nahm mir auch einen Shot. „Danke, Mann. Ich hoffe nur, ich kann ihn bald wiedersehen. Die Anwältin wird mich morgen anrufen und mir sagen, was wir als nächstes tun."

Colt neigte den Kopf. „Kümmert sich Gerry nicht persönlich um deinen Fall? Ich habe gehört, dass diese Sorgerechtsfälle eine echte Herausforderung sind."

„Nein, er hat alles an einen seiner Mitarbeiter weitergegeben." Ich nahm einen langen Zug von der Zigarre, die Russ für mich besorgt hatte. Eine Kubanische, rund und mild im Geschmack. „Englesteins Tochter, um genau zu sein. Er sagte, er mache kein Familienrecht und hat mich zu ihr geschickt."

Ich ließ den Teil aus, in dem sie mir auf dem Parkplatz eine Ladung Pfefferspray in die Fresse gejagt hatte.

Colt zuckte mit den Achseln. „Englestein ist der Beste. Er arbeitet seit Jahren mit der Horde in Kalifornien zusammen. Er hat 'ne Menge Scheiße für mich ausgemerzt. Ich habe nur acht Monate statt zehn Jahre gesessen. Ich hoffe, seine Tochter ist genauso gut."

Die Zusammenarbeit mit Gerald Englestein und seiner Firma war dank der Demon Horde erfolgt.

Ich nahm einen Schluck von meinem Tequila. Als wir noch die Storm Kings gewesen waren, hatten wir selten Probleme mit dem Gesetz gehabt, aber die Horde hatte einen Anwalt. Letztes Jahr hätte ich mir nie einen hochpreisigen Anwalt leisten können, also war es wohl eine gute Veränderung. Trotzdem war es mir ein wenig unangenehm, daran zu denken, wie oft die Horde in Schwierigkeiten geriet.

Die Stripperinnen, die vom *Jiggles* ausgeliehen worden waren, liefen hin und her, servierten Getränke und machten die Jungs an. Wie erwartet, fand Asia ihren Weg auf meinen Schoß.

„Hey, Skeet, willst du ein Date?" Sie fuhr mit ihren Händen unter meine Kutte und über meine Brust. Dann verschränkte sie ihre Finger mit meinen.

Ich blinzelte und sie wurde eine andere Frau. Kleine Locken, braune Augen und ein besorgtes Stirnrunzeln. Meine Anwältin.

Ich blinzelte erneut und das Bild verschwand. Zu viel Tequila.

„Gibt es ein anderes Mädchen, das dir gefällt? Ich könnte etwas arrangieren", bot sie an. Sie runzelte die Stirn und rümpfte die Nase. „Geht es dir gut? Du bist in letzter Zeit nicht mehr du selbst." Asia war immer zuvorkommend, auch wenn sie nicht in meinen Plänen vorkam. Ich hatte ihre Dienste seit mindestens einem Monat nicht mehr in Anspruch genommen.

„Lass uns reden", schlug ich vor. „Komm, lass

uns draußen spazieren gehen." Ich klopfte ihr auf die Hüfte und sie schwang ihre Beine auf den Boden.

Colt hob die Augenbrauen. Ein Gespräch zwischen Asia und mir war ziemlich ungewöhnlich. Dass sie und ich rausgingen, war verdammt seltsam. Meistens verschwanden sie und ich in meinem Zimmer und ich kam wieder runter, wenn wir fertig waren. Ich konnte verstehen, warum Colt besorgt war.

„Soll ich dir eine SMS schicken, wenn Tate bereit ist, mit dem Treffen zu beginnen?", fragte er.

„Ja, danke, Mann." Ich nahm Asias Ellbogen, und wir gingen hinaus zum Parkplatz.

Als wir die kühle Luft und den unebenen Boden erreichten, wackelte Asia ein wenig auf ihren Absätzen. Ich ergriff ihren Arm, um sie vor einem Sturz zu bewahren.

„Danke", sagte sie und schaute nach unten, um den Schlaglöchern auszuweichen. „Ich habe noch ein paar Schuhe im Auto, falls du heute Abend etwas draußen unternehmen willst."

„Nein", erwiderte ich, als wir zu einem glatten Stück Beton gingen, auf dem sie balancieren konnte. „Ich dachte, wir könnten einfach nur reden."

„Oh!" Sie nickte und begann, meine Schulter zu streicheln. „Ich kenne alle Arten von Dirty Talk, Baby."

Ich seufzte. Es gab keinen einfachen Weg.

„Ich bin wirklich nicht an deinen Diensten interessiert." Es war unverblümt und beschissen, doch ich hielt es für besser, mich klar und deutlich auszudrücken. „Aber ich weiß, dass du auf mein Einkommen angewiesen bist, deshalb möchte ich dir ein Geschenk machen."

Ich kramte mein Portemonnaie hervor, nahm das gesamte Bargeld heraus und reichte es ihr. Etwa vierhundert Dollar. Das war mehr als ihr übliches Honorar für eine Nacht.

Sie sah das Geld an und dann wieder zu mir. „Du willst mich nicht mehr?" In ihrer Stimme lag ein kleiner Knacks. „Habe ich etwas falsch gemacht?"

„Nein, nein", versuchte ich, sie zu beruhigen, aber sie weinte bereits. Verdammt. „Ich habe nur irgendwie das Interesse verloren. Es liegt nicht an dir. Ich glaube, ich bin einfach bereit, auf mich allein gestellt zu sein."

„Oh." Sie schniefte und wischte sich die Mascaraspuren von den Wangen. „Nun, wenn du deine Meinung änderst, kannst du mich jederzeit anrufen. Vielleicht können wir sogar Freunde werden."

Sie sah mich mit flehenden Augen an. Möglicherweise hatten diese betrunkenen Nächte in meinem Zimmer hier im Clubhaus ihr etwas bedeutet. Ich hatte Asia noch nie als Freundin betrachtet, aber eventuell könnte ich damit anfangen.

„Ja, das würde ich gerne." Ich lächelte. „Freunde klingt gut."

Mein Telefon summte. Zeit, hineinzugehen.

***

Nachdem wir uns alle niedergelassen hatten, berichteten Clint und Rip als Erstes von ihrer Reise nach Kalifornien. Unser Geschäft mit dem Import illegaler Hochleistungsfahrzeuge, durch unsere Kontakte in Vietnam, hatte sich ausgeweitet. Es war erstaunlich, wie viel einige dieser reichen Techniker für einen schnellen Wagen zahlten, den das Verkehrsministerium als unsicher einstufte. Clint und Rip hatten einen maßgeschneiderten Lamborghini von unserem Clubhaus in Tacoma bis zu einem neuen Kunden in Los Angeles gefahren.

„Er ließ sich großartig fahren", berichtete Clint. Er war von unserem Meistermechaniker. „Alle Systeme sind in Ordnung und er hat den Abgastest in Kalifornien auf Anhieb bestanden."

Sobald die Fahrzeuge importiert waren, mussten sie den Abgastest passieren und mit fachmännisch gefälschten Dokumenten versehen werden, sonst zahlte der Käufer nicht. Das war das erste Mal, dass eine meiner Zulassungen und Fahrzeugscheine in Kalifornien bestanden hatten. Alle waren verdammt angespannt gewesen, bis Rip uns mit der guten Nachricht angerufen hatte.

„Herzlichen Glückwunsch." Tate, unser Präsident, nickte Clint und Rip und dann mir zu. „Sieht so aus, als würden wir unser Geschäft ausbauen." Er wandte sich an die anderen. „Sind alle dafür, in den Süden zu expandieren?"

Das Votum war einstimmig.

„Gibt es sonst noch etwas?", fragte Tate.

Wir alle wussten, dass es weitere Punkte gab.

„Ich habe Neuigkeiten von Volk", verkündete Colt.

Der Raum wurde still. Volk war der Leiter des Mutterchapters in San Bernardino, Kalifornien. Colt lebte jetzt hier in Tacoma, stammte jedoch ursprünglich aus diesem Chapter. Er und ich waren Freunde, aber einige der anderen Jungs verhielten sich in seiner Nähe sehr ruhig. Nicht, dass wir ihn für einen Spion hielten, doch niemand wollte, dass unsere Angelegenheiten in den Süden weitergeleitet wurden. Es war schwer, sich an den Gedanken zu gewöhnen, dass wir nicht mehr ein unabhängiger kleiner Club waren.

Ich hatte mich schon vor langer Zeit mit dem Grund abgefunden, dass Tate den Anschluss zu einem größeren Club gewählt hatte. Letztes Jahr riss Bear uns auseinander und es hatte alle möglichen einflussreicheren Clubs gegeben, die unser Gebiet hatten schlucken wollen. Wir hatten uns mit jemandem zusammenschließen müssen, um unsere Position im Hafen von Tacoma zu schützen. Es gab zwar noch keine Probleme, aber ein Club unserer Größe wäre eine leichte Beute gewesen, wenn einer der nationalen Clubs unser Gebiet hätte übernehmen wollen. Also schlossen wir uns mit der Horde für einen befristeten Zeitraum – zwölf Monate – zusammen.

„Es scheint, dass unsere einjährige Bewährungszeit fast vorbei ist." Colt holte tief Luft. „Sie wollen hierher kommen und eine letzte Inspektion durchführen und alles offiziell machen."

Russ stöhnte und ein paar weitere Männer runzelten die Stirn.

Tate lehnte sich über den Tisch. „Niemand mag es, wenn sich jemand in unsere Angelegenheiten einmischt. Aber wir sind jetzt alle Teil eines einzigen Clubs – sie wollen nur sichergehen, dass wir Geld verdienen und Gewinn erzielen. Das ist alles."

„Ich dachte, das hätten wir schon bewiesen", erwiderte Rip und verschränkte die Arme. „Müssen wir immer wieder beweisen, dass wir es für sie wert sind? Wann hört das auf?"

Tate paffte an seiner Zigarre. „Wir sind gut genug. Unsere Konten sind alle in Ordnung. Es ist alles nur eine letzte Party, okay? Es wird nichts Schlimmes passieren. Wir haben bereits bewiesen, dass wir gut genug sind, als sie das letzte Mal hierherkamen, um unsere Gelder zu überprüfen. Sie werden unsere Bewährungsphase für beendet erklären und wir werden alle vollwertige Mitglieder sein. Es wird nur eine Formalität, Leute. Kein Grund zur Sorge."

Er schlug mit dem Hammer zu. Die Kirche war vorbei.

Kapitel 6

Miriam

Pete würde mit Sicherheit wütend auf mich sein. Ich saß auf einem Hocker in der Garderobe und holte Luft. Ich war gerade die riesigen Marmortreppen hinaufgerannt, weil ich zu spät dran war. Mein Zug aus South Seattle hatte Verspätung gehabt und am Taxistand hatte sich eine kilometerlange Schlange gebildet, als ich endlich am Bahnhof in der Innenstadt angekommen war. Ich würde mir auf jeden Fall einen weiteren Vortrag darüber anhören müssen, dass ich lieber im Auto im Stau stehen sollte, anstatt öffentliche Verkehrsmittel zu benutzen.

„Möchten Sie etwas trinken, Miss?", fragte der Angestellte und reichte mir eine Flasche Wasser.

„Ja, bitte!" Ich lächelte dankbar und leerte den halben Inhalt in einem Zug. Das war nicht sehr damenhaft, aber ich konnte nicht keuchend in den Ballsaal gehen, als käme ich gerade aus dem Fitnessstudio. „Vielen Dank." Ich stand von meinem kleinen Hocker auf und kramte in meiner Handtasche nach etwas Bargeld. „Ich werde etwas Stärkeres brauchen, um den Abend zu überstehen." Ich überreichte ihm fünf Dollar als Trinkgeld und machte mich auf den Weg zum Event.

Weil ich so spät dran war, musste ich überall suchen, bevor ich Pete fand.

„Du bist spät." Er reichte mir ein Glas Champagner. „Lächeln."

Ich stürzte das kalte Getränk in einem Schluck hinunter. Ich hasste diese Veranstaltungen. Ich war nur hier, um meinen Freund und sein Interesse an der Lokalpolitik zu unterstützen. Pete nahm ständig an irgendwelchen Spendenaktionen teil, um seinen politischen Einfluss zu vergrößern. Wenn es mir mit einer gemeinsamen Zukunft ernst war, musste ich dabei sein.

Pete sah mich aus den Augenwinkeln heraus an. „Ich dachte, du würdest das rote Kleid tragen", meinte er.

Ich zuckte mit den Achseln. Das rote Kleid gab mir das Gefühl, witzig und kokett zu sein. Der Ausschnitt war ein wenig zu tief und der Rock schwang beim Gehen mit. Ich holte mir noch einen Champagner von einem vorbeigehenden Kellner. „Ich dachte, das Schwarze wäre angemessener." Ich wusste, dass Pete es mochte, wenn ich konservativ wirkte.

Pete nickte und nahm noch einen Schluck. „Schön zu wissen, dass du endlich meinen Rat befolgst." Er hob sein Glas zu einem gespielten Toast.

Ich lächelte. Wir hatten einen guten Anfang gemacht. Ich war so langweilig wie möglich und sammelte Punkte. Ich trank erneut vom Champagner. Der heutige Abend würde fantastisch werden.

Ein gut gekleideter Herr kam auf uns zu. Er war der Rechnungsprüfer der Stadt, wenn ich mich richtig an meine Karteikarten erinnerte. Pete und der Rechnungsprüfer, George, unterhielten sich über den Vertrag der Stadt für Zeitarbeitskräfte im Büro. Ich war eine Weile wie weggetreten, lenkte meine Aufmerksamkeit aber wieder auf das Gespräch, als Pete mich böse ansah.

„Es ist so schwer, gutes Personal zu finden", scherzte George. „Die Bauunternehmer müssen damit klarkommen, bis wir mehr Geld haben."

Pete lachte und George gluckste über seinen eigenen Witz. Ich versuchte, nicht mit den Augen zu rollen.

Pete schaute mich an und hob eine Augenbraue. Er hatte bemerkt, dass ich nicht mitlachte. Shit.

„Oh, ja." Ich lächelte so, dass jeder einzelne Zahn zu sehen war. „Einfach wunderbar."

Petes Auge zuckte nur ein wenig. Verdammt. Ich hatte zu dick aufgetragen. „Warum holst du dir nicht einen Drink an der Bar, Süße?", fragte er.

Ich flüchtete mit eingezogenem Schwanz. Er wusste, dass mir der Scherz nicht gefallen hatte.

Ich zog mich auf den Hocker hoch. Der Barkeeper füllte mein Glas nach – immerhin war der Champagner kostenlos und der Sitz bequem. Pete arbeitete sich durch die Menge. Er liebte das. Die Politik, das Umschmeicheln, dass er die richtigen Leute kannte. Hier konnte er glänzen. Es war, als würde er all diese Energie für seine Karriere aufsparen. Wenn wir allein waren, verflüchtigten sich sein Charme und seine sprühende Persönlichkeit wie schaler Champagner. Seine Karriere stand immer an erster und ich stets an zweiter Stelle. Das war ich. Ms. Zweiter Platz. Nur einmal wollte ich die Frau sein, an die ein Mann zuerst dachte.

„Ist dieser Platz besetzt?", fragte eine männliche Stimme hinter mir.

Sie klang edel und sanft, mit einem Hauch eines Akzents. Vielleicht südamerikanisch? Der Mann passte auf jeden Fall dazu. Er hatte dunkles Haar, gebräunte Haut und trug einen Anzug, der wahrscheinlich mein Jahreseinkommen kostete.

Er bestellte einen Whiskey auf Eis und setzte sich auf den Hocker neben mich. „Verzeihen Sie mir." Er schenkte mir ein entschuldigendes Lächeln. „Aber ich konnte eine so schöne Dame nicht allein trinken lassen."

Was Anmachsprüche anging, war der hier nicht schlecht. Natürlich klang alles besser nach drei Gläsern Champagner.

„Danke, dass Sie sich mir anschließen." Ich lächelte. „Ich bin froh, Gesellschaft zu haben."

Es überraschte mich, dass das stimmte. Ich war nicht damit zufrieden, nur hier zu sitzen, während Pete sein Ding machte. Wir waren zusammen schon auf vielen Cocktailpartys gewesen und normalerweise zog ich es vor, im Hintergrund zu bleiben. Aber heute Abend wollte ich mehr. Spannung. Wenn ich keine Lederjacke haben konnte, dann eben einen feinen Maßanzug und einen Akzent.

Paulo und ich verbrachten den Großteil des Abends damit, uns zu unterhalten. Er kam aus Argentinien und war in Seattle, um ein von ihm finanziertes Tech-Startup zu besuchen. Wir sprachen über Kunst und Politik und über Paulos Weltreisen. Wenn Jean Luc, mein neuester Kunde, neben mir gesessen hätte, worüber hätten wir dann gesprochen? Ich musste an sein Gesicht denken, an sein schiefes Grinsen und sein zotteliges Haar.

„Du bist still. Denkst du vielleicht an jemanden?", fragte Paulo – wir hatten nach kurzer Zeit entschieden, uns zu duzen.

„Ja", gab ich meinem neuen Kumpel gegenüber zu. „Aber vielleicht nicht an die richtige Person."

„Da bist du ja", sagte Pete hinter mir.

Ich zuckte zusammen, als ich seine Stimme hörte und fragte mich, ob er mein Geständnis gegenüber Paulo gehört hatte.

„Ich wusste, dass eine so schöne Frau einen guten Mann haben muss, der sich um sie kümmert", gab Paulo geschmeidig von sich und reichte Pete die Hand.

„Sie ist immer an meiner Seite." Petes Worte waren nicht ganz so präzise wie sonst. „Pete Avesbury, stellvertretender Staatsanwalt."

Ich atmete erleichtert auf und lächelte Paulo an. Dann sah ich Pete richtig an. Seine Wangen waren rot und sein Lächeln kam schnell. Interessant. Pete war selten betrunken.

Paulo ignorierte mich danach und er und Pete unterhielten sich über ihren gemeinsamen Freund, den Bürgermeister. Ich trank ein weiteres Glas Champagner und noch eins.

„Hat mich gefreut, Paulo", meinte Pete am Ende des Abends. „Ich glaube, es wird Zeit, dass ich sie nach Hause bringe."

Paulo erwiderte etwas und sie lachten beide. Pete führte mich, an seine Seite geklemmt, durch den nun verlassenen Ballsaal. Gestalten verschwammen vor meinen Augen, während wir gingen, und verschmolzen zu einer gelben Leere. Ein Taxi. Ich ließ mich auf den Rücksitz gleiten und fand mich an einem warmen Körper wieder. Ich fuhr mit den Händen über seine Brust und suchte nach der Weste. Aber stattdessen fand ich einen Anzug. Hatte er sie ausgezogen?

Ich zog seinen Kopf zu mir und unsere Lippen trafen sich. Sie waren warm und schmeckten nach Wodka. Sein Mund war hart an meinem. Seine Zunge erforschte meinen Mund bis in die Tiefen meiner Kehle und ich bemühte mich, nicht zu würgen. Es war nicht das, was ich mir von Jean Luc erhofft hatte, aber ich versuchte, ihm zu geben, was er wollte. Ich wollte der erste Platz sein.

Seine Hand schloss sich um meine Brust und drückte zu. Hart. Ich schrie auf. Ich konnte nicht glauben, dass Jean Luc so grob sein würde. Ich hatte mir vorgestellt, dass er sanft sein würde, ganz und gar nicht so.

Ich riss mich von ihm los und holte tief Luft. Der Geruch war ganz falsch. Er hätte nach frischer Luft und Leder riechen sollen, und ein bisschen erdig, wie Dreck nach einem Regenschauer vielleicht. Aber stattdessen roch er nach Rasierwasser und Alkohol.

Er zog mich wieder an sich, um den Kuss zu beenden. Er wich ein wenig zurück und ich begann, nur seine Unterlippe zu küssen.

„Jean Luc", hauchte ich. Ja, genau so hatte ich es mir vorgestellt.

Der Taxifahrer schlug gegen die Scheibe, die den Vorder- und Rücksitz trennte. „Hört auf damit, ihr zwei. Wartet, bis ihr zu Hause seid." Er klang angewidert.

Ich drehte mich leicht und lächelte Jean Luc an. Ich hielt mitten im Kichern inne. Jean Luc war nicht hier, ich war bei Pete.

Mein Blut floss kühl durch meine Adern. Wie viele Drinks hatte ich gehabt?

„Wenn ich gewusst hätte, dass ich dich nur betrunken machen muss, hätte ich das schon früher getan", flüsterte Pete mir ins Ohr. Seine Worte klangen undeutlich; er war genauso angeheitert wie ich. Er massierte meine Brust unter meinem Mantel. Ich versuchte, mich zurückzuziehen, aber er hielt mich fest. Das war nicht das, was ich wollte. Er war nicht der, den ich wollte.

Ich stieß ihn mit der Schulter weg und rutschte auf dem Rücksitz so weit wie möglich weg. Wir schlängelten uns durch die Gassen von Downtown Seattle, dann die Straße hinunter zu Petes Wohnung in der Innenstadt.

Das Taxi wurde langsamer und hielt vor einem Hochhaus. Pete fummelte in seiner Brieftasche herum und reichte dem Fahrer eine Handvoll Bargeld. Er stieg aus und streckte mir die Hand entgegen, damit ich ihm folgen konnte.

Sobald ich dieses Taxi verließ, würde Pete Sex wollen. Jedes Mal, wenn wir in seiner Wohnung Zeit miteinander verbrachten, versuchte er, mit mir zu schlafen. In diesem Moment wusste ich, dass ich es nicht tun wollte. Ich konnte nicht mit Pete zusammen sein, nicht jetzt und niemals.

„Nein. Ich will nicht, Pete. Es ist vorbei", sagte ich und meine Stimme zitterte.

„Was zum Teufel, Miriam? Du hast mich gerade geküsst. Du willst mich." Er begann, wieder hineinzukriechen, und griff nach meinem Arm. „Jetzt kommst du mit rein und wir werden …"

Das letzte Wort verklang, als er nach hinten gezerrt wurde. Der Taxifahrer knallte die Tür zu und setzte sich wieder auf den Fahrersitz.

„Hey!", rief Pete vom Bordstein aus. „Hey! Sie ist meine Freundin. Sie steigt hier auch aus."

Der Taxifahrer ignorierte ihn und fuhr los. Wir rasten viel schneller über die leere Autobahn, als erlaubt war. „Geht es Ihnen gut?", fragte er vom Vordersitz aus. „Ich dachte, Sie würden nicht so sehr darauf stehen wie er."

„Mir geht es gut." Zumindest war ich nicht verletzt. Ich rieb mir die Arme; meine Haut kribbelte dort, wo er mich berührt hatte. „Hey, danke. Können Sie mich einfach nach Hause bringen? Nach South Seattle, bitte."

* * *

Ich wachte mit wummerndem Schädel auf, aber wenigstens war mein Bett bequem. Ich versuchte, mich wieder unter die Decke zu kuscheln und die schreckliche Nacht mit Pete zu vergessen, doch Lizzy hämmerte an meine Zimmertür. „Komm rein", brummte ich.

„Du hast eine Lieferung bekommen", verkündete sie und stellte einen großen Rosenstrauß auf meine Kommode.

Auf der Karte stand: *Es tut mir leid. Ich hatte zu viel getrunken. Ich liebe dich. Pete*

Lizzy warf einen Blick darauf und stieß einen leisen Pfiff aus. „Was hat er letzte Nacht gemacht?", fragte sie.

„Ich habe mit ihm Schluss gemacht. Wir waren betrunken, er wollte Sex. Er hat versucht, mich zu zwingen, aus dem Taxi zu steigen." Ich erzählte Lizzy alle Einzelheiten, auch den Teil, in dem der Taxifahrer mich gerettet hatte.

„Heilige Scheiße." Sie setzte sich auf das Ende meines Bettes und schlug ihre Beine übereinander. „Pete schien so gut erzogen zu sein. Ich hätte nie gedacht, dass er dich angreifen würde. Er war immer der perfekte Gentleman."

„Ich schätze, er hat nur seine Zeit abgewartet." Ich zuckte mit den Achseln. „Nun, zwischen uns ist es jetzt vorbei. Aber dem Ton seiner Nachricht nach zu urteilen, weiß er das noch nicht."

„Wird er deine Entscheidung akzeptieren?" Lizzy sah wieder auf die Karte. „Es scheint, als wüsste er noch nicht, dass ihr euch getrennt habt.

Glaubst du, er wird sich in einen unheimlichen Stalker verwandeln?"

„Pete, ein Stalker?" Ich schaute Lizzy scharf an. „Daran habe ich gar nicht gedacht. Aber ich bezweifle es. Er ist Staatsanwalt – er kennt die Strafe für so etwas. Er würde seine Anwaltszulassung verlieren und alles, wofür er gearbeitet hat. Er wird mich nicht stalken. Ich werde einfach sein Büro anrufen und ihm sagen, dass es vorbei ist. Er wird sich zurückhalten." Ich sah mich nach meinem Handy um. „Wie viel Uhr ist es?"

„Es ist fast acht." Lizzy streckte sich. „Heute ist ein Lehrerfortbildungstag für mich. Musst du nicht zur Arbeit?"

O nein, ich war spät dran. Ich versuchte, meinen Kater zu vergessen, sprang aus dem Bett und flitzte in die Dusche. Unter dem heißen Wasserstrahl überlegte ich mir, was ich Pete sagen würde.

Es liegt nicht an dir, es liegt an mir. So ein Klischee, aber ich spürte einfach nicht diesen Funken bei ihm. Außerdem musste ich nach den Blumen, die er geschickt hatte, über den Status unserer Beziehung – oder das Fehlen einer solchen – sehr deutlich werden.

Ich wartete, bis ich in meinem Büro war, bevor ich ihn anrief. Die Telefone in der Stadtverwaltung waren erst ab neun Uhr besetzt, also beschäftigte ich mich mit meinen E-Mails. Eine Minute nach neun wählte ich sein Büro an. Eine Assistentin nahm ab. „Ich bin seine Freundin." Ich zögerte. „Jetzt Ex-Freundin."

„Ach echt?" Sie ließ ihren Kaugummi platzen. „Ich wusste nicht, dass Pete mit jemandem zusammen ist. Ich sage ihm, er soll Sie anrufen, wenn er aus dem Gericht kommt."

„Ich kann einfach eine Nachricht hinterlassen." Ich holte tief Luft. „Könnten Sie ihm sagen, dass es vorbei ist? Voll und ganz."

Sie schwieg einen Moment lang. „Ja, sicher. Voll und ganz. Verstanden."

Wir legten auf und ich lehnte mich zurück in meinen Stuhl. Es war vorbei.

Kapitel 7

Miriam

Nach dem Mittagessen kam Sheena mit ihrem Laptop herein und setzte sich vor meinen Schreibtisch. Das bedeutete, dass es an der Zeit war, meine Abrechnung für diese Woche durchzugehen. Unser Büro rechnete in Fünfzehn-Minuten-Abschnitten ab, sodass ich bei jeder Arbeit an einem Fall meine Zeit erfassen musste. Einmal wöchentlich legten sie und ich fest, wie viel ich einem Mandanten in Rechnung stellen sollte. Manche Mitarbeiter rechneten dann ab, wenn sie an einen Fall dachten, aber ich machte mir gerne Notizen.

„Mr. Anders?" Sheena hatte den Bleistift erhoben. Wir begannen immer mit dem Buchstaben A.

„Anders …" Ich sah meine Aufzeichnungen durch. Eine eidesstattliche Aussage am Dienstag und eine Überprüfung seines Falls von 10:00 bis 12:00 Uhr. „Zwei Stunden."

Wir gingen noch ein paar Kunden durch. „Devaneaux?", fragte sie und kaute auf dem Ende ihres Bleistifts.

Seine Schultern, sein Lächeln. Ich hatte viel Zeit damit verbracht, über ihn nachzudenken, aber nicht unbedingt an seinem Fall zu arbeiten.

„Wir haben letzte Woche seinen Sohn getroffen …" Ich begann, meine Notizen durchzusehen.

„Ach ja." Sheena reichte mir eine Telefonnachricht. „Er will morgen ein Treffen. Er sagte, er habe ein Sorgerechtsgespräch, zu dem du mitkommen sollst. Es war seltsam – er sagte, er würde dich abholen."

„Mich abholen?", wiederholte ich. „Oh, richtig, wir wollten so tun, als wäre ich seine Freundin."

Sheena blieb der Mund offen stehen. „Ich habe mit Colleen aus der Buchhaltung gesprochen und sie sagte, er sei einer der Bargeldkunden deines Vaters." Sie beugte sich vor. „Von einer *Biker-Gang*. Willst du wirklich so tun, als wärst du seine Freundin?"

Ich zuckte mit den Achseln. „Mr. Devaneaux will nicht, dass jemand erfährt, dass er einen Anwalt engagiert hat", erklärte ich und versuchte, mir einzureden, dass das alles zur Routine gehörte. „Es ist nur eine kleine List, um sich auf den Fall vorzubereiten."

Sheena schürzte ihre Lippen. Ich konnte sehen, dass sie mir meine Erklärung nicht abnahm. „Ist er heiß? Wirst du ihn küssen müssen?" Sie legte ihren Notizblock auf die Seite und keuchte auf. „Wirst du seine heiße Biker-Mama und hinten auf seinem Motorrad mitfahren?"

Wie wäre es, hinter ihm zu sitzen und meine Arme, um seine Bauchmuskeln zu schlingen? Vielleicht meine Wange, an seinen kräftigen Rücken zu legen?

Ich blinzelte und sah erneut auf meine Notizen. „Mach dich nicht lächerlich. Ich hole nur Informationen über den Mann ein, der derzeit das Sorge-

recht für das Kind hat." Es war an der Zeit, wieder
an die Arbeit zu gehen. „Also, Devaneaux – drei
Stunden, wenn wir das morgige Treffen mitrech-
nen."

* * *

Auf dem Heimweg hielt ich beim Supermarkt an
und kaufte eine Flasche Wein und Tiefkühlpizza.
Lizzy hatte nach der Schule niemanden zu beauf-
sichtigen und es war schon eine Weile her, dass
wir uns gut unterhalten hatten. Obwohl wir zu-
sammenwohnten, war sie durch ihren Job als Leh-
rerin des Theaterclubs an der Highschool sehr beschäftigt und ich arbeitete oft bis spät in die Nacht.
Ich hatte Sheenas Bedenken, Jean Lucs Freundin
zu spielen, heruntergespielt, aber in Wirklichkeit
war ich nervös. Ein Gespräch mit Lizzy würde die
Dinge ins rechte Lot rücken.

Wir saßen auf der Couch und aßen unser
Abendessen. Als ich ihr die Geschichte erzählte,
tranken wir bereits unser zweites Glas Wein.

„Und … ist dein Biker heiß?", fragte sie und
zupfte an ihrer Kruste.

Ich zuckte mit den Achseln. Ja. Aber das würde
ich nicht zugeben.

„Du wirst ja rot." Sie nahm noch ein Stück. „Ich
fasse das als ein Ja auf. Also, was werdet ihr morgen bei dem Treffen machen? Nur mit dem Jungen
reden?"

„Zum Großteil. Wir müssen zuerst einen Vaterschaftstest machen. Ich bringe meine übliche Sportausrüstung mit, damit wir danach ein Spiel spielen können." Ich hatte eine Tasche voll mit Spielzeug, das Eltern mit ihren Kindern während eines überwachten Besuchs nutzen konnten. Das entschärfte alles normalerweise.

„Und, hast du für die Rolle seiner Freundin geübt?", fragte Lizzy. „Wir sollten uns ein paar Sätze ausdenken, etwas, das du sagen kannst, damit es so aussieht, als wärst du wirklich ein Biker-Babe."

Ich rollte mit den Augen und kippte den Rest meines Weins hinunter. „Keiner wird mich bemerken. Ich werde mich einfach im Hintergrund halten." Ich würde wahrscheinlich auf der Tribüne im Park bleiben, während Jean Luc mit seinem Sohn spielte. „Ziemlich zahm. Es wird nichts Interessantes folgen. Ich schwör's." Ich konnte sehen, wie Lizzys Gehirn mit hundert Kilometer pro Stunde arbeitete. Sie war an etwas dran. Ich stöhnte.

„Wir müssen dir ein neues Outfit besorgen. Nichts sagt ‚Biker Babe' so gut wie Leder." Sie stand auf und ging den Flur hinab. „Was hast du denn in deinem Kleiderschrank? Das könnte einen Einkaufsbummel erforderlich machen."

Wir verlegten unsere Weinparty in mein Schlafzimmer und Lizzy setzte sich auf mein Bett, bevor ich ein Outfit nach dem anderen anprobierte.

„Ich will ehrlich zu dir sein", sagte Lizzy kauend. Wir waren zum Käsekuchen übergegangen und Lizzy redete mit vollem Mund nach einem Glas Wein. „Du bist jetzt Single – deine endlose

Sammlung von Hosenanzügen und Oma-Stöckelschuhen reicht einfach nicht mehr aus. Du musst jung und fröhlich aussehen.“

Der Kleiderstapel auf meinem Bett bestand aus drei Farben – schwarz, braun und marineblau. Polyesterhosen waren, soweit das Auge reichte, verstreut. Nichts sagte „jung und fröhlich.“ Alles schrie nur „waschmaschinenfest.“

Ich ließ mich neben ihr auf dem Bett nieder. Lizzy bot mir einen Teil von ihrem Dessert an. Als wir das Stück teilten, wurde mir etwas über mich selbst klar.

„Ich bin langweilig“, sagte ich bei einem Bissen Käsekuchen.

Lizzy nickte feierlich. „Und eine Jungfrau.“ Sie nahm den leeren Teller und stellte ihn auf meinen Nachttisch. „Aber ich habe eine Idee. Wir können einkaufen gehen. Wir werden dich aufpeppen, damit du die Rolle spielen kannst, versprochen.“ Sie rutschte vom Bett herunter. „Ich kenne einen Laden, der genau das Richtige hat. Außerdem können wir zu Fuß hin – das wird schön.“

Es war ein langer Spaziergang. Es nieselte ab und zu, aber die kalte Luft machte meinen Kopf frei.

Wir bogen um eine Ecke und sie ergriff meinen Arm. „Das ist es.“

Das blinkende Licht oberhalb des Gebäudes buchstabierte den Namen *Jiggles*. Es war ein Strip-Club.

„Sie haben vorne einen Laden, der bis spät geöffnet ist." Sie zeigte in die Richtung. „Ein ganz normaler Laden für Erwachsene. Ich bin sicher, dass wir dort etwas finden können."

„Wir können dort nicht einkaufen gehen!" Ich wandte mich zum Gehen. „Was ist, wenn uns jemand sieht?"

„Wen kümmert das schon?", entgegnete Lizzy. „Wir sind nicht in der Highschool. Wir sind erwachsen. Das ist ein Laden für Erwachsene." Sie legte ihren Arm um meine Schultern und lenkte mich zum blauen Neonlicht des *Jiggles*.

Die Sicherheitstür surrte, als Lizzy und ich den Erotikshop betraten. Vibratoren und alle Arten von Sexspielzeug säumten die Wände. Ich war noch nie in so einem Laden gewesen. Es gab eine Menge Farben. Ich hätte nie gedacht, dass jemandem ein grün fluoreszierender Silikonpenis gefallen könnte.

„Du musst dich nicht nur auf Kleidung beschränken. Du kannst alles kaufen, was du willst, aber lass uns zuerst mit Kleidung anfangen." Lizzy packte mich am Arm und zog mich in den hinteren Teil des Ladens. „Wenn du vorgibst, die Freundin eines Bikers zu sein, musst du auch so aussehen."

Sie belud meine Arme mit mikroskopisch kleinen Röcken und Lederbustiers und wies mir dann den Weg zu einer Umkleidekabine. Es war viel einfacher, zu tun, was sie sagte, als einen Frontalzusammenstoß mit dem Schnellzug zu riskieren, in den sich Lizzy verwandelt hatte.

Nach fast einer halben Stunde, in der ich alle

möglichen nuttigen Klamotten anprobiert hatte, wusste ich, dass das eine schlechte Idee gewesen war. Ich warf einen Blick auf mein Handy und wäre beinahe umgefallen, als ich die Uhrzeit sah. Ich hätte schon vor Stunden im Bett sein müssen – es war ein Arbeitsabend.

„Es ist Mitternacht und ich kann nichts davon anziehen", rief ich durch den Vorhang der Umkleidekabine. „Ich fühle mich in allem so unwohl. Sie werden wissen, dass ich eine Betrügerin bin."

Ich trug ein rotes Badeanzugoberteil aus Leder und die Jeans, die ich bereits angehabt hatte. Ich konnte dieses Outfit nicht zu einem Sorgerechtstreffen tragen. Ich konnte es nirgendwo tragen. So viel Selbstvertrauen besaß ich nicht. Ich würde die ganze Zeit kauernd in einer Ecke verbringen.

„Probier das noch an, und ich verspreche, danach können wir gehen." Lizzy reichte mir ein weiteres Kleidungsstück am Vorhang der Umkleidekabine vorbei. Es war wieder eine Lederweste. Diese hatte lange Fransen, die unten herabhingen.

Nachdem ich mich in die Weste geschlängelt hatte, betrachtete ich mich im Spiegel. Sie schnürte meine Brüste ein wenig mehr ein als sonst, aber insgesamt war sie nicht schlecht. Ich kam aus der Umkleidekabine heraus.

„Ist das nicht zu viel?", fragte ich, als ich mich in dem großen Spiegel studierte.

Sowohl Lizzy als auch die Kassiererin strahlten. „Nein, du siehst toll aus, Schätzchen!" Die Kassiererin hatte den Laden früher geschlossen und ihre

Zeit damit verbracht, uns zu helfen.

„Ich glaube, wir haben es gefunden", meinte Lizzy und betrachtete mich ebenfalls im Spiegel. „Es gefällt dir eigentlich ganz gut, oder?"

Es machte schlank und bedeckte zumindest alles. Ich ließ die Fransen um meine Hüften schwingen. Es war witzig.

„Ja", gab ich zu. „Ich mag es irgendwie."

Als wir nach Hause kamen, probierte ich das ganze Outfit an. Ein Paar alte Jeans, die Lizzy eingerissen hatte, mein weißes Tanktop und die Fransenweste. Es war auf jeden Fall eine lustige Kombination und ich fühlte mich gut darin. Es war viel sexyer als alles, was ich im Schrank hatte, aber vielleicht war es genau das, was ich jetzt brauchte. Als ich mein neues Outfit auszog und mich bettfertig machte, wurde mir klar, dass ich zwischen der Realität und dieser harmlosen Täuschung eine klare Linie ziehen musste. Ich war nicht die Freundin von diesem Typen. Ich würde nur für ein paar Wochen eine Rolle spielen.

Kapitel 8

Skeeter

Ich lieh mir einen Pick-up von Tate, um meine Anwältin zu dem Treffen mit Davide und Christophe abzuholen. Ich saß im Leerlauf vor dem Haupteingang von Miriams Bürogebäude. Ich war zu früh dran. Als ich mich herunterbeugte, um das Radio einzuschalten, bemerkte ich einen Aufkleber mit dem Logo der Storm Kings, der einen Riss im Armaturenbrett verdeckte. Bald würden wir alle alten Logos durch den Schädel der Demon Horde ersetzen müssen. Das galt auch für die Tätowierung auf meiner Schulter. Vielleicht könnte ich es mit Christophes Namen überdecken; ich war mir nicht sicher, ob ich dauerhaft als Teil der Horde gekennzeichnet sein wollte.

Alle, die ich in der Demon Horde kennengelernt hatte, waren gute Kerle, aber sie waren ein bisschen härter als wir, ein wenig rauer. Das meiste Geld wurde mit illegalen Waffen verdient und vor einiger Zeit hatten sie auch mit Drogen gedealt. Der neuste Präsident der Horde hatte aufgeräumt und ließ jetzt jeden einen Drogentest machen, ähnlich wie wir es taten. Tate hielt es hier in Tacoma allerdings etwas strenger, und unsere Geschäfte waren nicht so risikoreich. Aber ich war mir nicht sicher, ob ich mein Kind in der Horde großziehen wollte.

Aus den Augenwinkeln sah ich eine Bewegung.

Die großen Glastüren der Anwaltskanzlei öffneten sich und eine hinreißende Frau mit lockigem braunem Haar verließ das Gebäude und ging auf meinen Wagen zu. Mir fiel die Kinnlade herunter. Ihre Jeans waren verflucht eng und schmiegten sich an ihre Beine. Sie trug ein Tanktop und eine schwarze Lederweste, die ihre Brüste zur Schau stellte.

Verdammt, das war Miriam. Wann hatte sie sich diesen Vorbau wachsen lassen? Lange Fransen hingen vom unteren Teil der Weste herab und tanzten bei ihren Schritten um ihre Oberschenkel. Ihre hochhackigen Stiefel klapperten auf dem Beton. Zu ihrem sexy Outfit trug sie auch einen riesigen Seesack.

Ich eilte aus dem Truck und hielt ihr die Tür auf. Ich hatte einfach nur den Vorschlag gemacht, sie solle sich als meine Freundin ausgeben, aber sie hatte es sich wirklich zu Herzen genommen. Ich versuchte, nicht hinzusehen. Es war allerdings schwer, vor allem, als ich einen guten Blick auf ihren jeansbedeckten Hintern bekam, während sie einstieg.

Nachdem wir uns beide, mit dem großen Seesack zwischen uns, im Pick-up niedergelassen hatten, nahm ich die Straße hinunter in Richtung des Parks, wo wir Christophe und Davide treffen würden. Ich war mir sicher, dass ich, sobald ich mein Kind sah, die heiße Anwältin vergessen würde.

„Tut mir leid, dass ich zu spät gekommen bin", sagte sie. „Ich habe vergessen, dass ich mich umziehen muss. Ich dachte mir, wenn ich die Rolle deiner Freundin spielen soll, muss ich Leder tragen. Und lernen, dich zu duzen."

„Sie … Du hättest kein Kostüm anziehen müssen." Ein höllisch sexy Kostüm. Ich räusperte mich.

„Ist das zu viel? Ich dachte, es wäre gut, sich entsprechend zu kleiden." Ihre Hände flogen zu ihrer Brust und sie begann, die Weste aufzuknöpfen.

Das Einzige, was erotischer war als ihr Outfit, war, ihr dabei zuzusehen, wie sie es auszog. Ich musste der Sache ein Ende setzen. „Nein, es ist in Ordnung." Ich runzelte die Stirn. Verdammt, das war schärfer rübergekommen, als ich beabsichtigt hatte. O Gott. Sie war immer noch dabei, die Knöpfe zu öffnen. „Hör einfach auf. Du siehst gut aus."

„Oh." Sie knöpfte ihre Weste wieder zu und lehnte sich dann mit den Händen im Schoß gegen den Sitz. „Ich habe eine Jacke in meiner Tasche. Die werde ich anziehen."

Wir fuhren schweigend ein paar Blocks. Fuck. Ich hatte es vermasselt. Sie sah so enttäuscht aus und starrte einfach aus dem Fenster. Sie hatte gelächelt, als sie in den Wagen gestiegen war und jetzt lächelte sie nicht mehr. Ich versuchte, mir etwas auszudenken, um sie zum Lächeln zu bringen.

„Ich mag es. Du siehst aus wie jemand, mit dem ich ausgehen würde. Ich meine, du siehst attraktiv aus." Ich zuckte innerlich zusammen. Ich hatte meiner Anwältin gerade gesagt, dass ich mich zu ihr hingezogen fühlte und sie daten wollte. Fantastisch.

„Äh, danke." Ihre Mundwinkel zogen sich ein wenig nach oben – ein kleines Lächeln.

Was Komplimente anbelangte, war das ziemlich beschissen gewesen. Aber es war das Beste, was mir im Moment eingefallen war und wenigstens lächelte sie wieder. Wir fuhren schweigend den Rest des Weges zum Park.

Als wir dort ankamen, wartete Davide auf dem Bürgersteig auf uns. Seine Freundin und Christophe blieben auf der Tribüne. Er war auf und ab gegangen. Interessant; er war nervös.

„Wie geht es ihm?", fragte ich Davide, sobald er in der Nähe war.

Davide zuckte mit den Achseln. „Er ist einer von den Stillen. Sagt nicht viel. Hast du das Geld? Vierzig oder kein Kind."

Ich rollte mit den Augen. Es war verdammt ärgerlich, dass wir die Bedingungen besprechen mussten, bevor ich mein Kind sehen konnte.

Miriam stellte sich direkt neben mich. Normalerweise würde ich annehmen, dass eine Frau, die mir so nahekam, einen Kuss oder so was wollte. Aber das war meine Anwältin. Ich hob eine Augenbraue und wartete darauf, dass sie etwas sagen würde. Stattdessen zupfte sie an meiner Weste. Vielleicht nahm sie diese Rolle als Freundin wirklich ernst? Einen Kuss, von einer schönen Frau, würde ich ganz sicher nicht ablehnen.

Ich beugte mich vor und ihre Lippen streiften nur meine Wange. Sie roch nach blumiger Seife.

Ich würde sie küssen, wenn es das wäre, was sie wollte. Aber ich wollte nicht zu schnell vorgehen und sie vor Davide erschrecken und unsere List verraten.

Sie stellte sich auf die Zehenspitzen und flüsterte mir ins Ohr: „Wir müssen zuerst einen DNA-Test machen und ihn dann dazu bringen, einem regelmäßigen Besuch zuzustimmen, bis wir die Ergebnisse haben."

Ich schaute finster drein und trat einen Schritt zurück. Fuck. Ja, natürlich. Alles, was sie tat, war, mir in ihrer Rolle als Rechtsbeistand etwas zuzuflüstern. Sie war keine außerdienstliche Stripperin, die im Clubhaus arbeitete. Ich warf einen letzten Blick auf sie. So ein Pech. Sie war verdammt heiß.

Ich lenkte meine Aufmerksamkeit wieder auf Davide. „Wir müssen zuerst einen Test machen. Wenn wir uns dann sicher sind, reden wir über Kohle."

Es gab keine Möglichkeit, so viel Geld aufzutreiben. Ich spielte auf Zeit und hoffte, dass sich zwischen jetzt und dem Ergebnis des Vaterschaftstests etwas ändern und ich das Geld nicht mehr brauchen würde. Vielleicht würde Davide Raten akzeptieren.

„Keine Tests. Entweder ist er dein Kind oder nicht." Davide verschränkte die Arme vor der Brust.

Wir standen uns gegenüber. Ich starrte ihn an, er fixierte mich. Selbst zehn Jahre älter sah Davide aus, als könnte er sich in einem Kampf behaupten.

Ich würde wetten, dass er in diesen Jahren ein hartes Leben geführt hatte.

„Denkst du, ich gebe dir vierzig Riesen für ein Kind, das vielleicht nicht von mir ist? Wir wissen doch beide, dass Delphie, sobald ich meinen Dienst begonnen habe, sich reingezogen hat, was sie wollte und rumgevögelt hat, mit wem sie wollte."

Sogar Davide wusste, wann er geschlagen war. Delphie war schön und der strahlende Mittelpunkt jeder Party gewesen. Es war eine schwer zu beherrschende Kombination für sie gewesen, also hatte sie sich stattdessen alles mit jedem erlaubt.

„Wie wäre es mit einem rezeptfreien Test? Wie die, die man in der Apotheke kaufen kann? Keine Ärzte, keine Unterlagen", schlug Miriam vor.

„Das geht dich nichts an, Süße", knurrte Davide sie an und wandte sich dann wieder mir zu. „Ich will zuerst mein Geld."

„Hey." Ich machte einen kleinen Schritt auf Davide zu. Gerade genug, um ihn einzuschüchtern. „Rede nicht so mit ihr. Sie ist mein Mädchen und es ist eine verdammt gute Idee. Ich zahle dir einen Scheiß, bis ich weiß, dass er von mir ist. Ein rezeptfreier Vaterschaftstest oder ich gehe."

„Gut", stimmte Davide zu. „Aber keine Ärzte oder so. Ich will das stillschweigend durchziehen."

Ich verschränkte die Arme vor der Brust und tat so, als müsste ich darüber nachdenken. Auf keinen Fall würde ich Davide erlauben, Christophe irgendwohin mitzunehmen. Ob er nun mein Kind war oder nicht, Christophe würde nicht mit diesen beiden Junkies in einem beschissenen Motel leben. Er war nicht mal in der Schule. Ich durfte Davide nur nicht meine Pläne verraten.

„Okay, aber bis die Testergebnisse zurückkommen, sehe ich ihn zweimal pro Woche. Dienstag und Donnerstag." Wenn Davide Forderungen stellen konnte, konnte ich das auch. Zumindest würde ich durch überwachte Besuche wissen, dass es ihm gutging. Außerdem hätte ich so die Möglichkeit, ihn kennenzulernen.

Davide funkelte mich an. Er war stinksauer. Er brauchte Geld und er würde keins bekommen, bis die Testergebnisse zeigten, dass es mein Kind war. „Gut. Aber entweder ich oder Amy sind immer da. Keine Besuche allein. Verstanden?" Er streckte seine Hand aus.

Ich ergriff sie und schüttelte sie. „Ich will ihn jetzt sehen", sagte ich.

Davide wandte sich der Tribüne zu und gab ihnen ein Zeichen, herunterzukommen. Christophe spähte um die Freundin herum und sah Miriam und mich an. Er holte tief Luft und sein kleiner Brustkorb blähte sich auf und wurde größer. Dann trat er einen Schritt vor.

Ich hockte mich hin. Miriam hatte gesagt, es wäre am besten, auf seiner Höhe zu sein. „Erinnerst du dich an mich?" Ich versuchte, meinen Tonfall neutral zu halten.

Christophe starrte nur vor sich hin und zuckte dann langsam mit den Achseln.

Ich spürte eine Hand auf meiner Schulter – es war Miriam. Sie kniete sich neben mich. „Also, Leute, ich habe einen Frisbee und einen Baseball mitgebracht. Habt ihr Lust zu spielen?“ Sie lächelte und auch Christophe gelang ein kleines Lächeln.

„Baseball.“ Er grinste. „Ich war in der Little League, als wir in Mobile waren. Ich fange wirklich gut.“

Miriam holte den schwarzen Seesack hervor und begann ihn zu durchsuchen.

„Spielen Sie mit uns, Ma'am?“, fragte Christophe.

Ich lächelte. Mein Kind mochte sie auch.

„Äh, nun …“ Sie schaute zu mir. Sie war immer noch auf den Knien, weil sie in der Tasche gewühlt hatte.

Ich starrte sie an. Von meinem Aussichtspunkt aus konnte ich nur die Ansätze zweier herrlicher Brüste sehen, als sie die Handschuhe aus der Tasche zog. Sie sah auf und runzelte dann die Stirn. Sie hatte mich erwischt. Verdammt!

„Warum spielt ihr nicht zuerst und ich kann vielleicht später mitmischen?“, schlug sie vor und reichte mir einen Baseballhandschuh.

Ich riss mich vom Anblick ihrer Brüste los. So zu tun, als wäre sie meine Freundin, war eine schlechte Idee gewesen – vor allem, nachdem ich Asia losgeworden war. Ich brauchte Miriam in der Nähe, um zu hören, was vor sich ging, aber ich musste mich auch verdammt noch mal konzentrieren.

„Nein, nein. Du spielst mit." Ich reichte ihr den Handschuh zurück. „Ich werde mit der bloßen Hand spielen."

Wir warfen den Softball eine Weile auf dem Feld herum. Christophe erzählte mir von seiner Zeit in Mobile, Birmingham, Baton Rouge und New Orleans.

„Du hast schon an vielen verschiedenen Orten gelebt." Ich lächelte und nickte in der Hoffnung, dass er es mir erklären würde.

Christophe warf mir den Ball zu. Er *war* ein guter Fänger. „Wegen Onkel Davides Geschäften. Die Polizei versucht immer, ihm das Handwerk zu legen, aber er will nur seinen Lebensunterhalt verdienen."

Verdammt. Ich konnte Davides Stimme hören, als Christophe das sagte. Drogen, Betrug, es spielte keine Rolle. In was auch immer Davide verwickelt war, er war nun weit mehr als der kleine Grasdealer unserer Jugend.

Miriam und ich tauschten einen kurzen Blick aus. Ich wollte, dass der Wichser einem Drogentest unterzogen wurde. Und zwar sofort.

„Wo wohnst du?", fragte Christophe.

Es dauerte eine Weile, aber ich erklärte Christophe, dass ich früher in Breaux Bridge gewohnt hatte, direkt neben seiner Mutter und seinem Onkel.

„Ich war schon mal da." Er fing und warf. „Wir blieben eine Woche oder so, dann wurde Oma wütend auf Onkel Davide und Tante Amy. Ich wollte nicht gehen, aber Tante Amy sagte, ich müsse, sonst bekämen sie keine Essensmarken."

Ach, ja. Davide behielt Christophe wegen der staatlichen Leistungen bei sich. Das überraschte mich nicht. Ungewöhnlich war jedoch, dass er beschlossen hatte, mir von Christophe zu erzählen und weshalb er es ausgerechnet jetzt getan hatte.

„Warum seid ihr hierher nach Washington gezogen?", fragte ich, während ich Miriam den Ball zuwarf.

Sie hatte jede Bewegung von Christophe beobachtet und hätte beinahe den Fang verpatzt. Als sie dem Ball nachhechtete, war eine ihrer Brüste gefährlich nahe daran, herauszuspringen. Sie warf Christophe den Ball zu und rückte dann ihr Oberteil zurecht.

Unsere Augen trafen sich. Sie wurde rot. Fuck. Ich hatte mir gerade Miriams Vorbau angesehen. Vorher war sie nur meine Anwältin gewesen, aber jetzt war sie Miriam mit den schönen Titten. Verdammt noch mal. Vielleicht sollte ich heute Abend Asia anrufen.

Christophe zuckte mit den Achseln. „Onkel Davide sagte, er würde hier oben einen Topf voll Gold finden. So viel, dass er nicht mehr arbeiten muss."

Ich versuchte, mir meine Wut nicht anmerken zu lassen. Davide dachte, ich sei sein Goldtopf. Junge, wartete auf ihn eine Überraschung! Ich war nicht arm, aber ich hatte nicht die Art von Geld, nach der er suchte. Ich fragte mich, welche anderen Pläne Davide noch hatte. Der rückständige Unterhalt, den ich ihm schuldete, reichte nicht aus, um ihn lebenslang zu versorgen. Er musste etwas anderes vorhaben, einen Weg haben, die Kohle mehr werden zu lassen.

„Das war's!", rief Davide von der anderen Seite des Fußballfeldes.

Das war das Ende unseres Treffens. Ich beobachtete Christophe genau, als er Miriam den Handschuh und den Ball zurückgab. Ich wollte mir seine Bewegungen einprägen, die Art, wie er sprach, die Art, wie er ging. Nur für den Fall der Fälle.

Miriam räumte die Sachen weg und er und ich standen irgendwie nur da. Was zum Teufel sagte man, wenn man versuchte, seinen Sohn kennenzulernen?

„Bist du mein Papa?", fragte er.

Fuck. Nun, er wusste definitiv, wie man ein Gespräch begann. Ich kniete mich so hin, dass ich ihm in die Augen sehen konnte.

„Ich weiß es nicht." Ich beschloss, dass Ehrlichkeit hier der beste Weg war. „Das hoffe ich sehr."

Er vergrub seinen Zeh im Gras und sah zu mir auf. „Ich auch."

Davide und seine Freundin luden Christophe in den Pick-up und fuhren los. Er war mein Kind. Es war nicht zu leugnen – von seinen Sommersprossen bis zu seinem Lächeln war er mein Kind. Und ich ließ ihn einfach wegfahren. Aber wenn ich ihn verfolgte, würde das Entführung und eine ganze

Reihe anderer Anklagen bedeuten. Ich musste die Sache ruhig angehen. Eines Tages würde er mit mir nach Hause gehen und wir würden eine Familie sein.

„Hey." Miriam lächelte und tätschelte meinen Arm. „Er wird dir gehören, das verspreche ich. Es wird eine Weile dauern, aber es wird klappen."

War sie schon immer so schön gewesen? Mitternachtsdunkle Locken, die ihr Gesicht umrahmten, warme braune Augen, und natürlich diese Brüste. Nur für einen Moment wollte ich eine menschliche Verbindung. Jemanden, der die Leere füllte, die entstanden war, als ich mein Kind hatte wegfahren sehen. Ich konnte Christophe nicht umarmen, aber ich konnte Miri umarmen. Also beugte ich mich hinunter und legte meine Arme um sie.

Es sollte nur eine freundliche Berührung mit einem Klaps auf den Rücken sein. Aber sobald sie in meinen Armen lag, war es vorbei. Ich war fertig. Ich zog sie an meine Brust und hob sie dann hoch, bis ihre Füße den Boden nicht mehr erreichten. Ich dachte an Christophe, der mich gefragt hatte, ob ich sein alter Herr sei. Mein Gott. Während ich sie an mich drückte, fiel mir auch alles ein, was ich verpasst hatte. Die ersten Schritte, das Klettern auf Bäumen; verdammt, er wusste schon, wie man einen Baseball warf. Aber es gab noch so viel mehr in seinem Leben. Ich wollte mit ihm teilen, was alles noch kommen würde.

Als ich sicher war, dass ich nicht in Tränen ausbrechen würde, setzte ich sie ab.

„Shit. Das tut mir leid", sagte ich und drehte mich von ihr weg, damit sie nicht mein Gesicht sah. „Ich habe mich irgendwie hinreißen lassen."

„Ist schon in Ordnung. Lass uns nach Hause fahren, okay?" Sie ergriff meine Hand und ging zurück zum Wagen.

„Ja, zu Hause klingt gut", murmelte ich und half ihr in den Pick-up.

Ich wollte nur die Füße hochlegen, ein Bier trinken und mit Miriam reden. Hatte sie die Ähnlichkeit zwischen Christophe und mir gesehen? Dachte sie, sein Haar würde dunkler werden und eher ein rotbraun annehmen wie meines? Vielleicht könnte ich sie auf einen Drink einladen und wir könnten uns unterhalten. Nur unter Freunden. Taten Männer und Frauen so etwas? Konnten wir einfach nur reden, ohne Sex und alles? Ich war mir nicht sicher.

Wir schwiegen beide, als ich den Wagen startete und rückwärts aus der Parklücke fuhr.

Ich setzte den Blinker, um mich in den Verkehr einzufädeln.

„Oh", sagte Miriam. „Mein Büro ist links." Fuck. Ich hatte sie eigentlich zu mir nach Hause bringen wollen. Ich wollte die ganze Nacht reden, über meinen Sohn und was ich mir für seine Zukunft wünschte.

Ich holte mich in die Realität zurück. Sie war nicht meine Freundin. Sie war meine Anwältin

und würde wahrscheinlich nach Stunden abrech-
nen.

Ich setzte sie an ihrem Büro ab und fuhr nach
Hause, in mein leeres Zimmer im Clubhaus.

Kapitel 9

Miriam

Sheena blätterte in ihrem Notizblock, während wir uns auf die Scalini-Scheidung vorbereiteten. Alle Zeugenaussagen waren da und wir sollten in zwei Tagen vor den Richter treten. Ich war größtenteils bereit, aber es würde eine erbitterte Fehde werden, und ich wollte keine Überraschungen erleben.

„Ich denke, das ist alles", sagte sie und setzte die Kappe wieder auf ihren Stift. „Heute ist ein weiterer Besuch unter Aufsicht, richtig? Der Devaneaux-Sorgerechtsfall?"

„Ja, das ist mein Fünfzehn-Uhr-Termin." Ich tat so, als würde ich in meinem Kalender nachsehen. Ich wusste, dass es heute war – ich hatte die ganze Woche darauf gewartet. Ich runzelte die Stirn. „Hast du irgendwelche neuen Informationen in dem Fall?"

„Ich habe mich nur gefragt, was du anziehen wirst." Sheena grinste, beugte sich vor und senkte ihre Stimme auf ein Flüstern. „Wirst du wieder die Weste tragen? Das war superheiß."

Ich betrachtete meine Kleidung und spürte, wie Panik in meiner Brust aufstieg. Mein Outfit hatte gut ausgesehen, als ich es heute Morgen angezogen hatte, doch vielleicht hatte Sheena recht. Ich musste mich angemessen anziehen. Die Weste war erfolgreich gewesen – Jean Luc hatte gesagt, ich sähe aus wie eine Frau, mit der er ausgehen würde, aber er hatte sie auch als Kostüm bezeichnet.

„Ist das unangemessen?" Ich blickte auf meinen braunen Hosenanzug und die dazu passenden Pumps hinunter. „Wir gehen nur für einen Snack zu McDonald's. Die haben eine Spielecke."

„Das kannst du nicht mit einem Biker und seinem Sohn bei McDonald's anziehen", beharrte sie und sprang von ihrem Stuhl auf. „Ich habe etwas, das du anziehen kannst."

Nach ein paar Minuten des Anprobierens entschied ich mich für Sheenas Jeansjacke, die cremefarbene Bluse meines braunen Anzugs und meine schwarzen Yoga-Leggins.

„In Ordnung." Ich öffnete die Tür zu meinem Büro, um Sheenas Zustimmung zu erhalten. „Glaubst du, dass ich als seine Freundin durchgehe?"

„Ja." Sie nickte. „Das ist mehr alltagstaugliche Sportkleidung in Chic als Bikerkluft, aber ich denke, es funktioniert." Ich verabschiedete mich von Sheena und ging hinaus. Im Gym blieb ich stehen und betrachtete mich in dem langen Spiegel. Dieses Outfit war ganz anders als die Weste und ich war froh darüber. Letztere hatte sich angefühlt, als würde ich mich zu sehr anstrengen und das hier war viel bequemer. Ich starrte auf mein Spiegelbild und dachte an meine Kleidungsauswahl zu Hause. Ich besaß nur ein Paar Jeans, alles andere war langweilig und formell. Vielleicht war es an der Zeit, etwas zu verändern – und das nicht nur in meiner Garderobe. Mein ganzes Leben brauchte eine Auffrischung.

Ich fuhr auf den Parkplatz von McDonald's und suchte nach dem braunen Pick-up, mit dem Jean Luc mich zuvor abgeholt hatte. Da war keiner, sondern nur ein Motorrad. Ich hatte sein Motorrad im Motel nicht genau sehen können, aber ich nahm an, dass es seins war.

Nachdem ich geparkt hatte, ging ich zur Maschine hinüber. Immer noch kein Jean Luc. Das Motorrad war schwarz mit viel glänzendem Chrom. Wenn der Lack in der Sonne glänzte, kam das Gesicht einer Frau mit langen Haaren zum Vorschein. Sobald man sie einmal gesehen hatte, konnte man sie nur schwer vergessen. Sie war so detailliert, mit einem leichten Lächeln und geschlossenen Augen.

„Gefällt sie dir?"

Ich zuckte zusammen und riss meine Hand zurück. Jean Luc stand da – er musste auf der anderen Seite des Motorrads gekniet haben, als ich hergefahren war. Mir war gar nicht aufgefallen, dass ich versucht hatte, es zu berühren.

„Entschuldigung. Das Bild ist wunderschön. Wer ist sie?", fragte ich.

Sobald die Frage meinen Mund verließ, wollte ich die Antwort nicht mehr hören. Sie war eine schöne, seit langem verlorene Freundin oder Ehefrau. Jemand, von dem ich nicht wissen wollte, dass es sie gab.

Er fuhr mit den Fingern über die Farbe. „Das ist

meine Mutter."

„Oh." Ich atmete tief aus. „Sie ist wunderschön."

„Wo ist deine Lederweste?" Er grinste. „Du weißt schon, dein Freundinnen-Kostüm."

Ich lachte. Ich wurde vermutlich auch rot, als ich an diese Weste dachte. „Meine Mitbewohnerin hatte mich überredet, sie zu tragen." Ich spürte, wie meine Wangen heiß wurden. Ich wurde offenbar rot. „Sie sagte, es würde alles glaubwürdiger machen."

„Ich habe es jedenfalls geglaubt." Er zwinkerte mir zu.

Mein Herz blieb stehen. Flirtete er? Ich hatte keine Ahnung. Ich konnte mich nicht erinnern, wann ich das letzte Mal mit jemandem geflirtet hatte. Ich wusste nicht, was ich tun sollte, also entschied ich mich für das Geschäftliche. „Sind Davide und Christophe schon da?" Ich schaute mich auf dem Parkplatz um. Ich hätte den blauen Lastwagen ja übersehen können. „Wir sind beide etwas zu früh dran." Jean Luc schüttelte den Kopf.

„Ich habe den DNA-Test mitgebracht." Ich tätschelte meine Handtasche. „Es ist ganz einfach. Nur ein Wangenabstrich und den schicken wir dann ins Labor. Wenn wir vor Gericht gehen, müssen wir einen vom County durchführen lassen, aber für den Moment reicht das aus."

„Ich weiß nicht, ob ich die vierzig Riesen aufbringen kann, die Davide verlangt." Er fuhr sich mit den Fingern durch die Haare. „Ich weiß einfach nicht, was ich tun soll."

Ich lächelte. Bei dieser Art von Konversation wusste ich, was ich tat. „Wenn er herausfindet, dass du das Geld nicht hast, wird er dann die Stadt verlassen?", fragte ich.

„O ja", sagte Jean Luc. „Er wird nicht hierbleiben, wenn es nichts zu holen gibt."

„Wir könnten den Papierkram einreichen und auf Sorgerecht klagen, aber er wird die Stadt sofort verlassen." Ich zerbrach mir den Kopf, um eine andere Lösung zu finden. Die meisten meiner Mandanten waren ortsansässig oder daran interessiert, mit ihrem Ehepartner zu kämpfen, um so viel wie möglich zu bekommen. Dieser Fall war ein wenig ungewöhnlich. „Oder wir könnten das Jugendamt anrufen und eine Untersuchung einleiten."

„Was würde dann passieren?", fragte Jean Luc. Er runzelte die Stirn. „Ich will nicht, dass mein Kind in eine Pflegefamilie kommt. Ist das nicht das, was passieren würde, wenn wir das Jugendamt einschalten?"

„Und wenn du die Pflegefamilie bist?", fragte ich. Das war definitiv nicht mein Standardverfahren, aber es konnte funktionieren. „Du könnest dich freiwillig als Pflegevater melden und dann kann er zu dir kommen, bis das mit dem Sorgerecht geklärt ist."

Ich ging um das Motorrad herum und blieb neben ihm stehen. Die Staatsanwaltschaft einzuschalten war die perfekte Idee. Daran hatte ich bis jetzt noch nicht gedacht. „Ich bin deine Anwältin. Lass mich meine Arbeit machen." Ich legte die Hand auf seinen Arm. „Ich weiß, der Gedanke an Pflegefamilien und Familiengerichte und all das klingt beängstigend, aber du hast recht – Davide wird fliehen und er wird Christophe mitnehmen. Wir müssen etwas unternehmen, damit das nicht passiert."

„Ich werde darüber nachdenken." Jean Luc nickte, als ein großer blauer Pick-up auf den Parkplatz rumpelte. Davide und Christophe waren angekommen.

* * *

Sobald die Jungs ihr Essen hatten, ließ ich Jean Luc und Christophe bei ihren Pommes zurück und ging zu Amy. Ich fand, ein kleines Gespräch unter Frauen wäre genau das Richtige, um zu sehen, was sie vorhatten.

„Hey." Ich setzte mich neben sie auf den Bordstein.

Sie bot mir eine brennende Zigarette an. Ich erstarrte. Ich hatte noch nie in meinem Leben geraucht, aber ich spielte die Freundin von Jean Luc. Würde er mit jemandem ausgehen, der rauchte?

„Nein danke, ich habe vor einer Weile aufgehört." Ich wurde immer besser darin, so zu tun, als wäre ich seine Freundin. „Wie geht es dir heute Abend?"

Sie zuckte mit den Schultern. „Ganz gut. Ich

warte nur darauf, nach Hause zu gehen.“

Das war die Art von Information, die ich wollte. „Zurück in dein Zimmer oder zurück nach Louisiana?“, bohrte ich leicht nach.

Amy nahm einen letzten Zug von der Zigarette und zerrieb den Stummel dann auf dem Boden. „Mississippi“, stellte sie klar. „Ich kann nicht mehr zurück nach Louisiana. Aber ich vermisse mein Zuhause. Das Essen in Biloxi ist einfach nicht dasselbe.“

Ich nickte und versuchte, sie zum Reden zu bringen. „Was ist in Louisiana passiert?“

Sie sah mich scharf an, dann verengten sich ihre Augen. „Einfach nur … Zeug.“ Sie zündete sich eine weitere Zigarette an. „Wie lange seid ihr schon zusammen?“

Jean Luc und ich hatten noch nicht darüber gesprochen, also wusste ich nicht, was ich sagen sollte. Stattdessen nahm ich mir an ihr ein Beispiel. „Eine Weile. Lange genug, denke ich.“ Jetzt war es an mir, mit den Achseln zu zucken.

„Bist du Skeeters Old Lady? Ich habe deine Weste gesehen, aber kein Abzeichen.“

Ich hatte keine Ahnung, was es bedeutete, eine Old Lady zu sein. War das dasselbe wie eine Ehefrau? Ich beschloss, dass es am besten wäre, sich einfach an das zu halten, was wir vereinbart hatten.

„Ich bin seine Freundin.“ Ich versuchte, zu lächeln. Verurteilte sie mich gerade? Hatte ich den Test als Freundin eines Bikers bestanden? „Warum

nennst du ihn Skeeter?", fragte ich. „Ich habe noch
nie gehört, dass jemand so genannt wird."

„Früher hatte er wirklich rotes Haar." Amy
starrte in die Ferne, als würde sie sich an die alten
Zeiten erinnern. „Er hatte einen roten Kopf, wie
ein großer alter Moskito. Wir nennen sie im Süden
Skeeter, deshalb."

„Oh." Keine Ahnung, was ich darauf sagen sollte. Ich konnte mir nicht vorstellen, einen großen,
starken Mann wie Jean Luc mit einem winzigen,
summenden Insekt zu vergleichen. „Ich mag 'Jean
Luc' lieber."

Amy zuckte mit den Achseln. „Ich habe ihn
einmal gefickt." Sie nahm einen Zug von ihrer Zigarette.

Das kam unerwartet. Ich ließ meine Handtasche
auf den Asphalt fallen und drehte mich zu ihr um.

„Wirklich?", fragte ich.

Sie nickte und lächelte. „Homecoming-Ball. Ich
war im ersten Jahr, er im letzten. Bevor er mit Delphie zusammenkam." Sie nahm einen weiteren,
langen Zug. „Ich bezweifle, dass er sich jetzt noch
daran erinnert. Skeeter hatte so viele Mädchen.
Aber bei dir scheint es anders zu sein. Die Art, wie
er dich ansieht. Er schaut nicht durch dich hindurch, wie er es bei mir getan hat. Ich wollte nur,
dass du das weißt."

„Wirklich?" Er war anders zu mir? Ich blinzelte
und begriff, dass das ein Kompliment war. Ich
wollte anders sein für ihn – mich von der Masse
abheben. Er machte mein Leben ein bisschen we-

niger langweilig und ich wollte mich wohl revanchieren.

Das Frauengespräch mit Amy war sehr interessant gewesen. „Danke, dass du mir das erzählt hast."

Amy drückte vorsichtig ihre zweite Zigarette aus und vergewisserte sich, dass die Flamme vollständig erloschen war, bevor sie sie wieder in die Schachtel steckte. Hinter uns öffneten sich die Türen und ich hörte Christophe über einen klasse Catch plaudern, den er in der Little League gemacht hatte. Sie und ich gingen zu den Männern hinüber.

„Bevor wir uns verabschieden, habe ich den Test", sagte ich. Ich lächelte und versuchte, so wenig bedrohlich wie möglich auszusehen.

Wir lasen die Gebrauchsanweisung und tupften Christophe mitten auf dem Parkplatz die Wange ab. Christophe war dabei ganz ernst und schloss die Augen.

„Die Ergebnisse erhält man in zwei Wochen." Ich zeigte Davide die Schachtel. Er drehte sie nicht um, um sie zu lesen, sondern starrte nur auf das Bild auf der Vorderseite.

„Zwei Wochen, hm? Ich will mein Geld, wenn die Ergebnisse da sind." Er nickte Jean Luc zu. „Dafür solltest du besser bereit sein."

Sie schüttelten die Hände. „Ja, dann habe ich es", versprach Jean Luc.

Er und ich lehnten uns an mein Auto, während der blaue Pick-up vom Parkplatz fuhr. „Scheiße."

Er strich sich durch die Haare. „Ich werde in zwei Wochen keine vierzig Riesen in der Tasche haben."

„Wir werden das über das Jugendamt abwickeln." Ich drehte mich zu ihm. „Wenn Davide Christophe gut behandelt, wird niemand in Schwierigkeiten geraten. Du wirst zwar Unterhalt nachzahlen müssen, aber in Raten, und der Kleine wird bei dir wohnen, wenn wir die Vaterschaft nachweisen können. Es wird nicht so schlimm werden."

„Es macht mir nichts aus, meinen Anteil zu zahlen", erklärte Jean Luc. „Das Rechtssystem ist verdammt unheimlich. Es wäre vielleicht einfacher, Davide zu bezahlen, aber ich habe im Moment keine vierzig Riesen zur Verfügung. Vielleicht könnte ich mit ihm über Ratenzahlung sprechen."

„Mach es richtig, Jean Luc", flehte ich. „Wenn du versuchst, mit Davide einen Zahlungsplan zu vereinbaren, wird er nie verschwinden. Er wird ständig da sein und die Hand aufhalten und am Ende musst du sowieso den Staat einschalten." Ich drückte seine Schulter. „Mach es auf legale Weise. Das Gericht ist nicht so beängstigend. Ich werde bei jedem Schritt bei dir sein."

„Versprochen?", fragte er und legte seine Hand um meine. Er zog mich an sich und umarmte mich.

Wie beim ersten Mal hielt ich mich an seinen Schultern fest, während meine Füße in der Brise schaukelten. Die Umarmung dauerte jedoch nicht so lange wie beim letzten Mal und er stellte mich wieder auf die Beine. Als er mich absetzte, war mir zum Weinen zumute. Ich hatte gar nicht bemerkt, wie sehr ich mich darauf gefreut hatte, seine Arme um mich zu spüren.

„Danke." Er lächelte, und die Luft zwischen uns wurde spannungsgeladener. „Es ist immer schwer, Christophe loszulassen. Ich weiß es zu schätzen, dass du hier bist und so tust, als wärst du meine Freundin und so. Danke für die Unterstützung."

„Klar, gern." Ich nickte. Er hatte an seinen Sohn gedacht, nicht an seine Anwältin.

Kapitel 10

Skeeter

Christophe zu sehen, war der beste Teil meiner Woche. Der zweitschönste war, Miriam danach zu umarmen.

Dieses Mal trafen wir uns auf einem Kirchenfest. Als ich auf den Parkplatz der Kirche fuhr, kam mir alles wieder in den Sinn. Komisch, ich hatte vergessen, dass Ostern war. Zu Hause gab es alle möglichen Veranstaltungen und Mama hatte immer die ganze verdammte Woche gekocht. Wir hatten die Woche in der Kirche beendet und später hatte es ein großes Abendessen und eine Eiersuche für die Kinder gegeben. Jetzt hatte ich gar nicht mitbekommen, dass es so weit war.

Ich parkte mein Motorrad und versuchte, Davides Pick-up zu finden. Er war noch nicht da. Miriam auch nicht. Also lehnte ich mich an meine Maschine und beobachtete die Familien. Bald würde ich Vater sein – nicht nur dank des Besuchsrechts. Es war eine katholische Kirche, daher waren es überwiegend Familien mit zwei Elternteilen. Vielleicht sollte ich die örtliche Kirchengemeinde in meiner Nähe aufsuchen und mich ihr anschließen. Dann hätte Christophe möglicherweise ein paar Aktivitäten und Freunde außerhalb des Clubs.

Es mussten auch einige alleinstehende Frauen dabei sein. Diese Kirchenmädels waren immer gerne Mamas. Ich würde ein nettes Mädchen finden. Sie würde Mary heißen. Nicht Miriam. Lockenköpfige Anwältinnen namens Miriam traten nicht in die örtliche Gemeinde ein.

Nicht, dass ich auf meine Anwältin scharf gewesen wäre. Fuck. Ich zog meine Jacke aus und verstaute sie sorgfältig in meiner Satteltasche. Das Gleiche tat ich mit meiner Kutte. Ich wollte den Priester nicht erschrecken.

Das kleine weiße Coupé, auf das ich gewartet hatte, fuhr auf den Parkplatz. Ich strengte mich an, um hineinzusehen. Hatte sie wieder diese Weste an? Oder vielleicht diese hautengen Leggings? Ich war mir ziemlich sicher, dass sie keine Unterwäsche getragen hatte, als wir zu McDonald's gegangen waren.

Sie stieg aus dem Auto aus und trug keine Weste. Ich lachte fast über mich selbst. Ich sollte mich nicht darum kümmern, was meine Anwältin anhatte, verdammt. Sie sollte mir nicht so viel bedeuten. Aber das tat sie. Irgendwie wurde die Erfahrung, mein Kind zu treffen und sie zur Unterstützung bei mir zu haben, mit dem Bedürfnis und der Sehnsucht nach ihr und einer Familie und allem anderen vermischt. Fuck. „Hey." Sie stand neben mir und legte den Kopf schief. „Wo ist deine Motorraduniform?"

„Motorraduniform?" Ich lachte und zeigte auf meine Satteltaschen. „Das nennt man eine Kutte. Ich wollte dem Priester keine Albträume bereiten."

Sie lachte und ihre Brüste wackelten ein wenig.

Kein Lederoberteil wie beim letzten Mal, sondern ein enges rotes T-Shirt und eine schwarze Jacke. Nur ein Hauch von sexy.

„Warum nennt man es eine Kutte?" Sie steckte die Hände in die Taschen.

Bevor ich antworten konnte, raste der blaue Pick-up in einer weißen Rauchwolke auf den Kirchenparkplatz. Davides Kühler war mit Sicherheit kaputt.

Davide, die Freundin und Christophe stiegen alle aus und traten durch den Qualm. „Hat der Pick-up Probleme?", fragte ich und bemühte mich um einen lockeren Tonfall.

Davide schaute auf den Wagen, wieder zu mir und kratzte sich am Kopf. „Ja, der Schlauch ist geplatzt und das hat ein Leck im Tank verursacht. Jetzt brauche ich einen ganz neuen Kühler. Meinst du, du könntest mir dabei helfen?" Er grinste und streckte seine Hand zur Begrüßung aus. „Mit 'ner Anzahlung?"

Verdammte Scheiße. Und so begann es. Davide und seine verfluchte Erpressung. Christophe plapperte mit Miriam, ohne auf sie zu achten. Ich holte meine Brieftasche heraus. Tate hatte mir gerade etwas Bargeld von dem letzten Auto, das wir verkauft hatten, zukommen lassen, also hatte ich Geld zur Hand.

„Hier sind zweihundert. Das ist alles, was ich habe. Damit sollte man auf dem Schrottplatz was kaufen können." Ich zuckte innerlich zusammen, als ich ihm die Scheine reichte. Je mehr ich darüber nachdachte, desto mehr wurde mir klar, dass Miri recht hatte. Wenn ich ihm Geld gäbe, würde Davide nie verschwinden. Der Versuch, mit ihm einen Ratenplan auszuhandeln, würde mich auf ewig an dieses Arschloch binden. Ich wollte, dass Christophe mir gehörte und Davide für immer aus unserem Leben verschwand.

„*Merci*." Er lächelte und steckte das Geld in seine Tasche. „Geh nicht weg. Ich bin gleich wieder da und wenn du nicht hier bist, wird die Hölle los sein."

Ich rollte mit den Augen. „*Va te faire foutre!*" *Leck mich am Arsch.*

Ich könnte ihn einfach mitnehmen. Scheiß auf Davides Warnung. Ich könnte längst mit Christophe weg sein, wenn er mit seinem Kühlerschlauch zurückkkam. Das war verdammt verlockend. Aber das wäre eine Entführung und ich musste diese Sache im Rahmen des Gesetzes behandeln. Wie sollte ich das Recht bekommen, sein Vater zu sein, wenn ich ihn entführte?

Ich wandte mich an Christophe. „Bist du bereit für ein paar Runden auf den Attraktionen?"

Er war neun Jahre alt. Er war so was von bereit dafür.

* * *

Zwei Stunden später lehnten Miriam und ich an dem Metallzaun, der die Zuschauer von der Pandabären-Achterbahn trennte. Christophe stand in der Schlange und verglich mit einer anderen Gruppe von Jungen in seinem Alter die Ticketabschnitte.

Ich trat dicht an sie heran und fragte: „Also, zwei Wochen, bis wir die DNA-Ergebnisse haben?"

Sie beugte sich ebenfalls vor. „Es könnte bis zu zwei Wochen dauern. Sie könnten auch früher kommen, aber wahrscheinlich nicht vor nächster Woche. Ich rufe dich an, sobald ich etwas weiß."

Ich nickte. „Verdammt, ich will die Ergebnisse jetzt haben. Was wird passieren, wenn wir den Brief bekommen?"

„Sobald wir einen Vaterschaftsnachweis erhalten, rufe ich das Jugendamt an und informiere sie, dass ein Kind in einem Motel lebt, das nicht in der Schule eingeschrieben ist, und sie können eine Untersuchung einleiten. Sie werden Christophe für die Dauer der Ermittlungen in eine Pflegefamilie geben. Wir werden dich vorher als Pflegevater anerkennen lassen und wenn ich einen wohlwollenden Richter finde, kann er bei dir bleiben. Dann werden wir auf das Sorgerecht klagen. Wir müssen einen weiteren DNA-Test machen, aber es sollte schnell gehen. Du wirst Davide nicht sein Erpressungsgeld zahlen müssen und du und Christophe werdet bis ans Ende eurer Tage glücklich leben."

„Glücklich bis ans Ende unserer Tage", wiederholte ich. Nur dass sie nicht Teil dieses Bildes sein würde. Wer hätte gedacht, dass das Besprechen von Rechtsfragen so sexy sein konnte? Ich beobachtete ihre Lippen, als sie ihren Plan erläuterte. Sie waren rosa und feucht und bewegten sich, während sie sprach. Ich ließ einen Finger über ihren Kiefer gleiten und hob ihr Gesicht an. Würden ihre Lippen fest auf meinen liegen oder weich sein, wenn ich sie küsste?

Ihr Kinn zitterte ein wenig, als ihre Augen meine suchten. Wollte sie, dass ich sie küsste? Was war der Grund für ihr Zittern? Ich musste es herausfinden.

„Hallo, ihr zwei Turteltäubchen!", rief Davides Freundin.

Shit. Miriam schob mich weg. Rosa Flecken färbten ihre Wangenknochen.

„Hallo, Amy." Miriam steckte die Hände in ihre Taschen. „Habt ihr bekommen, was ihr braucht?"

„Ja." Amy nickte uns zu und grinste. Sie hatte gesehen, was wir vorgehabt hatten. „Davide hat einen neuen Schlauch besorgt und der wird uns retten, bis wir heute Abend zum Schrottplatz fahren können."

Christophe kam aus der Achterbahn gerauscht, und wir erhielten einen ausführlichen Bericht. Mir wurde klar, dass er eine Menge verpasst hatte. Kleine Dinge wie Zuckerwatte und eine Kirchenkirmes waren neu für ihn.

Wir spielten noch ein paar Spiele. Insgeheim war ich froh, als er den Goldfisch nicht gewann. Ich hatte das Gefühl, dass wir auch ohne einen verdammten Fisch genug Probleme haben würden, uns kennenzulernen.

Miri hielt sich für den Rest des Tages abseits. Ich versuchte, ihren Blick über Christophes Kopf hinweg zu erhaschen, aber sie schien immer irgendwo anders hinzuschauen.

Ich verabschiedete mich von Christophe auf dem Parkplatz. Als Davides Pick-up davon ratterte, diesmal ohne Rauch, sah ich Miriam an. Wir waren nur noch zu zweit. Vorhin hätte ich sie fast geküsst. Normalerweise handelte ich, wenn ich eine Frau küssen wollte, zuerst einen Stundensatz aus. Aber Miriam war nicht so. Ich überlegte, ob ich sie um ein Date bitten sollte, doch sie war wunderschön und verdammt klug. Ich war nur ein verdammter Biker.

Ich steckte meine Hände in die Taschen. Meine Handflächen schwitzten wie die eines Teenagers.

Wir gingen hinaus, wo ihr Auto geparkt war. Als sie einstieg, öffnete ich den Mund, um sie um ein Date zu bitten, aber ich konnte es nicht tun.

J'étais un imbécile. Ich war ein Narr.

Kapitel 11

Mein Kopf tat weh, mein Handgelenk tat weh – ich hatte überall Schmerzen. Darlene, eine andere Mitarbeiterin, die im Personalrecht tätig war, hatte sich für die nächste Woche krank gemeldet und ich vertrat sie. Natürlich hatte sie morgen eine Anhörung. Sheena saß auf dem Stuhl gegenüber meinem Schreibtisch und wartete darauf, was sie tun sollte.

„Darlenes Ehemann bekommt eine weitere Runde Chemotherapie. Du musst anfangen, ihre Notizen abzutippen. Ich kann sie kaum lesen. Ich werde die ganze Nacht brauchen, um mich vorzubereiten." Das war die Hauptursache für meinen Stress. Darlene war eine großartige Anwältin, aber sie bereitete sich nicht so vor, wie ich es tat.

Sheena schrieb wie wild. „Was ist mit deinem Sechzehn-Uhr-Termin?" Ihr Bleistift war bereit, „absagen" zu schreiben.

Um sechzehn Uhr war ich mit Jean Luc verabredet. Ich wollte ihn sehen, mich für mein Verhalten auf der Kirmes entschuldigen. Ich hatte ihn auf dem Kirchhof fast geküsst. Er war ein guter Kerl und ein Kunde. Er konnte es nicht gebrauchen, dass ich mich bei seinen beaufsichtigten Sorgerechtsbesuchen in meinen Fantasien verlor. Ich stöhnte auf.

„Ich muss dringend mit Mr. Deveraux sprechen", sagte ich. „Behalten wir ihn drin."

„Uhhh." Sheenas Augen wurden groß. „Ich bezog mich auf deinen Sechzehn-Uhr-Termin für Darlene. Ich habe deinem Biker bereits abgesagt. Ich hatte vor, den Termin auf morgen zu verschieben, wenn wir wissen, wie die Sache mit der Firma ausgeht, aber ich kann ihn ja jetzt anrufen. Er hat wahrscheinlich genug Zeit, um hierher zu kommen."

„Nein, nein. Es ist in Ordnung." Ich lächelte, um meine Enttäuschung zu verbergen. „Ich muss mich sowieso um Darlenes Fall kümmern. Mach einfach morgen einen neuen Termin mit ihm aus."

* * *

Später am Abend war ich immer noch mit dem Personalrechtsfall beschäftigt. Ich hatte meine Schuhe längst ausgezogen und saß in meinen Yoga-Klamotten auf dem Boden, während sich um mich herum die Kopien der Zeugenaussagen stapelten.

In dem Fall ging es um systematische Diskriminierung bei der Beförderungspraxis eines großen Produktionsunternehmens. Es gab eine Menge E-Mails durchzusehen und in einen Zeitplan einzuordnen und am Ende des Abends würden mir die Augen zufallen. In meiner Schreibtischschublade bewahrte ich eine kleine Flasche Wodka-Mix mit kalorienarmem Cranberrysaft für solche Fälle auf. Die halb leere Flasche und ein Schnapsglas standen neben mir auf dem Teppich.

Jemand klopfte an die Tür und ich sprang auf. Es war fast acht Uhr abends. Sheena hätte schon längst nach Hause gehen sollen.

„Miriam?", rief eine Stimme.

Jean Luc. Vielleicht war es der Wodka, vielleicht war es diese Stimme, aber mir wurde plötzlich überall warm. Ich wollte ihn sehen, ihm in die Arme fallen und die Tatsache vergessen, dass ich ein Unternehmen verteidigte, das sich weigerte, Frauen oder Minderheiten zu befördern.

„Komm herein."

Er öffnete die Tür und sah sich in meinem chaotischen Zimmer um. Ich hatte meinen Schreibtisch an die Wand geschoben und die Stühle aus dem Weg gestapelt. Ich mochte den Boden, wenn ich arbeitete, aber es sah bestimmt aus, als hätte eine Bombe eingeschlagen.

„Setz dich." Ich deutete auf eine leere Stelle des Teppichs.

Er ließ sich neben mir auf dem Boden nieder und machte etwas Platz, um seine Beine auszustrecken. Cowboystiefel. Sie hatten eine rötlich-braune Farbe, wie sein Haar und der linke hatte eine Abnutzungsspur an der Schuhspitze. Er drehte sich zu mir und lächelte.

„Harte Nacht?" Er hielt das Schnapsglas hoch und gerade außerhalb meiner Reichweite.

„Tut mir leid. Es ist nur ein schwieriger Fall." Ich zuckte mit den Achseln. „Ich habe morgen eine Anhörung."

Er fand die Wodkaflasche, die hinter mir gestanden hatte, und schenkte einen halben Shot ein. „Willst du darüber reden?", fragte er.

Ich schüttelte den Kopf. „Ist vertraulich."

„Ich habe deine Nachricht von vorhin erhalten. Sheena sagte, ich könnte heute Abend vorbeikommen." Er kippte den Wodka in einem Schluck runter.

Normalerweise hätte Sheena einem Kunden nie gesagt, er solle nach Feierabend vorbeikommen, doch heute Abend war ich froh, dass sie es getan hatte. Ich beobachtete, wie sein Adamsapfel wippte, während er schluckte. Ich wollte mich vorbeugen und seinen Hals küssen. Nur eine kleine Kostprobe. Aber dann erinnerte ich mich daran, worüber wir reden mussten und ich wurde ernst.

„Ich habe deine Vorstrafen überprüft." Ich lehnte mich zurück gegen die Wand. Das war kein Gespräch, das ich führen wollte. „Einmal Trunkenheit und Ruhestörung, Diebstahl eines Autos, leichte Körperverletzung, Besitz von Marihuana."

Er füllte das Schnapsglas nach und reichte es mir. Ich trank es aus. Wahrscheinlich würde ich etwas mehr Mut brauchen. In dem Moment, in dem ich den Bericht erstellt hatte, hatte ich mich davor gefürchtet, mit ihm darüber zu sprechen. Er würde nicht mehr der sexy Kunde sein, sondern stattdessen der kriminelle Angeklagte.

„Was soll ich sagen?", fragte er und hob die Hände.

Ich zuckte mit den Achseln und reichte ihm das

Glas.

„Ich hatte das Gras vergessen. Alles andere war Kinderkram. Das ist alles passiert, bevor ich meinen Dienst fürs Vaterland angetreten habe.“

„Auch wenn Gras jetzt legal ist, wird bei Bewerbern als Pflegefamilien immer noch darauf getestet. Wenn sie dich einem Drogentest unterziehen, wirst du dann sauber sein?“, erkundigte ich mich. Die Anklage wegen Marihuana war sechs Jahre her, also noch relativ jung.

Er nickte. „Ich rauche nicht mehr. Ich werde sauber sein.“ Er bewegte sich und kreuzte seine Knöchel. „Wird es meinen Chancen mit Christophe schaden?“

„Ja, möglicherweise“, sagte ich. Ich konnte das nicht beschönigen. „Wenn wir vor einen Richter gehen, wirst du mit dem sorgeberechtigten Elternteil verglichen werden. Im Moment ist das Davide. Aber nichts von dem, was du gerade tust, ist eine Straftat, also solltest du als Pflegevater angenommen werden. Alles ist lange genug her, dass es dich nicht daran hindern sollte.“

Ich ging noch einmal die Einzelheiten seines Falles durch. „Der Vaterschaftstest sollte in fünf oder sechs Tagen hier sein. Sobald die Ergebnisse vorliegen, werde ich Davide mitteilen, dass wir das Sorgerecht einklagen werden. Das Gericht wird entscheiden, dass Davide den Staat nicht verlassen und Christophe mitnehmen darf. Sobald wir den Gerichtsbeschluss in den Händen halten, werde ich über das Jugendamt ein Besuchsrecht erwirken. Bisher waren unsere Besuche eine private Vereinbarung nur mit ihm, aber wir brauchen etwas, das im System anerkannt ist, damit er sich nicht widersetzen kann. Ich denke, wir sollten dich als Pflegevater anerkennen lassen. Wenn Davide das Sorgerecht abgibt, kannst du Christophe sofort als Mündel des Staates aufnehmen. Das ginge schneller."

Das fühlte sich gut an. Ich nahm einen tiefen Atemzug. Vertrautes Gebiet. Er wollte mich vielleicht nicht mehr, aber ich war eine verdammt gute Anwältin und ich kannte mich aus.

„Ich bin mir nicht sicher, was die Sache als Pflegevater angeht", sagte er und sein Lächeln verschwand. „Ich bin nicht bereit, mich um mein eigenes Kind zu kümmern, aber ich werde es versuchen. Ich weiß nicht, ob ich mit noch mehr Kindern zurechtkomme."

„Nein, nein." Ich ergriff seine Hand. Sie war warm, schwielig, genau wie früher. „Es wäre nur für Christophe. Wenn Davide verhaftet wird wegen irgendwas, kommt Christophe nicht zu einem Fremden ins Haus, während wir auf deinen Vaterschaftstest warten."

Er reichte mir den Shot. Ich leerte ihn. Die Welt begann ein wenig zu verschwimmen und ich musste vorsichtig sein. Das war mein vierter Shot heute Abend gewesen und meine Hand lag immer noch in seiner. Er hatte sie nicht weggezogen.

Wir lehnten uns mit dem Rücken an die Wand, und er schwieg einen Augenblick. „Wie viele Kinder sind in Pflegefamilien?", fragte er.

Was auch immer ich erwartet hatte, das war es nicht. Ich wandte mich an ihn. „Ein paar Tausend im Staat Washington. Die meisten Kinder in Pflegefamilien haben keinen Vater, der um sie kämpft."

Er nickte. „Ich möchte ihn wiedersehen." Er drückte meine Hand und lächelte ein wenig. „Komisch, nicht wahr? Ich habe all die anderen Jahre verpasst und jetzt fällt mir das Warten schwer."

Der Wodka rann durch meine Blutbahn und alles kribbelte. Von meinen Zehen bis zu meiner Klitoris. Meine Sicht schwamm und der Raum drehte sich ein wenig. Ich sollte das nicht tun. Er war mein Kunde und wir saßen hier in meinem Büro und tranken Shots.

Er roch so gut, erdig, wie nach einem Regenschauer – und ich rollte mich an seine Seite, legte meinen Kopf auf seine Schulter. Näher an seinem Geruch. Ich wusste, dass es gefährlich war, aber es war mir egal.

„Noch einen Drink für mich." Ich griff an ihm vorbei nach der Wodkaflasche, doch er hielt sie außerhalb meiner Reichweite hoch und lachte. Ich schwang mein Bein herum, um danach zu greifen.

Ich saß auf ihm gespreizt. Ein Knie auf jeder Seite seines Schoßes. Seines sehr harten Schoßes. Ich griff nach oben, wo er die Flasche hielt und die Empfindungen begannen. Ein leichtes Kitzeln brannte zwischen meinen Beinen. Ich stützte die Unterarme auf seine Schultern, bewegte meine

Hüften nach vorne und ließ sie über seinen Schwanz gleiten. Brennende Schüsse der Lust strahlten von meiner Klitoris aus. O Gott, das war der beste Traum aller Zeiten.

Aber es war kein Traum.

„Miriam." Sein Atem war heiß auf meiner Wange. „Ich glaube, du hast zu viel getrunken."

O Gott. Ich war betrunken und rieb mich an ihm. Ich wollte aufstehen, doch er packte meine Hüften und hielt mich fest. Wir starrten uns an. Wollte er mich so sehr, wie ich ihn wollte?

Kapitel 12

Ich drückte sie an mich, ihr Körper war wie erstarrt und ihre Pussy ruhte auf meinem Schwanz. Fuck, sie war heiß wie geschmolzenes Metall, als sie sich an mir rieb. Wir starrten uns an und warteten darauf, dass jemand den ersten Schritt machte.

Sie schluckte und wippte ein wenig.

Ich stöhnte. Egal wie heiß sie war oder wie sehr ich sie wollte, sie war vollkommen betrunken.

Es ging nicht um ihre hüpfenden Titten oder *sa chatte*, die sich durch ihre Yogahose abzeichnete. Ich konnte viele Pussys kriegen, so viele, dass ich Asia verlassen hatte, weil ich gelangweilt war. Aber das hier war anders. Ich wollte auch einfach nur eine gottverdammte Umarmung. Sie fühlte sich gut an – aufregend und angenehm zugleich. Ich mochte es. Es gefiel mir so sehr, dass ich fast wie ein Teenager in meiner Jeans gekommen wäre.

Ich hatte völlig vergessen, dass sie meine Anwältin war. Wenn sie nüchtern gewesen wäre, würden wir jetzt ficken.

Das war eine gottverdammt dumme Idee und nicht nur, weil sie meine Anwältin war. O nein, das war das geringste meiner Probleme. Es war eine verflucht idiotische Idee, denn sie war nicht wie ich. Sie arbeitete in einem schicken Büro und hatte einen reichen, berühmten Vater. Ich war ein

Biker, der Fahrzeugbriefe für illegale Fahrzeuge fälschte. Eindeutig zwei verschiedene Welten.

Bis vor ein paar Tagen wäre es die perfekte Beziehung gewesen – ein One-Night-Stand oder vielleicht nur eine Woche. Minimaler Aufwand, maximaler Sex. Aber jetzt wollte ich mehr als das. Ich wollte sie. Nicht nur wegen dem Sex und der Erleichterung, sondern auch wegen der Kameradschaft und dieser verdammt tollen Umarmung. Es wäre zu einfach, sich zu verlieben.

Ich löste meinen Griff um sie und gab ihr einen kleinen Schubs. Sie rutschte von mir herunter und kuschelte sich an meine Seite. Ich saß da und genoss das Gefühl, sie neben mir zu haben.

Sie schnarchte an meiner Schulter.

„Komm schon, Babe. Zeit, nach Hause zu gehen", sagte ich und schüttelte ihren Arm.

Sie gähnte und stupste mit der Nase gegen meinen Hals. „Ich schlaf auf dem Boden." Sie zuckte mit den Achseln. „Sheena ruft dich an … Details …" Sie verstummte, als sie wieder einschlief.

Ich schaute mir die vielen Papiere auf dem Boden an und weckte sie erneut auf. „Du hast morgen einen großen Tag vor dir." Diesmal versuchte ich, sie zum Aufstehen zu bewegen. „Du wirst in deinem eigenen Bett schlafen wollen."

Sie protestierte, aber das war mir egal. Ich zog ihr eine dicke Jacke an und sie wurde wach genug, um sich Turnschuhe überzustreifen. Ich hob sie hoch.

„Ich kann selber laufen." Sie drückte gegen meine Brust. „Lass mich runter."

Gott, sie fühlte sich so gut in meinen Armen an. Ich wollte ihr zwar nicht mein Herz auf einem Silbertablett servieren, um es mir von ihr brechen zu lassen, aber ich wollte jede verdammte Gelegenheit nutzen, sie an mir zu spüren.

„Keine Widerrede", murmelte ich und stieß die Tür mit dem Fuß auf.

Nachdem ich sie den Flur hinunter und in die Tiefgarage getragen hatte, stellte ich sie vor meinem Motorrad auf die Füße. Sie war weitgehend stabil und hatte keine Probleme, sich festzuhalten.

Ich hätte nie gedacht, dass ich mal eine Frau hinter mich setzen würde. Wenn man eine Frau auf seine Maschine setzte, bedeutete das, dass sie einem gehörte.

Verdammt. Ich runzelte die Stirn. Endlich hatte ich die richtige Frau gefunden und mir fehlte der zusätzliche Sozius. Sie konnte sich nirgendwo hinsetzen.

„Wo sind deine Schlüssel?", fragte ich. „Wir nehmen dein Auto."

Ich lud sie auf den Beifahrersitz ihres Mercedes und ließ mir ihre Adresse geben. Meine Knöchel wurden weiß, als ich das Lenkrad umklammerte. Ich war beraubt worden. Ich wollte ihre Brüste an meinem Rücken, ihre *chatte* gegen meinen Arsch stoßen spüren, wenn wir über die Bodenwellen fuhren. Ich wollte sie auf meinem Motorrad, in meiner Welt. Stattdessen saßen wir in ihrem schicken Mittelklassewagen.

Gott sei Dank hatte ich sie dazu gebracht, mir ihre Adresse zu geben, bevor sie nicht mehr reagierte, denn sie schlief schon, als wir endlich vor ihrem Wohnkomplex anhielten. Ich trug sie die Treppe hinauf und trat leicht gegen die Wohnungstür. Der Fernseher war eingeschaltet und flimmerte im Fenster.

Eine junge Blondine öffnete die Tür. „Miri?" Ihre Augen waren geweitet vor Sorge. Das musste eine Mitbewohnerin sein.

„Es geht ihr gut." Ich wollte allen Problemen aus dem Weg gehen. „Sie hatte nur ein wenig zu viel zu trinken. Wo ist ihr Zimmer?"

Die Frau sah mich an und dann wieder zu der schlafenden Miriam. „Sie müssen ihr Biker sein."

„Ja." Ich nickte. Ich war *ihr* Biker? Miriam musste von mir gesprochen haben. „Ihr Zimmer?"

Die Blondine öffnete die Tür und führte mich in den Flur. Miriams Schlafzimmer war aufgeräumt. Ein großes Bett, eine Kommode, ein Nachttisch. Ich legte sie seitlich auf das Bett und deckte sie mit ihrer geblümten Tagesdecke zu. Wenn wir allein gewesen wären, hätte ich ihr die Schuhe und den Mantel ausgezogen.

Die Mitbewohnerin lehnte sich gegen den Türpfosten und räusperte sich. „Ich kümmere mich um den Rest", sagte sie.

Wir starrten uns wieder an. Verdammt. Das war der Grund, warum ich Professionelle bezahlte – es gab nie diesen unangenehmen Scheiß, bei dem einen jemand beurteilte.

„Haben Sie einen Bleistift?", fragte ich.

„Ja." Die Frau kniff die Augen zusammen. „Wozu brauchen Sie einen Bleistift?"

„Ich will ihr einen Zettel schreiben." Ich räusperte mich. „Wegen meines Falls."

„Okay, wegen Ihres Falls, hm?" Die Mitbewohnerin lächelte wie ein Kind, das einen Keks gestohlen hatte, aber sie besorgte mir den Stift.

Ich kramte eine Quittung aus meiner Tasche, schrieb eine kurze Notiz und legte sie auf Miriams Nachttisch. Ich nickte der anderen Frau zu und trat an ihr vorbei in den Flur.

„Warten Sie!", rief sie, als ich auf die Tür zuging.

Verdammt. Ich drehte mich um und sah sie an. Ich würde hier nicht so einfach rauskommen.

„Es geht ihr doch gut, oder?", fragte sie. „Ich habe noch nie einen Mann gesehen, der sie betrunken nach Hause gebracht hat. Zum Teufel, sie hat noch nie jemanden mit nach Hause gebracht."

Ich war der erste Mann, der sie nach Hause gebracht hatte. Ich war *ihr* Biker. Bei den Huren hatte ich nur ihre Zeit gemietet. Aber bei Miriam – Miri, wie die Mitbewohnerin sie nannte, – gab es keine Transaktion. Es gab nur uns.

Ich versuchte, nicht zu grinsen. „Es wird ihr gut gehen, wenn sie sich erst einmal ausgeschlafen hat. Sie hat lange gearbeitet. Ein großer Fall morgen.

Stellen Sie ihr den Wecker, okay?"

Die Mitbewohnerin nickte. „Willkommen in unserem kleinen Gin-Laden."

Kapitel 13

Eine Sirene heulte auf, also drehte ich mich um und zog die Decke über den Kopf. Nach einem Moment wurde sie weggezogen. Lizzys krauses Haar sah aus wie eine Art Heiligenschein.

„Hey, wach auf! Du musst ins Gericht!" Sie rüttelte an meiner Schulter.

Langsam wurde es mir bewusst. Ich lag in meinem Bett und war bis auf die Schuhe vollständig angezogen. Ich hatte mich gestern Abend beim Lesen dieser furchtbaren Aussagen betrunken. Ich hatte vorgehabt, auf meiner Yogamatte zu schlafen, aber jemand musste mich nach Hause gefahren haben.

Lizzy sprang auf die Matratze und brachte sie zum Wackeln. „Also, dein Biker kam vorbei und hat dich ins Bett getragen."

Ich drückte meine Augen zu. Ich erinnerte mich daran, dass Jean Luc vorbeigekommen war, dass ich mit ihm über seinen Fall gesprochen hatte, aber danach war alles verschwommen. Wir waren uns sehr nahegekommen. Ich wusste noch, dass ich ihn hatte küssen wollen, doch stattdessen hatte ich das Undenkbare getan.

Ich bedeckte mein Gesicht und stöhnte. „O nein."

Lizzy hüpfte wieder auf der Matratze auf und

ab und ich starrte sie böse an. Es war sechs Uhr morgens.

„Nö. Du kommst um eine Erklärung nicht herum." Sie zog ihre Beine unter sich und wartete auf meine Geschichte. „Er hat dich aus dem Auto getragen, die Treppe hinauf und dich ins Bett gelegt. Und er war verdammt heiß. Ich lasse dich nicht aufstehen, bevor ich nicht jedes einzelne Detail kenne."

Ich lehnte mich gegen das Kissen und strich mir die Haare aus dem Gesicht. „Er ist nicht *mein* Biker", murmelte ich. „Kannst du von meinem Bett runtergehen? Ich muss los, sonst komme ich zu spät."

„Sag es mir!", flehte sie. „Komm schon, ich habe geholfen, dich ins Bett zu bringen. Das bist du mir schuldig."

Ich blickte zu ihr auf und wand mich. „Wir haben geredet. Wir haben getrunken. Ich habe versucht, nach der Flasche zu greifen. Und ich habe mich vielleicht auf ihn gehockt."

Sie quietschte. Ich rollte mich in meine Decke ein und versuchte zu sterben.

„Ist das alles?" Lizzy stupste mich durch den Überzug an.

Ich biss mir auf die Lippe und warf ihn zurück. „Vielleicht habe ich mich an ihm gerieben", gab ich zu. Ich hatte mich definitiv an ihm gerieben – und zwar richtig.

„Gerieben? Also mit deiner ..." Sie keuchte. „An seinem ..."

Ich stöhnte und bedeckte meine Augen.

„Raus mit der Sprache", beharrte sie. „Was ist dann passiert?" Wenn Lizzy Klatsch und Tratsch wollte, kam man nicht davon. Ich setzte mich auf und stellte mich dem Horror, der nun mein Leben war.

„Ablehnung. Gigantische, fette, ranzige Ablehnung." Ich seufzte und ließ mich gegen die Kissen sinken. „Er hätte mich küssen können, aber er hat mich stattdessen nach Hause gebracht. Weißt du, in gewisser Weise bin ich froh darüber."

Lizzy rollte mit den Augen. „Na gut, dann lass mal die Begründung hören. Warum bist du froh, dass er dich abgewiesen hat?"

Ich stand auf und ging zu meinem Kleiderschrank. „Ich bin froh, dass ich es hinter mich gebracht habe und mich jetzt auf andere Dinge konzentrieren kann." Ich schnappte mir einen beigen Hosenanzug mit einem passenden Paar Halbschuhe. „Ich werde mich darauf konzentrieren, mich mit jemandem niederzulassen, der mehr mein Typ ist. Ich war nur auf der Suche nach einem Bad Boy und jetzt, wo er mich zurückgewiesen hat, kann ich weitermachen."

„Oh, warte." Lizzy sprang vom Bett auf. „Bevor du zum nächsten weiterziehst, hat er dir einen Zettel hinterlassen. Was steht da drin?"

Sie reichte mir ein kleines, zusammengefaltetes Stück Papier. Es war eine Quittung von einem Supermarkt. Auf der Rückseite stand eine Notiz.

Der Club veranstaltet einen Familienabend am

Samstag. Wir treffen uns um 19 Uhr.

Es gab eine Adresse und eine Skizze von einem Haus. Sie war erstaunlich gut – die Büsche und Fenster waren alle perfekt ausgearbeitet. Keine Unterschrift.

„Ist das ein Date?", fragte ich und drückte Lizzy die Quittung in die Hand.

„Ja", sagte sie, aber dann zog sie die Augenbrauen zusammen. „Er holt dich nur nicht ab."

„Und es ist ein Familienabend", meinte ich. „Was, wenn Christophe kommt und er mich eingeladen hat, weil ich die Freundin sein soll? Wahrscheinlich interpretiere ich da einfach zu viel hinein."

Lizzy und ich starrten uns verwirrt an.

„Na ja, so oder so", sagte sie lachend, „es ist keine große, fette Ablehnung. Du kannst jetzt noch nicht weiterziehen."

* * *

Meine Schultern schmerzten, als ich meine Umhängetasche die Treppe hinunter in mein Büro im Keller schleppte. Es war schon nach fünfzehn Uhr und ich spürte noch immer die Wirkung des Wodkas von gestern Abend.

„Hey, ist Darlenes Fall gut gelaufen?", fragte Sheena.

Ich nickte und hielt vor ihrem Schreibtisch. „Ja. Der Richter hat entschieden, dass die Beweise nicht ausreichen, um in einem Zivilprozess weiterzukommen." Ich sah mich um und vergewisserte mich, dass niemand in der Nähe war, um meine nächste Bemerkung zu hören. „Aber sie haben es getan. Sie haben nur die Freunde des Chefs befördert. Es war furchtbar." Ich seufzte – wenigstens war es vorbei. „Gibt es irgendwelche Nachrichten?"

Sheena und ich gingen die drei Informationen durch, die heute Morgen eingegangen waren und sahen dann meinen Kalender durch. Es waren die üblichen Zeugenaussagen, Mandantenbesprechungen und eine Anhörung vor dem Bezirksgericht.

„Wie geht es mit dem Fall Devaneaux voran?", fragte sie. „Ich habe ihm gesagt, dass er gestern Abend vorbeikommen soll, um an dem Fall zu arbeiten. Es sei denn, ihr beide habt gestern Abend mehr als nur Papierkram erledigt? Ich würde es nicht weitertratschen. Er ist ziemlich heiß."

Ich holte tief Luft. Ich konnte das; ich konnte Jean Luc gegenüber professionell sein. Im Büro war er nur „der Fall Devaneaux".

„Wir wollen Mr. Devaneux als Pflegevater einsetzen. Ich möchte, dass du einen Termin mit dem Jugendamt vereinbarst und dann einen Vorabbesuch nur mit uns durchführst. Ich muss mir seine Wohnung ansehen, bevor es der Bezirk tut. Er ist ein Junggeselle und ein Biker. Wer weiß, was ich vorfinden könnte?"

„Okay." Sheena schrieb eine Haftnotiz. „Wann willst du den Hausbesuch machen?"

Ein Vorabhausbesuch bedeutete, dass ich die Wohnung des Mandanten besichtigte, und sicherstellte, dass sie einer Inspektion standhielt, wenn der Sozialarbeiter des Bezirks vorbeikam. Das war ein Standardverfahren, ich hatte es nur noch nie gemacht. Die meisten meiner Klienten brauchten ein solches Gespräch nicht. Ich runzelte die Stirn.

Ich würde Jean Luc in seinem Privatbereich sehen. Sein Leben. Sogar sein Schlafzimmer.

Ich räusperte mich. „Bereite nur das Übliche vor. Also … ähm … zwei Termine mit Jean Luc. Wir setzen ein Meeting mit dem Jugendamt an und vereinbaren dann den Hausbesuch ein oder zwei Tage später.“

Die Treffen mit der Behörde wären simpel. Der Hausbesuch war das, was mir Sorgen bereitete. Nur ich und Jean Luc bei ihm zu Hause. Was würde ich vorfinden?

Kapitel 14

Miriam

Es dauerte ewig, bis der Samstag kam. Als es so weit war, starrte ich in meinen Kleiderschrank. Ich hatte immer noch nichts zum Anziehen. Lizzy saß auf meinem Bett, während ich meine Kleiderauswahl überprüfte.

„Ich glaube, es ist eine Verabredung", sagte sie und verschränkte die Arme vor der Brust.

„Das ist kein Date." Wir hatten dieses Gespräch schon fünfzehn Mal geführt. „Ich treffe ihn dort. Ich wette, er bringt Christophe mit und hat vergessen, es mir zu sagen."

Ich blickte finster auf meinen Kleiderschrank. Das war kein Date. Egal, wie sehr ich es mir wünschte, ich durfte mir keine Hoffnungen machen. Ich unterstützte nur meinen Mandanten bei einer Familienfeier. Sobald ich dort ankam, würde ich mich für mein höchst unprofessionelles Verhalten von neulich Abend entschuldigen. Es war keine Verabredung.

„Na gut, es ist kein Date. Aber du willst sehen, wie es wäre, mit ihm auszugehen, nicht wahr?" Sie stand auf und durchstöberte meinen Schrank. „Willst du mit ihm eine Probefahrt machen, um zu sehen, ob er genug Pferdestärke hat?"

„Es ist kein Date", wiederholte ich. „Ich muss nur sicher sein, dass er ein guter Vater sein würde, bevor ich ihn vertreten kann."

„Vroom vroom." Lizzy grinste mich an.

Vielleicht hatte sie recht und ich wollte einfach nur sehen, wie es wäre, mit Jean Luc zusammen zu sein. Er würde ganz anders sein als Pete, das wusste ich.

Nachdem ich die Hälfte meines Kleiderschranks anprobiert hatte, entschied ich mich für eine Jeans, ein lila T-Shirt und einen schwarzen Hoodie. Jede Veranstaltung mit einer Gruppe von Bikern hatte bestimmt eine legere Kleiderordnung. Oder?

* * *

Ich verkrampfte die Finger um das Lenkrad und folgte den Anweisungen, die er auf den Zettel geschrieben hatte. Ich hielt vor einem Farmgebäude aus den 1960er-Jahren an. Das Haus war weiß mit roten Ziegeln und Sträuchern vor der Tür, genau wie auf der Quittung. Ich war ein wenig spät dran. Jede einzelne Hose anzuprobieren, die ich besaß, hatte dazu geführt, dass ich etwa eine halbe Stunde hinter dem Zeitplan lag.

Von irgendwoher aus dem Hinterhof dröhnte Musik. Vielleicht war das eine schlechte Idee. Er war schließlich ein Biker und es konnte gefährlich werden. Ich stellte mir all die schrecklichen Dinge vor, die schief gehen konnten. Ich zitterte, als ich läutete. Ich sollte nicht hier sein.

Eine junge Frau mit einem blonden Pferdeschwanz öffnete die Tür. „Hallo!" Sofort zog sie mich in eine feste Umarmung. „Sie müssen Miriam sein. Ich bin Krista. Skeeter hatte gehofft, Sie würden kommen.“

„Wer?“, fragte ich. Ich suchte an ihrer Schulter vorbei nach Jean Luc oder nach irgendeiner illegalen Aktivität, aber da war nur eine Gruppe kleiner Mädchen, die in Prinzessinnenkleidern im Wohnzimmer spielten. Keine Biker in Sicht. „Bin ich im richtigen Haus?“

„Skeeter. Den wollten Sie doch hier besuchen, oder?“ Sie runzelte die Stirn. „Rote Haare, buschiger Bart?“

„Ja. Das ist er.“ Das Gespräch mit Amy fiel mir wieder ein und ich nickte. „Ich habe seinen Spitznamen vergessen. Ja, ich bin hier, um Skeeter zu sehen.“

Krista lachte. „Das ist sein Straßenname.“ Sie grinste. „Kommen Sie rein. Ich führe Sie herum.“

Sie legte ihren Arm um meine Schultern, als wir durch das Haus gingen. „Wir sind erst vor ein paar Monaten eingezogen, also ist es eine Art Einweihungsparty“, erklärte sie.

Ich wollte Jean Luc finden, Hallo sagen und dann gehen. Aber sie strahlte und wollte mir ihr neues Zuhause zeigen. Es war ein typisches Haus mit drei Schlafzimmern. Krista hatte vor, die Bäder zu renovieren und das Büro zu vergrößern. Am Ende landeten wir in der Küche. In der Mitte des Raumes stand die schönste Frau, die ich je gesehen hatte. Sie war groß, hatte langes, perfektes braunes Haar und befüllte gerade ein paar Eier.

„Das ist Miriam; sie ist hier, um Skeeter zu besuchen“, stellte Krista mich vor.

„Ich bin Bettes, Tates Old Lady.“ Die Schönheitskönigin lächelte. „Wir haben uns schon darauf gefreut, Sie kennenzulernen.“

„Wirklich?“ Ich runzelte die Stirn. Jean Luc musste ihnen gesagt haben, dass ich kommen würde. War es also doch eine Verabredung? Oder vielleicht war Christophe hier und Jean Luc wollte mich nur dabei haben, falls der Junge ein Detail verraten würde, das dem Fall irgendwie helfen könnte?

„Es ist ja nicht so, als wäre das ein Date“, scherzte ich. „Wird jeder Anwalt mit so viel Enthusiasmus empfangen?“

Mein dummer Spruch ging daneben. Krista, die vorher so fröhlich gewesen war, wirkte etwas niedergeschlagen. Bettes’ Gesicht wurde zu einer gelassenen Maske und sie konzentrierte sich darauf, die Eier weiter zu befüllen. Die einzigen Geräusche waren die kleinen Mädchen, die im Nebenzimmer Prinzessin spielten.

„Also … ähm … ist er hier?“ Ich schaute mich in der Küche um und zurück ins Wohnzimmer.

„Alle sind hinten. Ich führe Sie hin.“ Kristas Lächeln war dieses Mal gezwungen.

Sie blieb vor einer Glasschiebetür stehen. Dahinter befand sich ein Hof voller Männer in Lederkleidung und ein paar Frauen. An die Dachrinne war ein Korb genagelt, und eine Gruppe von Kindern spielte Basketball.

Ich beobachtete die Menschenmenge auf dem

Hof. Es würde mich nicht überraschen, wenn ich einen dieser Männer im Büro meines Vaters sehen würde, der einen Strafverteidiger brauchte. Sie waren alle tätowiert und nicht wenige trugen Bärte. Ich wusste, dass sie in Ordnung sein mussten, denn ich bezweifelte, dass Jean Luc mich an einen gefährlichen Ort einladen würde, aber es war trotzdem einschüchternd.

Krista wollte die Tür öffnen, doch ich hielt sie auf. „Warte. Darf ich Sie etwas fragen?" Mein Herz klopfte wie wild. Vielleicht gehörte ich nicht hierher und sollte einfach gehen. „Warum hat Jean Luc mich hergebeten? Was mache ich hier?"

„Ich garantiere Ihnen, dass Sie nicht als seine Anwältin hier sind." Krista zwinkerte. „Christophe ist nicht hier, nur Jean Luc."

„Oh." Meine Wangen fühlten sich heiß an. Es war wohl doch ein Date.

„Kommen Sie." Sie schob die Tür auf. „Zu Skeeter geht's da lang."

Alle starrten mich an, als ich Krista über die hintere Veranda folgte. Es gab einige Frauen, aber im Großen und Ganzen waren es nur Männer. Da so viele Augen auf mich gerichtet waren, beschleunigte ich meinen Schritt. Ich wollte nicht länger als nötig im Zentrum der Aufmerksamkeit stehen.

Krista hielt vor Jean Luc bei einer Gruppe von Männern. Er trug seine normale Weste, aber darunter eine Lederjacke. Ich war mir nicht sicher, was ich sagen sollte. Wenn Krista recht hatte und dies ein Date war, wollte ich es nicht vermasseln.

Bevor ich den Mund öffnen konnte, packte ein Mann mit Bürstenhaarschnitt Krista und küsste sie. Es war ein leidenschaftlicher Kuss, bei dem sich bestimmt ihre Zehen krümmten und schon bald riefen einige Leute dem Paar unflätige Kommentare zu.

Jean Luc beobachtete sie einen Moment lang und schaute dann zu mir. Unsere Augen trafen sich. Ich wollte, dass er mich auf diese Weise küsste. Ich wollte, dass er mich nach hinten beugte und mich küsste, als würde ich ihm gehören. Es juckte mich in den Fingern, an Jean Lucs Hals hinauf zu streichen und seinen Mund auf meinen zu bringen. Die Hand des Mannes glitt hinunter zu Kristas Hintern und drückte zu. Ich biss mir auf die Lippe. Ich wollte auch so fühlen. Ich wollte, dass Jean Luc mich in einen Kuss aus Besitzgier und Leidenschaft verwickelte, alles in einem.

Jean Luc ging um die beiden anderen Männer herum, die immer noch Krista und ihren Freund lüstern anglotzten. Als er neben mir stand, beugte er sich näher zu mir. Ich konnte ihn riechen, diesen erdigen Geruch nach Lehm und frischer Luft, den er stets verströmte. Ich schloss meine Augen und atmete ein.

Er flüsterte: „Ich war mir nicht sicher, ob du es schaffen würdest."

„Ich musste einfach kommen." Ich grinste und genoss eine Sekunde lang seine Nähe, dann wich ich zurück. „Ich konnte mir diese schöne Einladung nicht entgehen lassen."

Er lachte und berührte meinen Ellbogen. „Ich stelle dich mal den anderen vor."

Wir spazierten über den Hof und er machte mich mit allen lederbekleideten Riesen bekannt. Sie waren massig und groß, aber lustig. Sie rissen Witze; einer erzählte mir eine witzige Geschichte. Jean Luc holte mir ein Bier vom Fass. Es war die Biker-Version einer Cocktailparty.

Nach einer Weile bemerkte ich, dass ich nicht mehr jedes Mal angespannt war, wenn mich jemand mit Tattoos und Leder ansprach. Die Jungs sahen vielleicht ein bisschen rau aus, aber alle waren locker und intelligent. Ich merkte, dass ich mich nicht nur wohl fühlte, sondern tatsächlich gut amüsierte.

Gegen Ende der Hinterhoftour trafen wir auf einen silberhaarigen Biker.

Jean Luc berührte meinen Ellbogen und sagte: „Tate, das ist Miriam Englestein."

„Sie müssen Bettes Lebensgefährte sein." Ich streckte ihm die Hand entgegen. „Ich habe sie in der Küche getroffen."

Die Männer in der Nähe lachten. Tate zwinkerte und schüttelte mir die Hand. „Ich und Bettes sind seit fast zehn Jahren verheiratet. Sie ist meine Old Lady. Sie sind Geralds Tochter, stimmt's? Ich wusste nicht, dass Skeeter Sie eingeladen hat. Sie werden sein Kind zurückholen?"

„Ja, Gerald Englestein ist mein Vater." Ich konnte nicht wirklich etwas über den Fall sagen, nicht einmal zu Tate. Ich schaute zu Jean Luc, in der Hoffnung, er würde es erklären.

„Gerald hat mich an sie verwiesen." Jean Luc lächelte, berührte meinen Ellbogen und drehte mich so, dass ich Tate erneut gegenüberstand. „Sie hilft mir bei dem Sorgerechtsfall."

Tate musterte mich. Von oben nach unten. Nicht auf eine sexuelle Art, sondern einfach nur abschätzend. Er wandte sich an Jean Luc und runzelte die Stirn. „Wir müssen uns später unterhalten."

Ich blickte zwischen den beiden Männern hin und her. Ich war der Grund für eine Auseinandersetzung. Interessant.

Tate. An den Nachnamen konnte ich mich nicht erinnern, aber ich wusste, dass ich seinen Namen auf den Unterlagen für den Auftrag gesehen hatte. Der Club zahlte einen hohen Vorschuss für die nationale Vertretung, doch Tate war als Kontaktperson aufgeführt. Außerdem stand auf seiner Weste „Präsident." Wer auch immer er war, er war ein hohes Tier im Club und meine Anwesenheit machte ihn wütend. Ich trat zurück und ließ sie reden. Das Gespräch drehte sich um die Reparatur eines Fahrzeugs, offenbar ein Geschäftszweig des Clubs. Ich stand neben Jean Luc, beobachtete aber Tate aus dem Augenwinkel. Was hatte er gegen mich? Vielleicht hätte ich nicht kommen sollen. Immerhin war Jean Luc ein Mandant.

Eine Frage ging mir immer wieder durch den Kopf – warum war ich hier? War es, weil Jean Luc seine Anwältin hier haben wollte? Oder war das ein Date? Er hatte nicht versucht, mich zu küssen oder etwas Bestimmtes zu sagen, also war ich mir weiterhin nicht sicher. Ich trank noch einen Schluck von meinem Bier.

Als wir zu einer anderen Gruppe hinübergingen, fühlte sich mein Kapuzenpullover zu warm an. Während die Männer über Autos und Reparaturprojekte sprachen, zog ich den Reißverschluss herunter und versuchte, mir diskret Luft zuzufächeln.

„Warum bin ich hier?", platzte ich heraus und drückte Jean Lucs Arm. „Warum hast du mich gebeten, zu kommen?"

O nein. Ich war so in meine Gedanken vertieft gewesen, dass ich vergessen hatte, dass wir auf einer Party waren. Alle hatten meine Bemerkung gehört. Die Männer hörten auf zu reden und sahen erst zu Jean Luc und dann zu mir hinab. Jean Luc packte mich am Ellbogen und führte mich von der Menge weg.

„Geht es dir gut?", fragte er.

Der Hof war voll von Männern, die alle die gleiche Weste trugen – Freunde. Frauen, die sich kannten und miteinander lachten und redeten. Sie erzählten alle Witze. Ihre Kinder spielten zusammen. Es war eine Familie und ich wollte dazugehören, mit Jean Luc. War ich hier, weil ich seine Anwältin war? Oder war ich hier, weil er mehr wollte?

Ich konnte es nicht mehr ertragen. Ich musste es

wissen.

„Warum bin ich hier?", wiederholte ich. Ich verschränkte die Arme vor der Brust.

„Ich schätze, ich wollte einfach jemanden, der mit mir zum Familienabend geht. Aber ich verstehe schon. Das ist nicht deine Szene. Ich bringe dich nach Hause." Er steckte die Hände in die Taschen. „Stell mir einfach deinen Stundensatz in Rechnung." Er machte einen Schritt an mir vorbei und ich ergriff seinen Arm. „Ich will dir keine Rechnung stellen", erwiderte ich. Seine Muskeln unter dem Leder waren angespannt. „Ich habe mich nur gefragt, warum du mich hier haben wolltest."

„Es ist dumm." Er schaute zur Seite des Rasens, wohin die kleinen Mädchen ihre Teeparty verlegt hatten und dann wieder zu mir. „Ich kann Christophe nicht bei mir haben und ich wollte nicht allein sein."

„Ah, natürlich." Ich lächelte und versuchte, mich zu beherrschen. „Aber ich glaube, ich gehe jetzt nach Hause." Ich hatte keine Liebeserklärung erwartet, aber ich hatte zumindest wissen gewollt, ob es sich um ein Date handelte. Ich hatte nicht damit gerechnet, dass er mir sagen würde, er wollte einfach nicht allein sein. Ich wandte mich wieder dem Haus zu.

„Miriam, warte." Wir gingen ein paar Schritte zusammen, bevor er stehen blieb. „Ich habe damit nicht gemeint, dass du meine zweite Wahl bist."

Ich erstarrte mitten im Gehen und sah ihn an. Die Kanonenkugel in meinem Magen hatte sich gerade in einen Dolch verwandelt. Zweite Wahl. Diese beiden Worte hallten in meinem Kopf wider. Er konnte sein Kind nicht hier haben, also hatte er mich gefragt. Ich hatte sehen wollen, wie es mit ihm sein würde und ich hatte meine Antwort bekommen. Ich war die zweite Wahl.

Ich holte tief Luft, setzte mein bestes Lächeln auf und ging.

Kapitel 15

Ich starrte in das Lagerfeuer im hinteren Teil des Hofes. Rip und Clint sprachen über einen Jaguar X-J220, den wir bald reinbekommen würden, aber ich dachte an Miri. Sie war vor zwei Stunden gegangen. Sie war höflich gewesen, doch ich wusste, dass ich es vermasselt hatte. Früher in der Nacht hatte es definitiv gefunkt zwischen uns, das war allerdings vorbei, sobald ich meine große Klappe aufgerissen hatte. Die Dinge hatten sich innerhalb von Drei-Komma-Sechs Sekunden von großartig zu beschissen entwickelt.

Ich hatte mich wie ein verfluchtes Arschloch aufgeführt und hatte behauptet, dass ich sie nur als Zweitplatzierte eingeladen hatte. Ja, ehrlich gesagt, hatte ich gehofft, den Abend mit meinem Kind verbringen zu können. Aber sie war ebenfalls wichtig. Ich hätte doch nicht laut sagen können, dass ich die ganze Zeit an sie gedacht hatte und sie jedes Mal küssen wollte, wenn ich sie ansah. Fuck, vielleicht hätte ich es aussprechen sollen. Das wäre viel besser gewesen, als zu behaupten, dass sie an zweiter Stelle stehen würde.

Ich beobachtete die anderen Paare, die in der Dunkelheit am Lagerfeuer kuschelten, und dachte an sie. Nicht an Christophe.

„Skeet", hörte ich Tate aus der Finsternis rufen. „Lass uns reden."

Ich folgte dem Klang seiner Stimme und entdeckte ihn und Colt unter der Eiche.

„Stehst du auf sie?", fragte Tate.

„Es war nichts." Ich rollte mit den Augen. Ich war seit der verfluchten Junior Highschool nicht mehr in ein Mädchen verknallt gewesen. „Ich habe sie nur zum Spaß eingeladen."

„Hör zu, wir sind alle verdammt froh, dass du die endlose Reihe von Nutten und Schlampen unterbrichst." Colt reichte mir noch ein Bier. „Aber Englesteins Tochter ist nicht die Richtige. Er ist der Anwalt des Clubs und man scheißt nicht, wo man isst."

Scheiß drauf. Sie hatten kein Recht, sich in mein Privatleben einzumischen.

„Tja, ich habe seine Hilfe nie gebraucht. *Mein* Weib hat den Club nicht hingehängt", schoss ich zurück. Es war bekannt, dass Colt deshalb nach Tacoma geschickt worden war. Seine Ex-Freundin hatte den Club an die Drogenfahndung verraten und er hatte den Großteil eines Jahres im Staatsgefängnis wegen Waffenbesitzes verbracht. „Und bevor ihr fragt, sie ist nicht meine Frau." Colt warf mir einen harten Blick zu. Er und ich waren immer Freunde gewesen und dies war das erste Mal, dass ich ihn angegriffen hatte. Ich fuhr mir durchs Haar.

„Ich weiß, dass es dich verletzt." Tate klopfte mir auf die Schulter. „Du willst, dass dein Kind in Sicherheit ist und der ganze Schlamassel erledigt ist. Aber Englesteins Tochter zu vögeln, wird die

Sache für den ganzen Club nur noch komplizierter machen. Wenn die Sache schief geht, verlieren wir vielleicht den besten Anwalt der USA und unser Bündnis mit der Horde."

„Ich habe dafür gestimmt, einem Club beizutreten. Ich werde nicht in der Angst leben, dass die Horde nicht gutheißt, wie ich mein verdammtes Leben lebe." Ich schüttete die Reste meines Biers aus und warf den Becher in den Mülleimer. „Genießt eure Party. Ich gehe jetzt nach Hause."

Kapitel 16

Skeeter

Wir verließen den Versammlungsraum und machten uns auf den Weg zur Bar. Es gab keine neuen Angelegenheiten zu besprechen, sodass wir das Clubtreffen in der Hälfte der Zeit hinter uns gebracht hatten. Da es ein ganz normaler Abend war, war niemand sonst zu einer Party eingeladen worden. Ich war überrascht, Krista beim Einschenken der Getränke zu sehen. Bevor sie und Colt zusammengekommen waren, war sie hier im Club für die Bar – und andere Bedürfnisse – zuständig gewesen. Sie mussten einen Babysitter für die Nacht bekommen haben.

„Willst du noch eins, Skeet?" Krista bot mir ein kaltes Longneck an. „Wie läuft's mit Christophe? Brauchst du Hilfe mit ihm?"

Sie war eine gute Frau.

„Wahrscheinlich." Ich zuckte mit den Achseln. „Ich muss erst das Sorgerecht bekommen."

Shit. Ich war so darauf konzentriert gewesen, dass ich gar nicht wusste, was danach passieren würde. Es würde ja nicht ständig wie der Weihnachtsmorgen im Haus meiner Eltern sein. Es würde Schule und Wochenenden geben und vielleicht Baseballtraining. Scheiße. Ich musste über *alles* nachdenken.

Ich spürte ein wenig Panik in meiner Brust und

wandte mich an Krista. „Ich werde wahrscheinlich eine Menge Hilfe brauchen." Wir lachten beide.

„Hey, Mann." Colt kam auf mich zu und klopfte mir auf die Schulter.

„Ich hatte gehofft, mit dir über einen Sozius für mein Motorrad sprechen zu können", sagte ich.

Colt grinste. „Klar, ich habe einen zu Hause. Wenn du ihn willst, gehört er dir. Willst du mit dem Jungen eine Runde um den Block fahren?"

Ich nickte. Fuck. Der zusätzliche Sitz sollte für mein Kind sein.

„Ich habe nicht viel Erfahrung mit Kindern. Was soll ich mit ihm unternehmen?", fragte ich. „Mit ihm in den Park gehen und so? Was machen Kinder denn gerne?"

Colt zuckte mit den Achseln. „Park ist gut. Aber meistens mögen sie es einfach, wenn man ihnen Aufmerksamkeit schenkt. Interessiere dich für das, was er mag. Du kriegst das schon hin."

„Colt lernt zum Beispiel jeden Schritt von Beckys Tanzroutine und sie üben zusammen." Krista grinste hinter der Bar hervor. „Willst du es den Jungs zeigen?"

„Erzähl hier nicht meine Geheimnisse herum, Frau." Er versuchte, es wie eine Warnung klingen zu lassen, doch es endete damit, dass sie beide lachten.

Ich sah zwischen den beiden hin und her. Wie sie glücklich über ihr Kind redeten. Fuck. Ich wollte das mit Miri und Christophe. Daraus würde aber nichts werden, also musste ich aufhören, von diesem Scheiß zu fantasieren. Ich hatte versucht, sie zu einem verdammten Date einzuladen und ihr gesagt, sie sei meine zweite Wahl, weil ich Christophe nicht hatte mitnehmen können.

„Wie auch immer." Colt drehte sich zu mir. „Willst du mit mir zurück zum Haus kommen, um den zusätzlichen Sitz zu holen?"

Der zusätzliche Sitz, der nicht für Miri bestimmt war.

„Ja, gerne." Ich suchte in meiner Tasche nach meinen Schlüsseln. „Hey, ich habe meine Schlüssel und mein Handy drin vergessen. Ich treffe dich draußen bei den Motorrädern."

Ich ging zurück in die Kapelle, wo ich mein Mobiltelefon im Korb gelassen hatte. Als ich es nahm, stellte ich fest, dass Miris Büro kurz nach sechzehn Uhr angerufen und eine Nachricht hinterlassen hatte. Einen Moment lang hoffte ich, dass sie vielleicht ein Date wollte. Aber als ich die Mailbox abhörte, war klar, dass es um etwas Geschäftliches ging. Ich hatte einen Termin mit dem Bezirk, dem Jugendamt. Morgen würde ich ein Pflegevater werden.

* * *

Ich folgte Colt zurück zu seinem Haus. Krista saß hinten auf seinem Motorrad und hatte die Arme um ihn geschlungen, während sie fuhren. Ich kam mir vor wie ein verdammter Voyeur, aber ich beobachtete sie trotzdem. Wie würde es sich wohl anfühlen, Miri hinter mir zu haben?

Wir bogen in die Einfahrt und Colt half Krista von der Maschine, dann verschwand sie im Haus. Colt und ich gingen in die Garage, wo er alle seine Ersatzteile aufbewahrte.

„Willst du ein Bier oder etwas anderes? Krista hatte heute Abend die Mädels zu Besuch und sie haben Kekse gebacken", sagte Colt, während er mir eine Schachtel zum Durchsehen reichte. „Das sind verdammt gute Kekse."

„Nein, danke, Mann. Ich bin nicht hungrig." Wir gingen schweigend die Sachen durch und suchten nach dem zusätzlichen Sitz. Ich war so lange allein gewesen, dass ich keine Ahnung hatte, wie es sein würde, mit einer Frau zusammenzuleben. Mit jemandem, der Kekse backte.

„Spielst du gerne Familie? Mit Krista und dem Kind?", fragte ich.

„Es gefällt mir besser als ich es mir je hätte vorstellen können." Colt starrte mich hart an. „Denkst du an die Anwältin?"

Die Anwältin, die Colt und Tate für eine schlechte Idee hielten. Ich zuckte mit den Achseln und griff nach einer weiteren Kiste mit Teilen. „Nee, das ist sowieso eine dumme Idee. Sie ist meine Anwältin und so."

Ich hasste es, dass Colt und Tate Recht hatten. Mit meiner Anwältin, der Tochter des Anwalts des Clubs, auszugehen, war eine schlechte Idee. Aber, Scheiße, als ich beim Familienabend den Arm um sie gelegt hatte, hatte es sich so richtig angefühlt.

„Sicher?" Er stellte seine Schachtel ab und nahm einen Schluck von seinem Bier. „Ich weiß, Tate und ich haben dich neulich hart rangenommen, aber du warst verdammt glücklich, zumindest bis zum Ende des Abends. Was ist passiert?"

Ich zuckte mit den Achseln. „Nichts." Ich konzentrierte mich auf meine Kiste mit den Teilen. „Ich habe neulich Abend das verdammt Falsche gesagt. Ich habe einfach mein verfluchtes Maul aufgerissen wie ein verfickter *couillon*."

„Ein was?" Colt sah auf.

Ich übersetzte. „Ein Narr."

Er lachte. „Ja, ich habe auch ein paar idiotische Sachen zu Krista gesagt, bevor wir zusammenkamen. Das kommt vor – man muss es nur in Ordnung bringen."

Ich schüttelte den Kopf und gestand alles. „Ich bin sowieso nur einem Wunschtraum nachgejagt. Eine Anwältin gibt sich nicht mit einem Hinterwäldler-Biker ab."

Colt rollte mit den Augen. „Verdammt, dich hat es schwer erwischt. Hast du sie schon geküsst?"

„Mein Gott, Mann", murmelte ich. Ich starrte auf meine Kiste mit Teilen hinunter. „Nein. Ich habe sie noch nicht geküsst und ich werde es auch nicht tun. Es ist eine schlechte Idee und du und Tate wollt das auch nicht, also ist der Fall abgeschlossen."

„Sagen wir einfach, ich bin nicht immer einer

Meinung mit Tate und ich war auch schon in dieser Situation." Er leerte sein Bier und stellte es auf den Werkzeugkasten. „Mein Vorschlag ist, die Anwältin zu küssen und zu sehen, wie es läuft. Oder geh zu Asia und schlag dir die andere aus dem Kopf. Hier, bitte." Er zog einen Soziussitz aus dem Karton und reichte ihn mir. „Küss sie und setz sie hinten auf dein Motorrad oder fick wieder Huren. Das sind deine Optionen."

„Wer hätte gedacht, dass du so ein hoffnungsloser Romantiker bist?" Ich lachte.

„Arschloch." Colt boxte mir gegen den Arm.

Als ich nach Hause fuhr, dachte ich an die Szenarien, die Colt beschrieben hatte. Ich könnte für einen Quickie einfach zu Asia gehen, irgendwohin, wo mein Kind nichts mitbekommen würde. Nett. Sauber. Unkompliziert. Bei Miri ginge das überhaupt nicht. Mit ihr würde es exponentiell komplizierter werden. Es gäbe Emotionen, Erwartungen und Verantwortung auf beiden Seiten. Als die Kilometer unter meinen Reifen dahinschmolzen, wurde mir klar, dass ich die Komplikationen wollte. Ich wollte die Liebe und die Fürsorge füreinander. Ich musste nur die dumme Scheiße in Ordnung bringen, die ich auf der Party gesagt hatte.

Ich wusste nicht, ob sie mich wollte und das war der Teil, der am meisten schmerzte. Ich wollte, dass sie in mir mehr als nur eine schnelle Nummer sah. Und war das nicht richtig beschissen? So hatte ich in den letzten zehn Jahren so ziemlich jede

Frau beurteilt.

Ich tastete hinter mich nach dem zusätzlichen Sitz auf meinem Motorrad. Christophe oder Miri, egal wer, ich war bereit.

Kapitel 17

Meine Absätze klackten auf dem Linoleum, als ich den Flur des Bezirksgebäudes hinunterging. Jean Luc und ich hatten einen Termin beim Jugendamt, damit er Pflegevater werden konnte. Ich war genau pünktlich und so hatte ich es auch geplant. Kein unangenehmer Smalltalk vor dem Treffen. Ich wollte nichts mehr davon hören, dass ich nur dazu da war, eine Lücke zu füllen. Von jetzt an sollte alles professionell ablaufen.

Die für die Aufnahme zuständige Sachbearbeiterin, Pamela Greaves, wartete auf uns, als ich näherkam. Jean Luc war mir zuvorgekommen und sprach bereits mit ihr. Pamela führte uns in ihr Büro.

„Danke, dass Sie uns so schnell empfangen haben", sagte ich. Jean Luc und ich setzten uns auf die beiden Stühle vor ihrem Schreibtisch.

„Kein Problem, Ms. Englestein. Jean Luc und ich haben uns gerade nett unterhalten." Sie lächelte Jean Luc an. „Können wir anfangen?"

Ich nickte. Ein Pflegevater zu werden war ein bisschen so, wie eine Sicherheitsfreigabe zu bekommen. Es bedeutete eine Menge Formulare und eine gründliche Hintergrundprüfung.

„Mein Mandant befindet sich in einem privaten Sorgerechtsstreit", erklärte ich. „Für den Fall, dass der Sorgeberechtigte das Kind verlässt, möchten wir sicherstellen, dass Mr. Devaneaux als Pflegevater anerkannt wird, bis die Frage der Vaterschaft geklärt ist."

Pamela hob die Augenbrauen und sah von mir zu Jean Luc. „Etwas ungewöhnlich, aber nichts, was ich noch nie gehört habe." Sie beugte sich vor, um einige Papiere aus einer Schublade zu holen. Ich schnappte nach Luft. Sowohl Jean Luc als auch ich hatten einen hervorragenden Blick in ihren Ausschnitt. Wenn das erneut passierte, würde ich es ihr auf jeden Fall sagen.

„Normalerweise nimmt man die Formulare mit nach Hause und füllt sie selbst aus, aber warum machen wir das nicht gemeinsam?" Sie klimperte mit den Wimpern in Richtung Jean Luc und mir wurde klar, dass sie flirtete. Der scheinbar zufällige Blick in ihr Oberteil war kein Fehler gewesen. Ms. Greaves war auf der Jagd nach einem Date.

„Das wäre großartig, Pamela. Ich weiß das wirklich zu schätzen." Jean Luc lächelte, aber zumindest ging er nicht auf Pamelas Köder ein. Oder doch? Ich war mir nicht sicher. Ich schmorte. Pamela lächelte zurück und spielte mit einer Locke ihres blonden Haares. Mir drehte sich der Magen um. Sie flirtete mit ihm. Ich erwürgte förmlich meinen Stift mit meinem Griff. Was hatte ich denn erwartet, nachdem ich am Samstag von der Party geflohen war? Ich war nicht einmal mehr zweite Wahl.

Meine Fingerknöchel begannen zu schmerzen,

also ließ ich den Stift los. Er *sollte* mit ihr flirten. Sie war hübsch, er war hübsch. *Gutaussehend,* korrigierte ich mich. Er war gutaussehend und heiß.

„Können wir anfangen?" Sie ratterte die üblichen Fragen herunter: Name, Adresse, Geburtsdatum.

„Beruf?", trällerte sie.

Sie durfte nicht „Biker" in die Formulare eintragen, die bei der Behörde eingereicht werden mussten. Sie würden ihn automatisch als Kriminellen einstufen.

„Überspringen Sie diese Frage", antwortete ich für ihn. „Sie ist für den Antrag nicht notwendig."

„Künstler. Ich bin Künstler." Er sah mich an und schenkte mir ein angespanntes Lächeln. „Ich habe mein eigenes Geschäft."

„Natürlich. Kleinunternehmer, Kunst." Pamela machte eine große Show daraus, das aufzuschreiben. „Wir brauchen die Steuererklärungen der letzten drei Jahre."

„Ja, sicher." Er sah mich an und runzelte die Stirn. „Ich habe nichts zu verbergen."

Ich lehnte mich in meinem Stuhl zurück. Ich hatte einfach angenommen, dass er ein Krimineller war und es dann Pamela gegenüber kundgetan. Er hatte das vorschnelle Urteil, das ich gefällt hatte, nicht verdient. Anstatt professionell zu sein, hatte ich den Bruch zwischen uns wahrscheinlich noch schlimmer gemacht.

Pamela fuhr fort, das Formular auszufüllen, und ich saß schweigend da. Ich hatte ihn schon einmal beleidigt – daher gab es keinen Grund, erneut den Mund aufzumachen.

Nachdem sie fertig waren, räusperte ich mich. „Das war's also? Nur noch die Hintergrundüberprüfung?", fragte ich.

„Ja. Ich rufe an, wenn ich die Ergebnisse habe", antwortete Pamela knapp. Dann beugte sie sich zu Jean Luc hinüber und lächelte. „Danke, dass Sie den weiten Weg zu mir gemacht haben." Sie schob ihm ihre Visitenkarte über den Schreibtisch zu. „Sie können mich gerne anrufen, wenn Sie Fragen haben. Ich werde mich persönlich um diesen Fall kümmern. Sobald die Hintergrundüberprüfung vorliegt, komme ich zu Ihnen nach Hause und überprüfe, ob alles gut aussieht."

Er grinste sie an. „Sie sind bei mir jederzeit willkommen."

Ein kleiner Schrei entkam meiner Kehle, als würde man mich erwürgen. Er flirtete *wirklich* zurück. Ich hustete, um mein verzweifeltes Geräusch zu überspielen. Er suchte nur nach jemandem, der die Leere füllte. Nur weil ich von einem Happy End träumte, bedeutete das nicht, dass er irgendeine Verpflichtung mir gegenüber hatte.

„Danke, dass Sie uns heute empfangen haben, Ms. Greaves. Ich muss los." Ich drehte mich zu Jean Luc. Ich konnte nur eine gewisse Zeit lang professionell sein, bis ich mich lächerlich machte. Es war das Beste, es kurz zu machen und jetzt zu gehen. „Sheena hat bereits einen Termin für einen Hausbesuch gemacht, damit ich sichergehen kann, dass du bereit bist. Wir sehen uns dann.“

Meine Absätze klackten schnell, als ich den Flur hinunter flüchtete. Das Letzte, was ich wollte, war, Ms. Greaves und Jean Luc noch einmal flirten zu sehen. Vielleicht bat sie ihn um ein Date. Ich stellte mir vor, wie sie sich zu ihm beugte und ihm wieder ihre Brüste zeigte.

„Miriam!“, rief Jean Luc von hinten.

Ich beschleunigte das Tempo und versuchte, ihn abzuhängen. Wenn ich nur zum Auto käme, müsste ich nicht mit ihm reden.

„Miri!“ Er war näher und ich hatte keine Chance, ihm zu entkommen. Das hatte die Sache im Parkhaus bewiesen.

Ich wurde langsamer und er holte mich ein. „Bist du okay?“, fragte er. „Du warst ein bisschen kurz angebunden da drin.“

„Nur ein Wort der Warnung.“ Ich riss meine Autotür auf. „Du solltest nicht mit deiner Pflegestellekoordinatorin ausgehen. Das ist keine gute Idee.“

„Ich will nicht mit meiner Pflegestellekoordinatorin ausgehen“, erwiderte er. „Ich möchte mit meiner Anwältin ausgehen.“

„Wirklich?“ Ich erstarrte, dann flüsterte ich: „*Ich* bin deine Anwältin.“

„Ja, ich weiß.“ Er griff nach meiner Hand und drückte sie gegen das warme Leder auf seiner Brust. „Mir ist klar, dass ich auf der Party ein paar dumme Sachen gesagt habe. Ich wollte nur nicht zu intensiv werden und dich verscheuchen. Ich bekomme dich einfach nicht aus meinem Kopf."

„Oh." Es kam als Quietschen heraus. Er hatte an mich gedacht und jetzt schlug mein Herz so schnell, dass ich befürchtete, es könnte platzen.

Er lehnte sich vor. Ich spürte seinen Atem an meiner Wange und mein Herzschlag setzte kurz aus. Ich sah zu ihm auf und musterte seine honigfarbenen Augen. Ich dachte, er würde mich küssen, aber stattdessen sprach er.

„Nächstes Mal, wenn sie mich nach meinem Job fragen …" Seine Stimme wurde leiser, als er meine Hand drückte. „Lass mich antworten und lass sie danach urteilen. Darum geht es hier doch, oder? Sie beurteilen mich, um zu prüfen, ob ich geeignet bin, Vater zu sein. Lass sie urteilen. Ich will nur nicht, dass *du* über mich urteilst."

„Du hast Recht", hauchte ich. Ich lehnte mich an ihn – ich musste es. Mein ganzer Körper schmolz dahin. „Es tut mir leid, das hast du nicht verdient."

„Miri." Er schlang seinen Arm um meine Taille und zog mich zu sich heran. Ich schloss die Augen und spürte seine Lippen auf meinen. Sie waren warm und weich, aber sein Bart kitzelte mein Kinn. Nicht, dass ich in meinem Leben schon viele Männer geküsst hatte, doch normalerweise übernahmen sie die Führung. Als Jean Luc sich nicht bewegte, fuhr ich mit der Zunge über seine Unterlippe. Ich war am Boden zerstört, als er den Kuss abbrach und zurücktrat.

„Habe ich etwas falsch gemacht?", fragte ich

und berührte meine Lippen.

Er fuhr sich durch das Haar und runzelte die Stirn. „Nein, ganz und gar nicht." Er lächelte und legte seine Hände auf meine Schultern. „Ich mag dich wirklich und ich möchte wirklich mit dir ausgehen und ein Teil von mir möchte das jetzt viel weiter treiben als einen Kuss. Ich habe Angst, zu schnell zu handeln und es zu ruinieren."

„Ich glaube, das ist das erste Mal, dass ein Mann so etwas sagt." Ich lachte. „Ich muss gestehen, dass ich noch nicht so viel Erfahrung mit Beziehungen habe."

„Ich auch nicht." Er ergriff meine Hände. „Ich würde dich gerne morgen nach unserem Termin zum Essen einladen. Was sagst du dazu?"

„Ja." Ich nickte. Ich sah zu Boden und versuchte, mein Lächeln zu verbergen. Vielleicht sollte ich mir nicht anmerken lassen, dass ich lächerlich glücklich war. „Das würde mir gefallen."

Dann schlang er seine Arme um mich und umarmte mich.

Es war unsere übliche Umarmung. Er hob mich hoch, meine Füße baumelten, aber dieses Mal war es anders. Ich genoss das Gefühl meines Körpers an seinem. Ich zitterte in seinen Armen und stellte mir vor, wie es wohl wäre, so mit ihm zusammen zu sein. Ich vergrub mein Gesicht an seinem Hals.

Er stellte mich auf die Füße und gab mir einen sanften Kuss auf die Wange. „Na gut, dann sehen wir uns morgen bei mir?", fragte er.

„Ich kann es kaum erwarten", antwortete ich.

Kapitel 18

Skeeter

Ich startete mein Motorrad, während ich ihren Mercedes vom Parkplatz fahren sah. Fuck. Ich hatte sie tatsächlich geküsst – und ich hatte es schlecht gemacht. Ich war so wahnsinnig besorgt gewesen, sie zu sehr zu bedrängen, dass mein Kuss geradezu langweilig gewesen war. Gott sei Dank schien sie immer noch glücklich zu sein. Wenigstens hatte sie erwähnt, dass sie keine Erfahrung mit Beziehungen hatte. Vielleicht würde sie meine Fehltritte nicht bemerken.

Natürlich in der Annahme, dass es überhaupt eine Zukunft für uns gab.

Kerle wie ich gingen nicht mit Frauen wie ihr aus. So war es nun mal. Sie zum Essen einzuladen, nachdem sie mein Haus besichtigt hatte, war eine spontane Entscheidung meinerseits gewesen. Ich war mir sicher, dass die Typen, mit denen sie normalerweise ausging, sie in schicke Restaurants ausführten – ich würde ihr meine winzige Behausung zeigen und eventuell ein Steak grillen. Shit. Man würde mich ja überhaupt nicht in ein schickes Restaurant lassen, da ich die Clubfarben trug.

Tate würde nicht begeistert sein und mich vielleicht nicht einmal ins Clubhaus reinlassen, wenn er es wüsste. Das war gefährlich und könnte mir ernsthafte Probleme mit dem MC einbringen, aber das würde ich später klären. Aber nicht mit ihr zusammen zu sein war das Schlimmste, was ich mir im Moment vorstellen konnte.

Würde sie mit mir glücklich sein? Würde sie in den Club passen? Ich stellte mir jedes Szenario vor, während ich mit dem Motorrad zum Clubhaus fuhr. Ich hatte noch nie eine Frau sehen wollen, die eine Weste mit der Aufschrift „Property of Skeeter" – Eigentum von Skeeter – trug. Aber jetzt schien mir das eine fantastische Idee zu sein. Ich konnte mir genau vorstellen, wie sie ihr passen würde. Die Frage war nur, ob sie sie tragen würde.

Was würde sie von mir erwarten? Shit. Was würden ihre Eltern von mir denken? Ich wusste, dass ich zu weit in die Zukunft dachte, aber ich konnte nicht verhindern, dass meine Gedanken in alle Richtungen schossen.

Auf der rechten Seite sah ich einen rot-weiß gestreiften Mast. Ein Friseursalon. Nachdem ich geparkt hatte, ging ich hinein. Der Laden war uralt, mit Spiegeln an den Wänden und der *Penthouse* im Zeitschriftenregal. Da ich der einzige Kunde war, bot mir der alte Mann einen Stuhl an.

„Was darf's denn sein?" Er sah mich im Spiegel an. „Ist schon eine Weile her, dass Sie einen Schnitt hatten, was?"

„Zu lang." Ich lachte. „Bart und Haare – lassen Sie mich einfach respektabel aussehen."

„Respektabel, was?" Der Friseur holte die Schermaschine heraus. „Da muss eine Frau im Spiel sein."

* * *

Kalte Luft wehte über meinen Nacken und mein Kinn, als ich das Clubhaus betrat. Das letzte Mal hatte ich in der Armee kurze Haare getragen, also war es verdammt seltsam. Der alte Friseur hatte mir keinen kompletten Kurzhaarschnitt verpasst, sondern die Haare oben ein bisschen länger gelassen. Er schien zu wissen, was er tat, daher ließ ich ihn gewähren.

Roach, einer unserer Rekruten, war damit beauftragt worden, den Barbereich sauber zu halten. Er blickte von seinem Mopp auf. „Was zum Teufel ist mit dir passiert?"

Ich runzelte die Stirn. Ich hatte nicht vor, den Jungs zu erzählen, dass ich Miri gerade geküsst hatte und es nicht erwarten konnte, sie morgen zu sehen. Ich würde wie ein liebeskranker Teenager klingen. „Nichts. Mach weiter mit dem Wischen." Ich beschleunigte mein Tempo zur Kirche. Ich war spät dran.

Alle Augen richteten sich auf mich, als ich hereinkam.

„Du bist spät dran." Tate blickte mich über seine Lesebrille hinweg finster an. „Was zum Teufel ist mit dir passiert?"

Ich zuckte mit den Achseln und setzte mich auf meinen üblichen Stuhl. Mir war nicht klar, dass das Schneiden meiner verdammten Haare für alle ein so bedeutendes Ereignis war.

Colt stieß mich mit dem Ellbogen an und ich schaute auf seine Hände. Er machte einen Kreis und steckte seinen Zeigefinger hinein. Sex. Er wollte wissen, ob ich es mit Miri getrieben hatte. Ich rollte mit den Augen. Colt lachte und bekam einen bösen Blick von Tate zugeworfen.

Als Tate mit dem Vorlesen der Gewinne fertig war, legte er die Papiere beiseite. „Ich habe ein paar Clubgeschäfte von den Jungs in Kalifornien zu verkünden."

Im Kapellenraum war es still.

„Die Jungs von der Demon Horde sind auf dem Weg hierher und sollten in ein paar Tagen da sein. Sie werden unser letztes Patch-Over vornehmen und alles offiziell machen. Hat jemand ein Problem damit?", fragte er in den Raum. Nicht jeder war glücklich über den Beitritt zu einem größeren Club und den Verlust unserer Autonomie. „Sprecht jetzt oder behaltet es für immer für euch. Dieses verdammte, unterschwellige Schweigen muss ein Ende haben, Leute."

Keiner sagte ein Wort. Wenn man sich gegen die Demon Horde aussprach, war man raus aus dem Club. Ich verstand Tates Gründe dafür, sich dem größeren Club anschließen zu wollen. Das bedeutete mehr Schutz für uns alle. Aber nach den Regeln anderer zu spielen, war nicht wirklich meine Art, mein Leben zu führen.

„Es wird gut werden." Colt lächelte und versuchte, zu lachen. Es gelang ihm nicht. „Im Grunde ist es nur eine große Party. Der Teil mit der Beurteilung ist schon vorbei."

Ich konnte es nicht mehr ertragen.

„Colt." Ich drehte mich zu meinem Freund um,

sprach aber so laut, dass jeder es hören konnte. „Hast du dir überlegt, was du tust, wenn wir uns entscheiden, uns nicht der Demon Horde anzuschließen? Wir müssen es tun, sonst reißt es dich auseinander. Aber ich bin mir nicht sicher, ob wir bereit sind, unsere Unabhängigkeit aufzugeben und Befehle von einem Mutterchapter in Los Angeles anzunehmen."

„Lass uns darüber reden." Colt nickte. „Ich habe eine Menge zu verlieren."

„Wir haben das ganz gut alleine hinbekommen", fügte Clint hinzu. „Warum brauchen wir einen größeren Club? Wir haben keine großen Feinde. Es wäre dumm, ihnen unsere Stimme zu geben."

Es schien, als hätte ich die Schleusen geöffnet. Die Jungs fingen endlich an zu reden. Offenbar hatten viele Zweifel, ob sie dem anderen Club beitreten sollten. Tate brachte jeden dazu, seine Meinung zu äußern, aber Colt war der Einzige, der wusste, was er wollte. Er wollte die Horde.

Nachdem alle zu Wort gekommen waren, schlug Tate mit dem Hammer zu. „Skeet", sagte er, als alle nach draußen gingen. „Wir treffen uns in meinem Büro."

Ich stöhnte, als ich in den Korb griff, um mein Handy zu nehmen.

„Hey", sagte Clint mit leiser Stimme. „Danke, dass du das Gespräch eröffnet hast. Ich weiß, dass du ins Büro des Direktors musst, aber ich fand es gut, dass du etwas gesagt hast."

„Danke, Mann." Ich nickte ihm zu. „Mal sehen, was Mr. Tate zu sagen hat." Ich folgte Tate den Flur hinunter und in sein Büro. Es war ein kleiner Raum mit dunkler Holzvertäfelung und Stapeln von Papieren auf dem großen Schreibtisch. Er hätte wirklich ein großes, langes Lineal haben sollen, um mir auf die Finger zu klopfen, wegen was auch immer er sauer war – genau wie die Nonnen in der Gemeindeschule.

„Du hast dir die Haare schneiden lassen", sagte er, während er sich hinter seinen Tisch setzte. Es war keine Frage. Er hatte ein verdammtes Argument vorzubringen. „Geht es um das Mädchen von Englestein? Willst du ihr an die Wäsche oder hast du es schon getan?"

Shit. Es war das Beste, ganz offen zu sein und es einfach zuzugeben.

„Ich hoffe darauf. Aber es ist noch nicht passiert", antwortete ich. Ich verschränkte die Arme vor der Brust. Es gefiel mir nicht, so über Miri zu reden.

„Ich habe dir auf der Party gesagt, du sollst es lassen", erinnerte er mich. „Warum zum Teufel bist du immer noch hinter ihr her? Geh zu Asia und kümmere dich um diesen Juckreiz."

„Es ist nicht nur ein verdammter Juckreiz, okay?" Ich knirschte mit den Zähnen. „Du hast eine Frau. Du weißt, wie das läuft."

Tate rollte mit den Augen. „Gut. Aber ich hoffe, du ziehst das bis zum Ende durch, verstanden? Vermassele es nicht." Er stützte die Unterarme auf den Schreibtisch und lehnte sich vor. „Englestein ist in erster Linie der Anwalt der Demon Horde. Die Storm Kings hätten ihn sich nie leisten können. Wenn zwischen dir und ihr etwas schiefgeht und der Patch-Over in Gefahr gerät, bist du für mich gestorben. Verstanden?"

Ich nickte. „Es wird nicht schiefgehen. Das verspreche ich."

Kapitel 19

Miriam

Das Haus von Jean Luc lag abseits des Highways. Es war ein älteres, ebenerdiges Gebäude, das innen wahrscheinlich ziemlich klein war. Obwohl es schon fast siebzehn Uhr war, waren die Tage im pazifischen Nordwesten im Frühling lang und ich konnte einen frischen Anstrich und eine gepflegte Veranda erkennen.

Ich glättete die Falten meines blauen Rocks, bevor ich an seine Haustür klopfte. Ich war sowohl als Anwältin als auch wegen eines Dates hier. Ich hatte heute Morgen keine Ahnung gehabt, was ich anziehen sollte. Ich wollte nicht lässig in Jeans auftauchen, wenn er einen Anzug trug. Also hatte ich mein marineblaues Bürooutfit angezogen.

Die Tür knarrte auf. Nackte Füße, tief sitzende Jeans, *Metallica*-Konzertshirt und kurze Haare, kein Bart. Er grinste und ich schmolz dahin. Sein Kiefer, der durch den Bart verdeckt gewesen war, war kantig und kräftig. Er war schon vorher attraktiv gewesen, aber jetzt sah er aus wie aus einem Modemagazin.

„Du hast dir die Haare geschnitten." Ich streckte die Hand aus, um es zu berühren, und ertappte mich dabei. Das war etwas, was eine Freundin tun würde. Nicht sein Date.

Er hatte eine Spalte im Kinn und ein winziges Muttermal am Kiefer. Die warmen braunen Augen, die ich kannte, waren immer noch da, aber ich hatte das Gefühl, einen anderen Menschen vor mir zu haben.

„Komm herein." Er öffnete weit die Tür.

Ich wusste nicht, was ich erwartet hatte, aber einen Stil, wie ihn eine Großmutter aus den 1970ern hatte, war es nicht. Ich betrat ein gemütliches Wohnzimmer. Eine Wand war mit Streifen und orangefarbenen Rosen tapeziert, die anderen waren holzgetäfelt. Der Teppich war zottelig, aber sauber. Seine Couch war aus puderblauem Samt, mit einer über die Rückenlehne geworfenen Decke. Überall hingen Bilder. Alte und neue, einige mit Motorrädern oder mit Fischerbooten.

„Hast du gut hergefunden?", fragte er und lud mich ein, mich neben ihn auf das Sofa zu setzen.

„Ja, die Wegbeschreibung war sehr eindeutig, danke." Ich setzte mich und zückte mein Klemmbrett. „Hast du es, äh, gemietet oder ist es deins?" Mein Stift schwebte über dem Kästchen für Miete, aber ich merkte, dass ich schon wieder Vorurteile hatte. Ich bewegte die Hand. „Es gehört mir", antwortete er. „Ich habe es letztes Jahr gekauft."

Ich korrigierte meinen Stift und hakte meine erste Frage ab. „Quadratmeterzahl?" Ich schaute auf.

„Ungefähr hundert. Ziemlich klein." Er lächelte.

„Irgendwelche Grundstücksbelastungen?", fragte ich. „Oder andere Probleme, die beim Finanzamt auftauchen könnten?"

Er schüttelte den Kopf. „Nein, Ma'am. Alles in

Ordnung. Nur ganz brav eine Hypothek bei der Bank."

„In Ordnung." Ich lächelte. „Würdest du mir den Rest des Hauses zeigen?"

Wir standen auf und er hielt mir eine Schwingtür zur Küche auf. Als ich hindurchging, spürte ich einen leichten Druck auf meinem Rücken, warm und beruhigend. Die Berührung war flüchtig, aber so perfekt gewesen. Ich wollte die Augen schließen und sie wieder spüren.

Die Küche war genauso orange wie das Wohnzimmer, mit Ausnahme des glänzenden schwarzen Kühlschranks. In der hinteren Ecke standen ein kleiner Tisch und zwei Stühle. „Kann ich dir etwas zu trinken bringen? Wasser? Oder vielleicht einen Wodka?" Ein Mundwinkel hob sich und ich konnte sehen, wie er versuchte, nicht zu lachen.

„Wirklich, es tut mir leid wegen dieser Nacht." Ich konnte nicht anders, ich musste kichern. „Danke, dass du mich nach Hause gebracht hast."

„Das war kein Problem." Er breitete die Arme aus. „Das ist also die Küche. Kein Geschirrspüler, also esse ich einfach eine Menge Pizza."

„Eingefleischter Junggeselle, hm?", fragte ich, ohne nachzudenken.

„Ich weiß es nicht." Er zuckte mit den Achseln und schenkte mir dann ein umwerfendes Lächeln. Mit seinem Bart war er bereits hinreißend gewesen. Mit seinem entblößten Gesicht konnte er den Verkehr und mein Herz zum Stillstand bringen. „Es gibt da eine Frau, die mich interessiert."

Meine Haut brannte und meine Knie schmolzen. Er drehte sich um und öffnete den Kühlschrank. Seine Schulterblätter wurden zusammengepresst und seine Rückenmuskeln zeichneten sich durch sein T-Shirt ab.

„Es ist kein Wodka." Er bot mir ein Bier an. „Aber es *ist* das Ende des Tages. Und verdammt, ich habe den ganzen Tag geputzt, also finde ich, ich habe mir eins verdient."

Achselzuckend zog ich meinen blauen Blazer aus, hängte ihn über eine Stuhllehne und griff nach dem Bier. „Du hast also den ganzen Tag geputzt, was?" Ich steckte meinen Stift in den oberen Teil meines Klemmbretts und drückte es an meine Brust.

Er nickte und führte mich einen kleinen, dunklen Flur hinunter. „Ja. Ich habe sogar alle meine illegalen Waffen und Drogen weggeräumt. Und die Nutten nach Hause geschickt." Er drehte sich um und ich sah, wie er mir in der Dunkelheit zuzwinkerte. „Ich habe sogar für dich gesaugt."

„Danke." Ich kicherte.

Seine Wohnung war sauberer, als ich erwartet hatte. Er blieb vor einer Tür stehen und ich folgte ihm hinein. Es war ein kleines Schlafzimmer, das in ein Büro umgewandelt worden war. Auf dem Schreibtisch lagen ein Laptop und ein Stapel Papiere und an die Wand war ein Doppelbett geschoben.

„Ich dachte, ich behalte den Schreibtisch. Er wird einen Platz brauchen, um Hausaufgaben zu machen und so." Jean Luc nahm einen Schluck von seinem Bier.

Hausaufgaben. Richtig. Ich hatte nicht wirklich darüber nachgedacht, was später passieren würde. Sobald er das Sorgerecht hatte, war meine Aufgabe erledigt. Aber die von Jean Luc fing gerade erst an und würde nie enden. Er würde ein Elternteil sein.

„Gute Idee." Ich nickte.

Wir gingen durch das vollkommen gelbe Badezimmer und dann in sein Schlafzimmer. Über dem Fußende des Bettes lag eine weitere gefaltete Decke. Ich trat näher und strich mit den Fingern darüber.

„Strickst du?", fragte ich. „Die passt zu der anderen im Wohnzimmer."

Er trat ebenfalls in den Raum, ganz nah. Dann berührte er mit seinem Zeigefinger meine Schulter. „Meine Mama strickt. Sie schickt mir Care-Pakete von zu Hause."

Er strich mit seinem Finger über meinen Arm und jagte mir einen Schauer durch den ganzen Körper. Ich keuchte. Behutsam zog er mir das Klemmbrett aus der Hand und warf es auf das Bett. Er trat näher an mich heran und ich konnte seine Wärme spüren.

„Miri?" Er beugte seinen Kopf zu mir hinunter. Würde er mich küssen? „Du zitterst ja. Bist du nervös?"

„Ja." Mein Atem kam stockend heraus und ich schluckte, um mich zu beruhigen.

Er senkte den Kopf und ich schloss die Augen.

Genau wie zuvor waren seine Lippen sanft und fest, aber dieses Mal begann er sich zu bewegen. Er saugte an meiner Unterlippe und dann spürte ich seine Zunge. Nur ein wenig in meinem Mund.

„Babe?" Er zog sich zurück und sagte an meiner Wange: „Willst du rangehen?"

Klingel. Klingel. Klingel.

Ich sprang auf. Mein Handy dröhnte aus meiner Rocktasche. Es musste schon eine Weile geklingelt haben und ich hatte es nicht bemerkt. Ich trat zurück und nahm ab, wobei ich Jean Luc den Rücken zudrehte.

„Hallo?"

„Du bist ja ganz außer Atem. Bist du im Fitnessstudio?", fragte Sheena. „Bist du in seiner Wohnung fertig? Wohnen da verrückte Biker-Babes? Ms. Greaves hat angerufen und sie will den Hintergrundcheck bis Dienstag oder Mittwoch zurückhaben. Sie will die Inspektion für Donnerstag ansetzen, bevor sich ihr Kalender füllt. Ich muss sie vor achtzehn Uhr zurückrufen."

„Richtig, ja. Mach einen Termin aus. Alles ist normal. Es gibt nichts Verrücktes bei ihm zu Hause." Ich sah mich nach Jean Luc um. Er war nicht da. „Wir sehen uns am Montag."

Ich fand Jean Luc auf der Couch im Familienzimmer, wo er eine Motorradzeitschrift las.

„Tut mir leid, das war Sheena", erklärte ich. „Wir mussten den Termin für die Inspektion mit Ms. Greaves vereinbaren."

„Schon okay." Er legte die Zeitschrift weg.

„Habe ich den Test bestanden?"

„Ja. Halte nur die illegalen Waffen und Nutten weiter versteckt, okay?" Hinter Jean Luc befand sich ein großes Panoramafenster. Mein Blick fiel auf ein riesiges, graues Gebäude neben dem Haus, das mir ins Auge stach. „Ist das eine Scheune? Die Jugendfürsorge wird das bestimmt inspizieren wollen."

Seine Lippen verzogen sich zu einem langsamen Grinsen. „Das ist meine Werkstatt. Willst du sie sehen?"

Werkstatt? Ich stellte mir überall Motorradteile vor, aber dann fiel mir sein Beruf ein: Künstler.

„Ist das dein Kunstatelier?", fragte ich.

„Ja." Er ergriff meine Hand und führte mich nach draußen. „Ich zeige es dir."

Ich war ein wenig enttäuscht, als Jean Luc mich aus dem Haus in Richtung des anderen Gebäudes führte. Mehr Küsse in seinem Schlafzimmer wären lustig gewesen, aber ich war auf jeden Fall daran interessiert, zu sehen, wo er seine Kunstwerke erschuf. Er war Biker und Künstler, also malte er vielleicht Bilder von Motorrädern? Ich hatte keine Ahnung. Die Frau, die er auf seine Maschine gemalt hatte, war wunderschön, daher hoffte ich, dass mir alles gefallen würde, was er machte.

Er schloss die Tür auf und ich trat ein. Die Luft im Inneren war ein wenig warm und stickig von der Sonne, aber sie war in Licht getaucht. Auf jeder Seite des Gebäudes waren riesige Fenster angebracht worden. Zwei Reihen von Klapptischen waren auf dem Betonboden aufgestellt. Einige Geräte, die ich nicht identifizieren konnte, nahmen die Rückwand ein.

„Nicht das, was du erwartet hast?", fragte er hinter mir.

„Sind das *Köpfe*?" Es war kein Blut zu sehen, aber es waren eindeutig Häupter, die auf einem Tisch aufgereiht waren. Was zum Teufel machte er?

„Komm schon." Er lächelte und legte seine Hand an meinen unteren Rücken.

Wir hielten vor einem von ihnen an und ich warf einen genauen Blick darauf.

„Das sind Büsten", rief ich. Sie sahen so lebensecht aus, fast so, als ob sie jeden Moment sprechen würden. „Wer sind sie?"

Er lachte. „Das sind die, die meine Rechnungen bezahlen." Jean Luc zwinkerte mir zu. „Meistens sind es die Gründerväter verschiedener Städte, alte reiche Männer, die Geld für Hochschulen gespendet haben. So was in der Art. Die Büsten werden in Parks, Dekanaten oder Rathäusern aufgestellt."

Es waren um die vierzig, die alle aufgereiht waren und uns beobachteten. „Die da ist aus etwas anderem gemacht." Ich zeigte auf eine dunklere, die offensichtlich aus einer Art Metall bestand.

„Ja, er ist bereit zur Auslieferung. Das ist Oscar Meade." Jean Luc nahm meinen Ellbogen und wir gingen zu der Büste hinüber. Er tätschelte Oscars Kopf. „Er hat Geld für einen Krankenhausflügel in St. Louis gespendet. Ich modelliere die Tonfiguren hier vor Ort und gebe sie dann an eine Gießerei in der Stadt, die sie in Bronze gießt. Dann verschicke ich sie."

Ich berührte Oscars kalte Wange. Abgesehen von dem dunklen, matten Gold der Bronze hätte man denken können, er sei echt.

„Willst du mein aktuelles Projekt sehen?" Er grinste und knackte mit den Fingerknöcheln.

„Ja, wo?" Ich schaute mich um und erwartete halb, dass sich einer der Köpfe melden und mit mir reden würde.

Jean Luc nahm meine Hand und legte sie in seine Armbeuge, wie ein altmodischer Gentleman. Wir gingen durch die Mitte der großen Garage mit dem Betonboden und einem Publikum, das auf den Klapptischen aufgereiht war. Ich fühlte mich wie eine Königin. Er blieb stehen und ich war enttäuscht. Ich wollte ihn nicht loslassen, aber er löste sich aus meinem Griff. Er entfernte eine Plastikfolie von etwas.

„Das ist Cesar Chavez." Er wies auf den Klumpen Ton. Er war aus viel dunklerem Grau, und die Form des Gesichts und die Umrisse der Wangen waren zwar angefangen, aber noch nicht fertig. „Er geht an ein Community College in Modesto."

Ich streckte meine Hand aus, um Cesars Wange zu berühren, so wie ich es bei Oscar getan hatte, hielt jedoch inne.

„Oh, Entschuldigung. Ich sollte den wohl nicht anfassen. Aber er sieht einfach so echt aus."

Jean Luc beugte sich vor und berührte meine

Hand. Seine Haut war warm, ein wenig rau. Kleine Pfeile der Lust schossen mir den Rücken hinunter, als er meine Finger zur Wange der Skulptur führte.

„Er wird dir nicht wehtun, das verspreche ich." Sein Atem war heiß auf meiner Haut und sandte ein federleichtes Kribbeln über meine Wirbelsäule. „Er will, dass du ihn berührst."

„Was, wenn ich ihn verletze?" Seine Hand war so anders als meine. Gebräunt, stark, er führte meine Finger über den Ton, während ich die Wärme seines Körpers an meinem Rücken spürte. „Oder was, wenn er mir wehtut?"

„Ich werde dir nicht wehtun", flüsterte er.

Er ließ meine Hand fallen, legte seine Finger um meine Taille und drückte zu. Seine Lippen berührten die besonders empfindliche Haut an meinem Nacken. Dann spürte ich, wie er an meinem Ohrläppchen knabberte. Meine Knie wurden schwach und ich lehnte mich zurück an ihn. Er bewegte seine Hände langsam an meinen Seiten hinauf zu meiner Schulter und drehte mich so, dass ich ihn ansah.

Vorher war es wie eine Fantasie gewesen. Ich hatte ihn gespürt, konnte ihn aber nicht sehen. Jetzt, wo er vor mir stand, wusste ich, dass es Realität war und ich taumelte fast.

Jean Luc schlang die Arme um mich und hielt mich fest. Er neigte den Kopf und presste dann seine Lippen auf meine.

Er begann langsam mit einem sanften Kuss und fuhr mit seiner Zunge an meiner Unterlippe entlang, als ob er mich probieren wollte, um zu sehen, was als Nächstes kommen würde. Ich wusste, dass er mehr wollte. Die Frage war nur, ob ich es auch wollte.

Ich öffnete die Lippen nur ein wenig. Er drückte mich an seine Brust und erkundete mit seiner Zunge das Innere meines Mundes. Es war aufregend – ich war noch nie so geküsst worden. Er war nicht irgendein betrunkener Studienkollege von der juristischen Fakultät. Er verkörperte Sex und Macht und er wollte mich. Die Art, wie sich seine Lippen auf meinen bewegten, wie mein Körper mit seinem verschmolz, das war alles so neu. Mein Blut begann zu singen und ich konnte nicht aufhören. Er zog sich zurück und ich stöhnte protestierend.

„Ich will dich. Das weißt du doch, oder?" Er packte meine Hüften und drückte mich an sich.

Er war hart und fest und presste sich gegen meinen Bauch.

Ich biss mir auf die Lippe und nickte.

„Ich will dich auch", erwiderte ich.

Kapitel 20

Sie hatte die Hände unter mein Hemd geschoben, kratzte auf meiner Brust auf und ab und ließ meine Brustwarzen dadurch kribbeln. Mein Gott, ich wollte sie. Ich brach unseren Kuss ab und sog die Luft ein. Allein die Tatsache, dass ihre Finger auf mir lagen, machte es mir schwer, zu atmen.

Ich schob meine Hand von ihrem Oberschenkel unter den Saum ihres Rockes, aber sie keuchte und packte mein Handgelenk. „Jean Luc?", flüsterte sie.

„Ja, Baby?" Ich musste mir die Worte aus dem Mund reißen, so sehr war ich darauf konzentriert, unter ihren Rock zu kommen.

„Würdest du dein Hemd ausziehen?", fragte sie und senkte den Kopf, um ihr Erröten zu verbergen.

Dies war ihre erste Bitte und sie fühlte sich wichtig an. Ihre Küsse waren so schüchtern und sanft gewesen, dass ich eine stärkere Reaktion von ihr haben wollte. Ich wollte erleben, dass sie genauso interessiert war wie ich.

Es war eines meiner Lieblingskonzertshirts, aber ich riss es in Hulk-Manier von meinem Körper. Als ich mit nacktem Oberkörper vor ihr stand, fühlte ich mich wie eine Opfergabe für eine heidnische Prinzessin. Ich legte eine ihrer Hände auf meine Brust.

„Ist es das, was du wolltest, Baby?" Ich leckte an ihrem Ohr und spürte, wie sie erschauderte.

„Wow", flüsterte sie. Sie fuhr mit einer einzelnen Fingerspitze von meinem Schlüsselbein zu meiner Brustwarze. Scheiße, mein Schwanz wurde so hart, dass ich nicht mehr viel Blut für rationale Gedanken übrig hatte. Dann nahm sie meinen Nippel zwischen ihre Finger und drückte zu. Ich stöhnte auf. Das hatte ich nicht erwartet, aber verdammt, es fühlte sich gut an.

„Oh! Hat das weh getan?", fragte sie.

Ich lachte leise und ergriff ihre Hand. „Babe, wir können das ein anderes Mal erkunden, okay? Denn ich bin gerade kurz davor zu explodieren." Ich legte ihre Finger auf meinen Schwanz, der sich unter meine Jeans abzeichnete.

Ihre Augen wurden groß, als sie zudrückte.

„So?", fragte sie. Ihre Stimme war atemlos, als ob sie ganz unschuldig wäre. Wenn sie so spielen wollte, dann würde ich mich ihrem Tempo anpassen.

Ich küsste sie, um sie abzulenken, und knöpfte ihre schreckliche weiße Bluse auf. Darunter fand ich den Himmel vor. Ihre Titten waren rund und in weiße Spitze gehüllt, ihre Nippel drückten gegen den Stoff.

Als ich sie berühren wollte, spürte ich, wie ihre Hand um meinen Schwanz kreiste. Sie hatte meine Jeans aufgeknöpft und ich konnte nur noch dastehen und war ihr ausgeliefert. *„Pitié, mon amour.*

Hab ein Einsehen. Bald ist nichts mehr übrig." Ich griff unter ihren Rock und zog an dem Stoff um ihre Hüften. „Weg mit dem Höschen."

Sie erstarrte und sah mich mit großen Augen an. Hatte ich etwas falsch gemacht? Ich hatte gedacht, das wäre das, wohin wir beide steuerten.

„Oder nicht?" Ich trat ein wenig zurück, um ihr Raum zu geben. Vielleicht hatte ich die Dinge zu schnell angegangen? „Wir müssen nicht."

„Ich will", sagte sie mit bebender Stimme. „Ich will."

Sie richtete sich auf und beobachtete mich, während sie ihr Höschen die Beine herabzog. Es war nicht die selbstbewusste Handlung einer Frau, die versuchte, ihren Liebhaber anzumachen. Es war eher das Verhalten einer Frau, die Anerkennung suchte. Wenn es das war, was sie brauchte, kam ich ihr gerne entgegen, denn sie gefiel mir definitiv ohne Slip.

Ich zog sie zu mir und küsste sie erneut. Diesmal war sie weniger schüchtern und ließ sogar ihre Zunge für einen Moment in meinen Mund eindringen. Ich manövrierte sie rückwärts, bis sie auf dem Tisch saß.

Ich fuhr mit den Händen die Innenseite ihrer Schenkel hinauf und stöhnte auf. Ich konnte ihre Nässe riechen. Fuck. Dann strich ich mit einem Finger über ihre Öffnung. Sie war verdammt feucht.

„Darauf habe ich gewartet", sagte ich und streichelte ihre Pussy.

Ihr Atem stockte. Perfekt. Sie war bereit. Ich griff in meine Gesäßtasche.

„Darauf habe ich gehofft." Ich reichte ihr ein Kondompäckchen.

Ihre Finger zitterten, als sie es öffnete, aber sie zog den Gummi aus der Folie und setzte ihn auf meine Spitze. Ich schloss die Augen in Erwartung. Ich wollte ihre Finger spüren, wenn sie ihn über meinen Schwanz rollte.

Ich spürte ihre Finger, aber kein Kondom.

„Es steckt fest." Ihre Stimme bebte.

Was zum Teufel … Wie konnte ein Kondom stecken bleiben? Ich schaute nach unten und erkannte das Problem. Sie hatte es falsch angesetzt. Ich drehte es um und rollte es ab. Als ich ihren Hals küsste, lächelte ich vor mich hin. Sie musste ganz schön aufgeregt sein. Gut. Ich hatte auch schon lange nicht mehr so für jemanden empfunden.

Ich strich die Innenseite ihres Oberschenkels hinauf. Ihre Augen waren aufgerissen, ihre Beine zitterten.

„Geht es dir gut?", fragte ich. „Vielleicht sollten wir zurück ins Haus gehen."

Miri legte die Hände an meine Wangen und sah mir in die Augen. „Ich will dich. Hier. Jetzt." Ihre Stimme war gleichmäßig und kräftig.

Ich zog sie näher an mich heran und konnte die Hitze ihrer Pussy an der Spitze meines Schwanzes spüren. Schließlich balancierte sie auf der Tischkante und ich stieß in sie.

Sie war eng, fast zu eng und ich hörte sie keuchen. Es war kein gutes Keuchen und ich wollte mich zurückziehen. Sie packte meinen Hintern und hielt mich fest.

„Es ist okay." Sie drückte kleine Küsse auf meine Kieferpartie. „Mach einfach weiter."

Fuck. Wie hatte ich nur so blöd sein können? Sie war fast wie eine Statue gewesen, als ich nach ihrem Höschen gegriffen hatte. Sogar nachdem sie das Kondom falsch angesetzt hatte, war ich so sehr damit beschäftigt gewesen, zum Schuss zu kommen, dass ich es nicht bemerkt hatte.

„Du bist noch Jungfrau." Das war keine Frage; ich wusste es. Ich versuchte, Augenkontakt herzustellen, aber sie vergrub ihr Gesicht an meinem Hals.

„Mach einfach weiter, okay?", flehte sie. „Es wäre wirklich demütigend, wenn du jetzt aufhören würdest."

Ach, du Scheiße. Sie hatte es mir nicht gesagt, weil es ihr peinlich war. Ich musste ihr beweisen, dass sie trotz ihrer Jungfräulichkeit eine schöne, sexy Frau war, die ich wollte.

Ich drückte sie an mich und stieß zu. Sie war eng und feucht und heiß. Ich nahm ihre Lippen und küsste sie, während wir fickten. Mit jedem Stoß keuchte sie ein wenig mehr, bis wir beide stöhnten und unser Kuss bald vergessen war.

Ich zog ihre Hüften näher und vergrub mich dann tiefer in ihr als zuvor. Verdammt. Ich hatte für einen Moment ihre Schmerzen vergessen.

„Geht es dir gut?", fragte ich und suchte ihr Gesicht nach irgendwelchem Unbehagen ab.

„Gott, ja", stöhnte sie.

An diesem Punkt gab es kein Zurück mehr. Ich musste in ihr sein und ihr Pulsieren um mich herum spüren. Unsere Bewegungen wurden immer verzweifelter und sie klammerte sich an meinen Rücken, während ich mich an ihren Hüften festhielt. Ihr Stöhnen wurde lauter, und der Tisch begann mit uns zu wippen.

Ich lehnte mich zurück und sah ihr in die Augen. Sie kämpfte, runzelte die Stirn, war ein wenig verwirrt.

„Lass los, Baby. Lass mich dich über die Kante ziehen", sagte ich ihr.

Ich verlor die restliche Kontrolle und versank tief in ihr. Sie schloss die Augen und gab sich den Gefühlen hin. Ihre Pussy zog sich durch ihren Orgasmus zusammen, und ich folgte ihr in die Vergessenheit.

Ich drückte meine Stirn an ihre Schulter, während wir beide keuchten und nach Luft schnappten.

„Du bist wunderschön, wenn du kommst." Ich grinste und gab ihr einen kurzen Kuss, dann half ich ihr vom Tisch. Ich trat zurück und steckte meinen Schwanz in die Hose. Sie hob ihre Unterwäsche vom Boden auf.

„Also, ähm ..." Sie hielt ihren Slip in ihrer Faust. „Wie geht es weiter? Soll ich gehen?"

Kapitel 21

Miriam

Jean Luc runzelte die Stirn. „Ich möchte, dass du bleibst, aber das musst du nicht." Er steckte die Hände in die Taschen.

Verdammt! Ich hatte die Dinge total vermasselt. Sollte man nach dem Sex nicht kuscheln? Stattdessen blickte er finster drein und wich zurück. Ich musste das in Ordnung bringen.

Ich legte meine Hand auf seinen Arm und lächelte. „Ich würde gerne bleiben. Es tut mir leid. Es ist neu für mich – ich schätze, ich weiß einfach nicht, wie es weitergeht."

Er zog mich an sich. „Als Nächstes", sagte er in mein Ohr, „mache ich dir Abendessen und dann machen wir das Ganze noch einmal."

* * *

Ich lehnte mich in meinem Stuhl zurück und nahm einen Schluck von meinem Bier. Jean Luc hatte den Küchentisch auf die Veranda gestellt und wir aßen gegrilltes Steak, während wir über sein Grundstück blickten.

„Wie viel Land hast du?", fragte ich, als die Sonne hinter den Hügeln verschwand.

Er legte seine Gabel und sein Messer weg. „Drei Hektar. Zwei Parzellen. Da drüben ist ein Bach." Er deutete auf eine Baumgruppe in der Ferne.

„Das Haus ist nicht groß, aber das Studio ist großartig und es ist schön ruhig hier draußen."

„Das Haus könnte schön sein." Ich lächelte und
dachte an den Zottelteppich. „Es müsste nur ein
bisschen dekoriert werden."

Er nickte und trank sein Bier aus. „Ja, es könnte
definitiv eine weibliche Note vertragen."

Könnte ich diese Note einbringen? Ich wollte
fragen, war mir aber nicht sicher. Ein paar Küsse
und ein verzweifelter Moment auf einem Tisch
bedeuteten nicht unbedingt, dass wir zusammen-
ziehen würden. Wir räumten ab und spülten das
Geschirr. Er wusch und ich trocknete ab. Ich warf
einen kurzen Blick auf sein Gesicht. Sein Lächeln
war verschwunden und er schien sich auf seine
Aufgabe zu konzentrieren. Ich erinnerte mich daran, was er vorhin gesagt hatte – er wollte zu
Abend essen und dann wieder Sex haben. Aber er
sah nicht so aus, als ob er mich auch nur küssen
wollte.

Ich räumte die Teller weg, die wir benutzt hatten, und drehte mich zu ihm um. Er starrte mich
an.

„Es bringt mich um." Er fuhr sich mit den Fingern durch sein kurzes Haar. „Nachdem wir Liebe
gemacht haben, warum wolltest du gehen?"

„Oh." Ich dachte an meine dumme Bemerkung
zurück. Ich hatte in seinem Studio gestanden und
meine Unterwäsche festgehalten. „Ich war mir
nicht sicher, was du wolltest. Ich dachte, wenn ich
dir anböte zu gehen, würde es dir vielleicht leich-

ter fallen.“

„O Gott“, brummte er. Jean Luc durchquerte die Küche und schob seinen Arm unter meine Knie. Er hob mich hoch und küsste mich auf die Nase. „Ich will dich.“ Er ging nach hinten ins Schlafzimmer. „Zweifle nie daran.“

Er legte mich auf dem Bett ab und zog dann sein Shirt aus. Die Muskeln in seinen Schultern tanzten, als er neben mich kroch.

„Also, dieser Nachmittag hat Spaß gemacht.“ Er grinste und spielte mit einer meiner Locken. „Aber heute Abend wird fantastisch werden. Ich möchte, dass du den Ton angibst.“

„Ich?“ Ich lachte. „Ich wüsste nicht, wo ich anfangen sollte.“

Er stützte sich auf die Kissen und hielt meine Hand an seine Lippen. „Ich wette, du weißt genau, wo du anfangen willst. Heute Nacht geht es nur um dich. Du brauchst mir nur zu sagen, was du willst.“

Als Jean Luc meine Knöchel küsste, kniff ich die Augen zusammen und öffnete sie wieder. Ich hatte mich noch nie zu jemandem so sehr hingezogen gefühlt wie zu ihm. Sein Körper war von einer der griechischen Gottheiten geformt worden und er lag neben mir und bat mich, die Führung beim Sex zu übernehmen.

„Ich weiß nicht, was ich will“, murmelte ich.

Jean Luc hörte auf, meine Hand zu küssen und legte sie flach auf seine Brust. Ich erschauderte. Seine Brustmuskeln waren warm und hart und ein paar Haare kitzelten an meiner Handfläche.

„Komm schon." Er lächelte. „Du hast vielleicht nicht viel Erfahrung, aber du weißt, was du willst. Du hast bestimmt schon Filme gesehen oder vielleicht ein oder zwei Bücher gelesen, die dich erregt haben."

Ich spürte, wie meine Wangen heiß wurden. Er hatte Recht. Ich wusste, was ich wollte, ich musste nur den Mut aufbringen, es zu verlangen.

„Ich möchte dich berühren", sagte ich.

Er lachte leise und beugte sich vor, um meinen Hals zu küssen. „Mmm, das musst du schon genauer ausführen. Wo willst du mich berühren, *ma chérie*?" Sein Akzent klang geschmeidig wie Honig. „Willst du *ma bite* anfassen?"

Jean Luc nahm meine Hand von seiner Brust und legte sie auf die Vorderseite seiner Jeans. Sein Schwanz presste gegen den Stoff.

„*Bite*", wiederholte ich, während ich durch die Hose zudrückte. „Ja."

Er knurrte und schob mich zurück in die Kissen. „Noch nicht, *ma chérie*. Außerdem haben wir beide zu viel an."

Ich öffnete den Reißverschluss an der Seite meines Rocks und er half mir, ihn herunterzuschieben. Vorher, in seinem Studio, war ich nicht so nackt gewesen. Er hatte mich angefasst und wir hatten Sex gehabt, aber er hatte nie so genau hingesehen wie jetzt.

Ich schloss die Knie und legte die Hände auf meinen Schritt. Niemand hatte je gesagt, dass Sex mich so entblößt zurücklassen würde.

„Jetzt wird nichts mehr verdeckt." Behutsam schob er meine Hände zur Seite. Ich sah entsetzt zu, wie er seine Schulter an meiner Hüfte ablegte. Er rieb seine Nase sanft zwischen meinen Beinen. Seine Wange war nur ein wenig stachelig von seinen Bartstoppeln, als er meine Haut streifte. „Wunderschön", flüsterte er.

Ich zog an seinem Arm. „Warte, bitte", flehte ich. Ich war mir nicht sicher, ob ich bereit war, meine Beine zu öffnen und alles seinem Blick preiszugeben.

Jean Luc krabbelte hoch neben mich und begann, meine Bluse aufzuknöpfen. Dann griff er nach oben und öffnete meinen BH von hinten. In einer einzigen Bewegung. Ich versuchte, nicht zu sehr darüber nachzudenken.

„*Les seins* – die Brüste", sagte er, sein Atem war heiß auf meiner Haut. Er beugte sich herunter und rieb seine Wange an meiner Brust.

Mein ganzer Körper kribbelte. Ich keuchte und wartete darauf, dass er wieder meine Brust berührte. Er sah von meiner Brust hoch und zog eine Augenbraue hoch.

„*Les seins*", wiederholte er.

Ich lächelte und durchschaute das Spiel. „*Seins*", sprach ich nach und versuchte, den richtigen Akzent zu treffen.

Er grinste und beugte seinen Kopf zu meiner Brust. Seine Lippen öffneten sich und er leckte an meiner Brustwarze. Es war nur ein kurzes Bad voller Hitze, aber es war unglaublich.

„Oh", stöhnte ich. Die Wärme staute sich zwischen meinen Beinen, und ich sehnte mich nach mehr.

„*Le mamelon*", sagte er. Dann sog er daran.

Mein Körper zuckte. „*Le mamelon.*"

Er saugte fester. Ich kniff die Augen zusammen und genoss die Schübe der Lust, als er meine Brüste neckte. „*Ma chérie*", flüsterte er gegen meine Brustwarze. „Öffne deine Augen. Ich brauche deine Hilfe."

Ich öffnete verwirrt die Lider. Hilfe? Er nahm meine Hand und klappte meine Finger nach innen, bis nur noch mein Zeigefinger ausgestreckt war. Dann saugte er daran. Ich erschauderte. Was hatte er damit vor?

Er legte meine Hand auf meine Vagina. Wann hatten sich meine Beine gespreizt? Ich sehnte mich so sehr nach dem, was auch immer er als Nächstes tun wollte, dass ich meine Verlegenheit vergaß.

„So." Er ließ meine Hand tiefer gleiten, bis mein Finger an der Öffnung meines Geschlechts war. Ich war heiß und feucht, glitschig, wie ich es nie zuvor gewesen war. „Mach weiter", drängte er, bis mein Finger ganz drinnen war.

Selbstbefriedigung war mir keineswegs fremd, aber so hatte sie sich noch nie angefühlt. Dann spürte ich etwas, das ein wenig rauer war, und mein Blick flog zu ihm.

„Shhh, *ma chérie*. Zusammen."

Er starrte mich an und drückte seinen Finger

auf meinem eigenen in meinen Körper. Er begann, hinein und hinaus zu streichen. Zuerst folgte ich seinem Beispiel, aber dann konzentrierte ich mich auf meine Klit. Ich war zu weit weggetreten, um noch peinlich berührt zu sein. Ich wusste nur, dass ich mehr wollte. Ich wollte kommen.

Jean Luc platzierte einen weiteren Finger an meiner Öffnung und legte den Kopf schief.
„Oui?"

Ich nickte und er glitt hinein. Mein Atem blieb mir in der Kehle stecken. Diesmal tat es weh, aber nicht so wie beim ersten Mal.

Er erstarrte. „Soll ich aufhören?", fragte er.

Kapitel 22

Ihre *chatte* zog sich um meinen Finger zusammen, den ich in ihren Körper schob. Ihr Atem stockte, und ich erstarrte. Verdammt.

„Soll ich aufhören?" Die Worte klangen schwer und fremd, sogar in meinen eigenen Ohren. Die Stimme einer anderen Person. „Tut es weh?"

„Ein bisschen, aber es würde mehr wehtun, wenn du aufhörst." Sie packte mein Handgelenk, um mich an der Bewegung zu hindern. „Ich habe das Gefühl, ich sollte mehr für dich tun. Ich möchte, dass es auch dir gefällt."

„Vertrau mir." Ich drückte ihr einen Kuss auf die Lippen. „Ich habe meinen Spaß und komme später noch auf meine Kosten."

Ich verfluchte mich dafür, dass ich nicht mehr an ihre Bedürfnisse gedacht hatte. Sie war wund, daran hätte ich denken müssen. Wenigstens hatte ich meine Jeans angelassen. So hart war ich seit meinen Teenagerjahren nicht mehr gewesen und allein das Reiben des Stoffes an meinem Schwanz konnte mich zum Kommen bringen. Ich versuchte, meinen Körper zu beruhigen – ich wollte den Orgasmus für sie aufsparen.

Ich vertiefte den Kuss, während wir beide unsere Finger rein und raus bewegten. Nach ein paar Stößen begann sie, ihre Klitoris zu streicheln, und ich schob einen zweiten Finger hinein. Ihre Augen weiteten sich, während sich ihr Körper anspannte. Ich liebte die kleine Überraschung in ihrem Gesicht und musste mich zwingen, mich nicht an ihr zu reiben.

Ihr dabei zuzusehen, wie sie sich auf meiner Hand vergnügte, war wahrscheinlich der erregendste Moment meines Lebens, bis ich mit meinem Daumen über ihren Kitzler strich. Ihr Körper begann zu zucken und ich konnte nur mit Mühe meine Finger in ihr halten. Sie fand die perfekte Stelle an meinem Daumen und fing an, sich daran zu reiben. Ihre Titten hüpften, während sich ihre Pussy zusammenzog. Ich wusste genau, was sie zum Äußersten treiben würde. Ich beugte mich vor und saugte lange und kräftig an einer ihrer Brustwarzen. Das brachte sie zum Höhepunkt und sie umklammerte meine Finger, während sie kam.

Als es vorbei war, lehnte sie sich keuchend in die Kissen zurück. Ich nahm sie in die Arme, wobei ich darauf achtete, sie von meinem Schwanz fernzuhalten. Eine Berührung und ich würde wahrscheinlich in meiner Jeans kommen.

Nachdem sich ihre Atmung wieder normalisiert hatte, wandte sie sich mir zu. „Ich möchte deinen *bite* anfassen."

„Uhhhh." Meine Eier waren zu hart, als dass ich reden konnte.

Sie strich mit einem einzelnen Finger über meinen Schwanz und schob ihn dann in den Bund meiner Jeans. „Ziehen wir die mal aus."

Sie war in weniger als einer Sekunde weg. Ich

lehnte mich zurück in die Kissen und ließ mein Glied zwischen uns aufragen. Wenn die Dame mich erkunden wollte, konnte sie alles anfassen, was sie wollte.

Sie strich mit den Fingern darüber und neigte den Kopf zur Seite. „Er ist so weich."

Ich begann zu lachen. „Vorsicht, *ma chérie*, da ist nichts weiches dran."

Sie machte mit ihrer Erkundung weiter und fuhr über den Schaft, die Spitze und dann über meine Eier. Ich stöhnte auf. Das war eine schlechte Idee gewesen – ich war kurz davor, auf ihren Fingern zu kommen.

Dann beugte sie den Kopf und rieb ihre Wange an meinem Schwanz. Sie schloss ihre Augen und lächelte, während mein rot angeschwollenes Glied an ihrer perfekten weißen Wange ruhte.

Es war nicht das, was ich erwartet hatte, doch es fühlte sich unglaublich an. Zu gut.

„Komm her." Ich packte ihre Schulter und sie kletterte hoch und legte sich neben mich. „Nächstes Mal lasse ich dich mich erkunden. Das verspreche ich. Heute Abend allerdings bin ich kurz davor zu explodieren." Ich versuchte, zu Atem zu kommen, aber es war schwer. „Hast du irgendwelche Fantasien? Ich möchte, dass es gut für dich ist." Fuck. Als ich meine Stimme hörte, merkte ich, dass ich keuchte.

Sie fuhr mit den Fingern durch mein kurzes Haar. „Ich will deinen *bite* in meiner ..." Sie runzelte die Stirn und suchte nach dem Wort.

„*Chatte*. Pussy", ergänzte ich. „Du willst meinen Schwanz in deiner Pussy?" Ich knurrte.

„Ich will dich oben haben." Sie biss sich auf die Lippe.

Das war alles, was ich wissen musste. Ich drückte sie zurück in die Kissen und küsste sie lange und intensiv. Dann erhob ich mich über sie.

„Leg deine Beine um mich, *ma chérie*." Ich konnte ihren schönen Brüsten nicht widerstehen, die vor mir wippten, also beugte ich mich herunter und saugte an ihren Nippeln, bis sie fest und steif waren. Ich liebte es, wie sie zu kleinen Spitzen wurden und wie Miriam keuchende Geräusche von sich gab. Als wir beide stöhnten, wollte ich mich in sie schieben.

„Fuck!" Ich stieß eine Reihe von Flüchen aus. „Kondom."

Ich setzte mich zurück auf die Knie, nahm meine Jeans vom Boden und fand in der Tasche das Folienpäckchen. Während ich das Kondom über meinen Schwanz rollte, beobachtete ich sie. Die wilden Locken, vom Küssen geschwollene Lippen und Brüste, fest und begehrenswert. Sie war mein. Das war diejenige, auf die ich gewartet hatte.

Ich spürte, wie sich meine Eier zusammenzogen. Fuck. Ich war noch nicht einmal in ihr. In meinem Lustnebel bemerkte ich, dass sie ihre Klitoris an meinem Schwanz rieb.

Sie lächelte. „Es fühlt sich gut an."

Ich versuchte, mein Keuchen zu kontrollieren, und ließ sie spielen. Ich wollte, dass es in dieser Nacht um sie und ihre Fantasien ging, aber, heilige Mutter Gottes, ich würde in ihren Händen explodieren. „Ich werde nicht mehr lange durchhalten", warnte ich.

Grinsend schob sie mich weiter nach unten. „Ich will deinen *bite* in meiner *chatte*." Süßere Worte hatte ich noch nie gehört.

Mit einem Knurren versank ich in ihrem Körper. Ich stützte mich auf die Ellbogen und glitt aus ihr heraus und dann wieder hinein. Sie keuchte und experimentierte mit dem Kippen ihrer Hüften, bis wir einen Rhythmus gefunden hatten. Sie erkundete meine Brust und meinen Rücken. Dann fingen wir beide an zu stöhnen. Verdammt, ich strengte mich so an, nicht zu kommen, dass mir der Schweiß ausbrach und wir rutschten gegeneinander.

Ihr Keuchen wurde lauter und ich spürte, wie sich ihre Pussy zusammenzog. Sobald sie zu zittern begann, stieß ich einen Schrei der Befreiung aus und pumpte in sie. Immer und immer wieder, bis wir beide erschauderten und uns gegenseitig festhielten.

Nachdem ich endlich zu Atem gekommen war, öffnete ich den Mund. Ich wollte ihr sagen, dass dies mehr als ein One-Night-Stand war, mehr als nur ein einziger gemeinsamer Abend. Aber sie war bereits eingeschlafen.

Ich lächelte und küsste ihre Nase. Ich brauchte ihr diese Dinge nicht in diesem Moment zu sagen, denn sie würde morgen früh hier sein. Ich würde nicht allein aufwachen. Für Worte war später noch genug Zeit. Jetzt war es Zeit für den Schlaf.

Kapitel 23

Miriam

Ich drehte mich um und merkte sofort, dass ich nicht in meinem eigenen Bett lag, sondern in dem von Jean Luc und es war mitten in der Nacht. Doch er war nicht da. Ich versuchte, die Dunkelheit zu durchdringen, um ihn zu sehen, aber es war zu schwer, irgendwas zu erkennen.

„Jean Luc?", fragte ich in die Finsternis.

Es kam keine Antwort.

Ich tastete auf dem Boden herum, entdeckte sein hingeworfenes T-Shirt und zog es an. Er war fast einen Kopf größer als ich, sodass es alle notwendigen Körperteile meinerseits bedeckte. Ich ging ins Wohnzimmer, um ihn zu suchen. Weil er dort nicht war, folgte die Küche. Schließlich fand ich ihn auf der hinteren Veranda.

„Was machst du denn hier draußen?", fragte ich und trat zu ihm hinaus.

Er schüttelte den Kopf. „Nichts. Ich konnte nur nicht schlafen."

„Oh." Ich zerbrach mir den Kopf. Schnarchte ich? Ich wusste es nicht. „Habe ich dich geweckt?"

„Nein, nichts dergleichen", erwiderte er. „Komm her."

Im schwachen Licht konnte ich erkennen, dass er in die Decke des Sofas eingewickelt war, die seine Mutter gestrickt hatte. Er breitete die Arme aus und ich schlüpfte zu ihm in den Kokon. Er war nackt. Ich kuschelte mich mit dem Rücken an seine Brust und genoss seine Wärme, während wir beide auf das offene Feld hinter seinem Haus starrten.

„Ich wollte dich nicht beunruhigen. Ich bin es nicht gewohnt, mit jemandem zu schlafen." Er hielt inne und drückte mich an sich. „Ich glaube, du bist der erste Mensch, mit dem ich das Bett teile, seit ich aus Afghanistan zurück bin."

„Wie lange bist du schon zurück?", fragte ich.

„Zehn Jahre." Er schwieg eine Minute. „Deshalb habe ich nichts von Christophe gewusst. Delphie muss in der Nacht vor meiner Abreise schwanger geworden sein. Sobald ich dort angekommen war, hat sie mir einen Abschiedsbrief geschickt und nie ein Wort gesagt. Aber vielleicht war es besser so." Er seufzte. „Ich hatte zwei Einsätze und als ich zurückkam, fiel es mir schwer, mich wieder einzugewöhnen. Ehrlich gesagt, wäre ich kein guter Vater gewesen, nachdem ich nach Hause gekommen bin."

„Was ist passiert?", fragte ich. Ich wusste, dass es für Soldaten, die aus dem Krieg zurückkehrten, schwierig war, sich wieder an die Gesellschaft zu gewöhnen, aber ich hatte noch nie jemanden getroffen, der das wirklich durchgemacht hatte.

Er legte sein Kinn auf meine Schulter. „Ich hatte das Gefühl, dass ich kein Ziel hätte. Da drüben ging es nur ums Überleben. Wenn man nach Hause kommt, denkt man nicht mehr ans Überleben, sondern nur noch an den Lohn. Ich habe versucht, einen normalen Job zu finden, aber ich wurde oft gefeuert. Schließlich verkaufte ich eines Tages meinen Pick-up, kaufte eine Harley und fuhr nach Westen. Ich hatte kein Geld und musste mich auf meinen Verstand und Gelegenheitsjobs verlassen. Als ich am Pazifik ankam und nicht mehr weiter konnte, ging es für mich nach Norden."

„Dort hast du die Demon Horde getroffen?"

Er nickte und küsste meinen Hals. „Ja. Damals waren sie die Storm Kings. Sie haben mir geholfen, mein Motorrad zu reparieren. Ich war an einem ziemlich dunklen Ort, aber sie fühlten sich wie meine alte Einsatz-Truppe an, weißt du? Wie eine Familie. Also bin ich hiergeblieben."

„Ich bin froh, dass du geblieben bist", meinte ich.

„Mmm, ich auch." Er küsste wieder meinen Nacken. „Ich bin froh, dass du hier bist."

Er griff unter das T-Shirt und seine Hände wanderten über meine Hüften. Er zog mich näher an sich heran und platzierte seinen Schwanz zwischen meinen Pobacken. Irgendwie war es angenehm, keine Empfindung, die ich je für möglich gehalten hätte, aber hier fühlte es sich natürlich an. Dann tastete er sich an meinen Rippen empor. Ich lächelte in mich hinein. Selbst mit meiner begrenzten Erfahrung wusste ich, wohin das führen würde.

„Warum ich?", fragte ich. „Warum hast du mich ausgewählt?"

Er unterbrach seine Erkundungstour und rieb seine Nase an meinem Hals entlang. „Ich könnte dich das Gleiche fragen", murmelte er. „Aber ich habe gewartet, weil es niemanden gab, der besonders genug war. Niemand, dem ich mein Leben anvertrauen konnte."

Er setzte seine Erkundung meines Körpers fort und umfasste meine Brüste. Ich lehnte mich gegen ihn und seufzte. „Warum hast du so lange abgewartet?", flüsterte er.

„Ich habe nie jemanden getroffen, mit dem ich es teilen wollte." Ich zuckte mit den Achseln. „Bis zu dir/ich dich traf."

Ich erschauderte, als er in eine Brustwarze zwickte. Ich war froh, dass ich auf ihn gewartet hatte. „Komm schon – dir ist kalt. Lass uns reingehen", meinte er.

Wir krochen zurück ins Bett und kuschelten uns aneinander, wie wir es draußen auf der Veranda getan hatten. Mein Rücken passte gegen seine Vorderseite. Ich schlief ein und fühlte mich so geborgen, dass ich mir sicher war, dass etwas so Gutes niemals enden würde.

* * *

„Ma chérie?", flüsterte Jean Luc und zog mich näher zu sich.

Ich lächelte gegen das Kissen. Er klang halb schlafend. Ich streckte mich an ihm und rieb meinen Hintern an seinem Schwanz. Seinem harten Schwanz. Was für eine fantastische Art, aufzuwachen.

„Ma chérie?", wiederholte er wacher.

„Mmm?", murmelte ich, aber es war eine Frage.

„Ich hasse dein Handy wirklich", sagte er und lachte.

Als ich den Kopf vom Kissen hob, hörte ich es auch. Meinen Klingelton. Wo hatte ich mein Mobiltelefon gelassen? Ich sprang aus dem Bett, rannte ins Wohnzimmer und durchsuchte meine Handtasche.

Lizzy blinkte auf als Anruferin. Ich zuckte zusammen und nahm ab.

„Wo zum Teufel bist du?", fragte sie. „Ich habe jedes Krankenhaus im Umkreis von fünfzig Kilometern angerufen."

Ich hatte ihr nicht gesagt, dass ich die ganze Nacht weg sein würde und ich hatte noch nie bei jemand anderem übernachtet. Es war kein Wunder, dass sie sich Sorgen gemacht hatte.

„Tut mir leid. Ich weiß nicht, wann ich zurückkomme", sagte ich.

Sie schnappte nach Luft. „O mein Gott. Hast du mit ihm geschlafen?"

Als ich nicht antwortete, ging sie davon aus, dass das ein Ja gewesen war.

„O nein." Ihre Stimme klang flach. „Ich habe deine Mutter angerufen. Deine Eltern sind auf dem Weg. Sie denken, du bist verschwunden."

„Ich bin bald zu Hause. Schinde etwas Zeit, okay?" Ich zerbrach mir den Kopf. „Sag ihnen, ich war die ganze Nacht bei Sheena."

Ich legte auf und rief Sheena an, um ihr meine

missliche Lage zu erklären.

„Na klar, ich werde für dich schwindeln." Sie lachte. „Und, war er gut?"

Nachdem ich nun Unterstützung für meine Lüge hatte, erklärte ich Sheena, dass ich sie später aufklären würde, und legte auf.

„Du gehst also?", fragte Jean Luc. Er stand in Boxershorts an die Wand gelehnt und beobachtete mich. Er musste alles gehört haben.

„Ja. Ich habe niemandem gesagt, dass ich weg sein würde und jetzt sind meine Eltern auf dem Weg zu meiner Wohnung." Ich wand mich. Ich hörte mich an, als wäre ich fünfzehn Jahre alt und würde nun Ärger bekommen, weil ich die Ausgangssperre missachtet hatte. „Es tut mir leid, ich muss jetzt gehen."

Er kam zu mir und umarmte mich. „Ich wusste, dass die reale Welt irgendwann eindringen würde, aber ich hatte gehofft, wir könnten wenigstens noch gemeinsam frühstücken."

Ich schüttelte den Kopf. „Ich muss nach Hause, bevor sie dort ankommen."

„Du wirst ihnen also nichts von mir erzählen?", fragte er und musterte mein Gesicht.

Wenn ich meinem Vater erzählte, dass ich mit einem Klienten ausging, – einem derjenigen, die nur mit Bargeld bezahlten, – würde er einen Herzinfarkt bekommen.

„Was ist das zwischen uns, Jean Luc?", fragte ich. „Sind wir zusammen?"

„Zusammen?", wiederholte er. Dann lächelte er.

„Ich will keine andere als dich. Du kannst es deinem Daddy sagen oder nicht, aber so ist es nun mal. Du gehörst mir.“

Nach einem leidenschaftlichen Kuss zog ich mich an und er brachte mich zu meinem Auto. Dann küssten wir uns noch einmal und ich fuhr los und lächelte die ganze Zeit.

* * *

Ich stöhnte, als ich auf den Parkplatz meines Wohnkomplexes fuhr. Der Cadillac meines Vaters stand bereits im Besucherbereich. Verdammt! Die Stimme meiner Mutter war das erste, was ich hörte, während ich die Eingangstür öffnete.

„Meine Liebe! Du hast uns einen ziemlichen Schrecken eingejagt!“ Sie stürzte herbei und umarmte mich.

Dad sah von seiner *New York Times* auf und hob eine Augenbraue. „Verschwinde nie wieder auf diese Weise.“

Nach den obligatorischen Umarmungen sah ich mich um. „Wo ist Lizzy?“, fragte ich. Sie machte sich für gewöhnlich rar, wenn meine Eltern in der Nähe waren.

Ich fand sie in ihrem Zimmer und ließ unseren Besuch für einen Augenblick im Wohnzimmer zurück. „Und?“, fragte sie und schaute von der Tür zu mir. „Wie war’s?“

„Unglaublich!“, quietschte ich. Dann kontrollierte ich mich. Ich senkte die Stimme und sagte:

„Er war der Rick für meine Ilsa!"

Jemand klopfte an die Tür. „Mädels!", rief mein Vater, als wären wir vierzehn. „Wir gehen Räucherlachs und Bagels essen. Zieht euch um."

Nach dem Frühstück setzten wir Lizzie in der Wohnung ab und meine Eltern bestanden darauf, dass ich das Wochenende mit ihnen in Seattle verbrachte. Ich versuchte, mich davor zu drücken, aber wenn meine Mutter entschlossen war, bekam sie immer, was sie wollte.

Mama und ich gingen einkaufen. Sie wollte neue Vorhänge für das Gästezimmer, doch sie war auch hinter ein paar Informationen her.

„Hast du den Abend wirklich mit deiner Assistentin verbracht?", fragte sie und blätterte in den Stoffmustern des Einrichtungsgeschäfts. „Weil ich nicht gedacht hätte, dass ihr beide euch so nahesteht."

Mama hatte über dreißig Jahre lang als Empfangsdame und Buchhalterin in Papas Firma gearbeitet. So hatten sie sich kennengelernt. Obwohl sie jetzt im Ruhestand war, versuchte sie, mit dem Büroklatsch – und meinem Liebesleben – auf dem Laufenden zu bleiben.

„Sheena und ich sind gute Freundinnen, Mom." Ich brauchte etwas Glaubhaftes. „Wir sind nach der Arbeit in eine Bar gegangen und haben uns ein Taxi zu ihrer Wohnung geteilt."

„Oh." Mom beobachtete mich, während sie sich weitere Entwürfe ansah. „Ich habe mir gedacht, dass du und Sheena vielleicht ein Liebespaar seid."

Ich ließ das riesige Buch mit den Mustern mit einem lauten Knall fallen. Zwei der Assistenten standen auf, um mir zu helfen, aber ich hob es selbst auf.

„Mama!" Ich lachte. „Ich bin nicht lesbisch."

„Es ist okay, wenn du das bist, Süße." Sie schürzte ihre Lippen. „Dein Vater und ich sind durch und durch modern und wir lieben dich, egal was passiert. Du solltest dir nur zweimal überlegen, ob du mit deiner Assistentin schläfst."

Ich rollte mit den Augen. Meine Eltern waren nicht „durch und durch modern". „Ist es besser, mit der Empfangsdame zu schlafen?", erwiderte ich. „So wie Papa es getan hat?"

„Das war etwas anderes." Sie setzte sich aufrechter auf ihren Stuhl. „Wir waren verliebt. Hast du jemanden kennengelernt? Warst du dort? Vivien und Cassie haben nämlich gesagt, dass du und Sheena gestern Abend getrennt gegangen seid."

„Du hast Viv und Cassie angerufen?" Die beiden besten Freundinnen meiner Mutter waren auch die Klatschtanten in der Buchhaltung.

„Nun, du warst verschwunden", sagte sie und runzelte die Stirn. „Ich habe versucht, dich zu finden."

Ich seufzte. Sie hatte sich zu Recht Sorgen um mich gemacht. Ich hatte noch nie eine Nacht außerhalb von zu Hause verbracht und ich hatte niemandem gesagt, dass ich weggehen würde. Ich war meiner Mutter eine Erklärung schuldig.

„Okay, ich habe jemanden kennengelernt.“ Ich
lächelte, als ich an meine Nacht mit ihm dachte.
„Er ist Bildhauer.“

„Oh!“ Mama klatschte in die Hände. „Ein Bildhauer. Ich wette, er ist sehr attraktiv. Ist er attraktiv? Erzähl mir alles über ihn. Ist er Jude?“

„Er kommt aus Louisiana, lebt aber schon seit
etwa zehn Jahren hier. Und er ist definitiv kein
Jude. Wir gehen nur miteinander aus. Ich weiß
nicht, ob daraus etwas Ernstes wird.“

Mama klappte alle Musterbücher zu, die sie an-
geschaut hatte und stand auf. Offenbar war sie
nicht mehr an Vorhängen für Gästezimmer interessiert. „Wir sollten ihn nächstes Wochenende
zum Essen einladen. Ich möchte die neue Liebe
meiner Tochter kennenlernen.“ Sie hob ihre Handtasche auf die Schulter.

„Wir sind nicht verliebt.“ Ich seufzte. Wenn sie
sich an einer Idee festgebissen hatte, machte sie
sofort Nägel mit Köpfen. „Es war nur ein Date,
und ich habe bei ihm übernachtet. Ich bin mir nicht
wirklich sicher, was wir hier tun.“

„Oh.“ Ihr Lächeln verschwand, als wir aus dem
Einrichtungsgeschäft gingen. „Also noch keine
Enkelkinder?“

Ich schüttelte den Kopf. „Ich weiß es noch nicht.
Sag es nur nicht Dad, okay?“, flehte ich.

„Das werde ich nicht“, versprach sie. „Weißt
du, wir hatten große Hoffnungen in Pete gesetzt.
Warum hast du ihn fallen gelassen?“

„Pete war einfach nicht der Mann, den ich wollte, Mom." Als ich an sein Verhalten im Taxi zurückdachte, schauderte es mich. „Es war an der Zeit, weiterzuziehen."

„Ist dieser neue Typ nur ein Boy Toy oder wie auch immer man sie heutzutage nennt? Du hast Pete erst vor ein paar Wochen weggeschickt."

„Er ist kein Boy Toy." Ich lachte. „Er ist mir wichtig, Mom. Es ist nur eine neue Beziehung. Gib dem Ganzen etwas Zeit."

Später an diesem Abend machte Sylvia, die Haushälterin, Rinderbrust zum Abendessen.

Danach holte ich in Dads Büro etwas Arbeit nach, als mein Telefon summte. Eine SMS.

Ich denke an dich.

Es war von Jean Luc und ich zitterte. Was sollte ich sagen? Ich wollte ihn wiedersehen.

Mittagessen am Montag?

Vielleicht könnte ich mir den Nachmittag frei nehmen und wir könnten unanständige Dinge tun. Ich grinste und wartete auf die nächste SMS.

Wir sehen uns dann.

* * *

Vor diesem Tag hatte ich mich noch nie auf einen Montag gefreut. Ich würde mich mit Jean Luc zum Mittagessen treffen, was eher wie eine geschäftliche Verabredung als etwas Romantisches aussah. Ich musste besser werden in diesem Dating-Kram.

Wenigstens hatte ich hübsche Unterwäsche angezogen. In meinem Bürostuhl sitzend, bewegte ich meine Hüften hin und her und spürte das Reiben meines Tangas. Er war leuchtend rosa – ganz und gar nicht wie das jungfräulich weiße Höschen, das ich am Freitag getragen hatte. Ich hoffte, er würde ihm gefallen.

Sheena reichte mir einen Brief, sobald sie zur Tür hereinkam. „Ich glaube, darauf hast du gewartet!" Sie grinste. „TrueGene. Das sind die DNA-Ergebnisse für deinen Biker, richtig?"

„Danke." Ich starrte den Umschlag an. Sollte ich auf Jean Luc warten oder ihn selbst öffnen? Ich legte ihn auf die Ecke meines Schreibtisches. Ich würde Jean Luc die Ehre überlassen, ihn als Erster zu lesen. Wir waren uns beide einigermaßen sicher, dass Christophe sein Sohn war – die Ähnlichkeit zwischen ihnen war nicht zu leugnen.

Schließlich gelang es mir, mich zu konzentrieren und mit der Arbeit weiterzumachen. Nach einiger Zeit schaute ich auf die Uhr. Es war elf Uhr dreißig. Er würde bald hier sein. Ich hatte meinen Kalender schon geleert, falls er den Rest des Tages mit mir verbringen wollte, denn das wollte ich auf jeden Fall.

Sheenas Stimme kam über die Sprechanlage. „Miri? Staatsanwalt Avebury ist hier und möchte dich sprechen."

Mir drehte sich der Magen um. Ausgerechnet heute musste er auftauchen. Ich stöhnte auf.

Sheena nannte seinen Nachnamen, was bedeutete, dass er an ihrem Schreibtisch stand. Wenn ich es ablehnte, ihn zu sehen, konnte er eine Szene machen. Vielleicht konnte ich ihn aus meinem Büro bekommen, bevor Jean Luc auftauchte.

„Schick ihn rein", sagte ich wohl wissend, dass er mich wahrscheinlich hören konnte. Wir waren ein Jahr lang miteinander ausgegangen. Trotz seines schrecklichen Verhaltens im Taxi an jenem Abend glaubte ich nicht, dass er in meinem Büro etwas versuchen würde.

Pete kam mit einem gigantischen Blumenarrangement herein. Rote und rosa Rosen und Lilien und alle möglichen Blumen in einem riesigen Korb. Er stellte ihn auf meinen Schreibtisch und setzte sich auf einen der Besucherstühle.

„Ich wollte nur sagen, dass es mir leidtut." Er lächelte. „Ich habe dich in den letzten drei Wochen so sehr vermisst, Miri. Ich war einfach betrunken und habe ein paar Dinge gesagt, die ich nicht hätte sagen sollen. Es ist nur so, dass du nach einem Jahr Beziehung dazu bereit sein solltest."

Er griff nach meiner Hand und ich zog sie zurück. „Du hast versucht, mich aus einem Taxi zu zerren, um Sex zu haben", erwiderte ich und verschränkte die Arme vor der Brust. „Das ist völlig unentschuldbar."

Pete nickte zustimmend. „Das ist es. Das wird nie wieder vorkommen. Lass es mich wieder gutmachen." Er griff in seine Jacke und zog einen Prospekt für eine Hütte im Wald heraus. Auf den Hochglanzbildern wurde sie als Rückzugsort für Verliebte angepriesen.

„Ich würde es ganz romantisch machen." Er
fuhr sich mit den Fingern durch die Haare. „Dein
erstes Mal wird perfekt sein."

Ich schüttelte den Kopf. „Es *war* perfekt, Pete.
Es war nur nicht mit dir."

Kapitel 24

Skeeter

Ich durchstöberte die Blumenabteilung des Supermarktes nach etwas für Miri. Das hatte ich noch nie gemacht. Es war wirklich schwer, einen Strauß zu finden, auf dem stand: „Wir hätten schon früher ins Schlafzimmer gehen sollen. Aber lass es uns irgendwann wieder tun!"

Ich kaufte den Klassiker, ein Dutzend rote Rosen und ging zu ihrem Bürokomplex. Ich betrat das Gebäude durch das Parkhaus und nahm den hinteren Gang zu Miris Büro. Auf diese Weise konnte ich unangenehme Sticheleien von Miris Assistentin vermeiden. Die Sache zwischen Miri und mir war noch neu und ich wollte nicht das wissende Grinsen von Sheena ertragen müssen, wenn ich mit Blumen auftauchte.

Ich überlegte, ob ich an Miris Tür klopfen sollte, aber schließlich entschied ich mich anders. Ich wollte sie mit dem Strauß überraschen. Sobald ich die Tür öffnete, wurde mir allerdings klar, dass ich hätte anklopfen sollen. Sie war nicht allein. Ich kannte den Mann in ihrem Büro nicht, doch so wie er dastand, kannten die beiden sich. Na ja.

Der Anzugträger musterte mich von oben bis unten. Er beäugte meine Kutte und meine Aufnäher und schaute finster drein. Er war blond und drei Zentimeter größer als ich, aber seine Schultern wirkten weich unter seinem maßgeschneiderten

Jackett. Nach dem ersten Schlag würde er kein Problem mehr sein.

„Er?", fragte der Kerl. Er starrte Miri grimmig an. „Du hast mit diesem Verbrecher geschlafen? Er ist ein Krimineller, aber vielleicht magst du es ja schmutzig. Ich hoffe, der Sex war es wert."

„Hey, Arschloch." Ich ließ meine Blumen auf die Couch fallen. Wenn ich ihn schlagen musste, wollte ich nicht, dass sie im Weg waren. „Werden wir ein Problem haben? Du solltest nicht so mit einer Dame reden."

Miri stellte sich zwischen uns. „Beruhigt euch, okay?" Sie legte ihre Hand auf die Schulter des Anzugträgers und gab ihm einen kleinen Schubs. „Pete wollte sich gerade verabschieden."

Pete wandte sich zum Gehen, blieb aber an der Tür stehen. „Ich möchte etwas klarstellen", begann er. „Sieh mal ganz genau in den Spiegel. Du denkst, eine Frau wie sie wird mit einem nichtsnutzigen Biker wie dir ausgehen? Du bist nur ihr Lückenbüßer nach mir. Du kannst ihr nie geben, was sie will." Säure tropfte von seinen Worten.

Dieser Kerl benahm sich total daneben. Nur, um ihn ein wenig zu erschrecken, ging ich mit erhobener Faust einen Schritt in seine Richtung.

Er lief weg. Ich machte mir nicht die Mühe, ihm zu folgen. Als das Geräusch seiner Schritte verklungen war, sah ich Miri an. „Netter Kerl." Ich reichte ihr die etwas übel zugerichteten Rosen.

„Danke. Sie sind wunderschön." Sie ließ sich in einen Stuhl fallen und schnupperte an den Blumen.

Sie stellte meinen Strauß auf ihren Schreibtisch neben einem riesigen Blumenkorb. Der war wahrscheinlich von dem Arschloch, das gerade rausgerannt war. Vielleicht hatte er recht. Ich war nur der dämliche Biker, der in einem verdammten Lebensmittelladen Blumen kaufte. Miri hätte einen großen Strauß von einem Floristen verdient, so wie den, den der andere Typ mitgebracht hatte.

„Das war dein Ex?", vermutete ich, während ich durch ihr Büro ging, zu angespannt, um mich zu setzen. Ich blieb vor ihrem Schreibtisch stehen und nahm eine große Hochglanzbroschüre in die Hand. Romantische Hütten in den Wäldern. „Seine Idee?"

„Ja", erwiderte sie. „Er wollte sich versöhnen. Ich nicht. Es tut mir leid, ich wusste nicht, dass er vorbeikommen würde."

„Wie lange ist es her, dass du dich von ihm getrennt hast?" Ich hatte ein mulmiges Gefühl im Bauch.

„Drei Wochen." Sie biss sich auf die Lippe.

„Du warst noch mit ihm zusammen, als wir uns trafen?", fragte ich. Fuck.

Pete, das Arschloch, hatte Recht. Ich war der Trennungs-Typ, der Lückenbüßer.

Ich lachte – nachdem ich jahrelang Nutten gevögelt hatte, hatte ich mich endlich in eine Frau verliebt und der einzige Grund für ihr Interesse war, dass ich ein gefährlicher Biker war. Wahrscheinlich hatte sie mit ihrem Anzugträger von Freund Schluss gemacht, weil sie dachte, ich wäre besser im Bett. Wenn sie nur Orgasmen wollte, dann konnte ich das tun. Nur das.

Kapitel 25

„Vergiss ihn", sagte er, während er in meinem Büro herumging und die Jalousien schloss.

Er blieb vor mir stehen, zog mich auf die Beine und packte meine Hüften. Ich konnte seine Härte spüren, als er sich gegen mich presste.

„Ich will dich", sagte er und biss in mein Ohrläppchen. „Sag mir, dass du mich willst."

Ich zitterte. Er ließ seine Hände zu meinem Hintern gleiten und hob mich dann hoch. Ich hatte keine andere Wahl, als die Beine um ihn zu schlingen. Er ging die zwei Schritte und setzte mich auf die Kante meines Schreibtisches.

Ich wollte ihn küssen, aber er war schon dabei, sich vorzubeugen und die Knöpfe meiner Bluse zu öffnen. Stattdessen fuhr ich daher mit den Fingern durch sein Haar, weil ich ihn berühren wollte.

„Jean Luc", stöhnte ich – er hatte meine Brustwarze durch meinen BH gefunden und saugte daran.

Ich beschloss, die Dinge voranzutreiben, und knöpfte meine Hose auf. Er schob sie mir von den Beinen und ich trat sie aus dem Weg. Dann griff ich nach seinem Reißverschluss, aber er packte meine Hände und hielt mich auf.

„Wirst du deinen *bite* in meine *chatte* stecken?", fragte ich mit den Worten, die ich beim Sex gelernt hatte.

„Nein", knurrte er. „Ich werde mein Gesicht in deiner Möse vergraben und dich lecken, bis du kommst und dann werde ich dich für den Rest des Tages an meinen Fingern riechen."

Trotz der Schärfe seiner Worte konnte ich die Lust in seiner Stimme praktisch hören. Er wollte mich und ich wollte ihn.

Er küsste mich erneut. Dann brach er ab und sah mir tief in die Augen. „Du wirst es mich tun lassen. Nicht wahr?"

„Ja." Es war nie wirklich eine Frage.

Sein Finger strich über meine Klitoris und ich sprang fast auf. Es war nicht zu leugnen – ich würde ihn alles mit meinem Körper machen lassen, was er wollte.

Jean Luc streichelte mich. „Du bist so feucht für mich – nur eine Berührung und du bist bereit für meinen Schwanz." Er grinste. „Aber noch nicht. Jetzt bekomme ich das, wovon ich geträumt habe und es wird mehr als nur ein kleiner Vorgeschmack sein."

Er küsste sich über meine Brust bis zu meinem Bauch und kniete sich vor mich. Dann legte er meine Beine über seine Schultern. Selbst mein Gynäkologe war mir noch nie so nahe gekommen. Vielleicht war das zu viel. Oder eine schlechte Idee. Ich drückte gegen seinen Bizeps.

„Lauf nicht weg, *ma chérie*." Er rieb seine Wange an der Innenseite meines Oberschenkels. „Wenn du wegläufst, werde ich dir nicht folgen. Vergewissere dich, dass du das auch wirklich willst."

Dann leckte er mich. Es waren nur meine äußeren Schamlippen, aber ich schrie ein wenig.

„Mmmmmm, heb dir das für später auf", murmelte er. „Du wirst es brauchen."

Er machte mit meinem Kitzler weiter und ich verstand, was er meinte. Ich musste meine Kräfte sparen, denn ich verwandelte mich schnell in eine Pfütze der Lust.

Beim normalen Sex bewegten er und ich uns, und wir rannten beide gemeinsam auf ein Ziel zu. Oralsex war anders. Es ging nur um mich und das gefiel mir.

Ich schob die Hand zwischen meine Beine und fuhr mit den Fingern durch Jean Lucs kurze rotbraune Strähnen. Ich spürte, wie die Muskeln in seinem Nacken zuckten, während er an mir saugte und dann an meiner Öffnung leckte. Es war alles so gefühlvoll und ich krallte mich in sein Haar.

Das Telefon klingelte. „Ignoriere es", wimmerte ich. Ich wollte nicht, dass irgendetwas das hier aufhielt.

Er zog sich von meiner Klitoris zurück. „Nein. Geh ran." Er blickte zu mir auf, sein Gesicht halb von meinem Körper verdeckt. „Heb ab", befahl er, als es wieder ertönte. „Oder ich höre auf."

Er leckte mich zärtlich ab. „Hallo?", antwortete ich.

„Hier ist Carlton, aus dem dritten Stock", sagte die Person am anderen Ende der Leitung.

„Aha", war alles, was ich herausbekam.

Jean Luc schloss die Lippen um meine Klitoris und begann zu saugen. Ich versuchte, meine Atmung zu kontrollieren, in der Hoffnung, Carlton würde mein Keuchen nicht hören.

„Also, ähm." Carlton hielt inne. „Ich übernehme einen Fall für Darlene, während sie weg ist. Hat sie Ihnen irgendetwas über die Tankstellensache erzählt, den sie bearbeitet hat? Irgendwelche Notizen?"

Jean Luc zog sich ein wenig zurück, um mir eine Pause zu gönnen. Ich nahm den Hörer vom Mund weg und versuchte, wieder zu Atem zu kommen. Dann schob er einen Finger in mich hinein. Ich schrie etwas auf, als er zu streicheln begann.

„Nein." Der Ton kam als Quietschen heraus. Schnell riss ich den Hörer weg und setzte neu an. „Keine Notizen."

„Ähm, geht es Ihnen gut?", fragte Carlton und klang verwirrt. „Sind Sie krank oder so?"

Jean Luc begann wieder zu saugen und bewegte seinen Finger rein und raus. Das Büro schien sich um die eigene Achse zu drehen und ich konnte nur noch an seinen wunderbaren Mund denken und an die Gefühle, die sich in meinem ganzen Körper ausbreiteten.

„Ja!", rief ich. Jean Luc durfte jetzt nicht mehr aufhören.

„Sie sind krank?" Carltons Stimme knisterte

durch den Hörer und riss mich zurück ins Hier und Jetzt.

„Ja, krank." Ich fuhr mit den Fingern durch Jean Lucs kurzes Haar. Er spielte mit seiner Zunge an meiner Klitoris. „Tschüss", rief ich und knallte den Hörer auf das Telefon.

Ein Orgasmus war nahe; ich konnte ihn spüren. Ich konzentrierte mich auf Jean Luc und seinen Mund.

„Ja!", rief ich wieder, als er fester saugte. „O Gott."

Meine Hüften zuckten hoch und ich konnte mich nicht zurückhalten. Der Höhepunkt fuhr durch meinen Körper. Ich krallte die Finger in sein Haar und rieb mich an seinem Gesicht, rang dem Moment jedes bisschen Lust ab, das ich konnte.

Als ich aufhörte und er schließlich zurückwich, wusste ich, dass ich ihn bei mir brauchte. „Ich will dich", sagte ich und packte seine Schultern. Ich versuchte, ihn zu einem Kuss zu bewegen, aber er zog sich zurück.

Jean Luc stand auf und ließ mich mit gespreizten Beinen und entblößt auf dem Schreibtisch sitzen. Seine Augen wanderten über meinen Körper und verweilten zwischen meinen Schenkeln, bevor ihm etwas auf dem Tisch auffiel.

„TrueGene. Das sind die DNA-Ergebnisse, nicht wahr?" Er nahm den Umschlag in die Hand und öffnete ihn.

„Das Ergebnis des Vaterschaftstests ist positiv",

sagte er und betrachtete das Papier. „Christophe ist von mir. Du hattest deinen Lückenbüßer und ich habe mein Kind. Sagen wir einfach, wir sind quitt."

Er sah sich nicht einmal nach mir um, als er ging.

Kapitel 26

Ich lehnte die Stirn gegen die Kabinentür im Waschraum. Ich hatte es nicht einmal zurück ins Clubhaus geschafft. Ich war auf die verfickte Toilette in der Eingangshalle von Miris Büro geflüchtet. Mein Schwanz pulsierte in meiner Hand. Gott, ich wollte Erlösung. Mein Körper sehnte sich danach, aber ich konnte sie nicht aus meinem Kopf bekommen. Konnte nicht loslassen, verdammt.

Sie war die erste Frau, die mich dazu brachte, etwas Echtes zu wollen und für sie war das alles ein verfluchtes Spiel. Ich war nur der Lückenbüßer, um über ihren Ex hinwegzukommen. Ich war der gefährlich wirkende Schwanzträger, den sie gewollt hatte. Eine Minute lang hatte ich geglaubt, wir könnten wirklich glücklich sein.

Ich pumpte meinen Schwanz zweimal hart, ihr Gesicht in meinem Kopf und kam. Ich war nur ein Narr, der sich auf einer Toilette einen runterholte, weil ich gedacht hatte, dass sie sich tatsächlich für mich interessierte.

Endlich beruhigte sich mein Körper und ich konnte mich wieder sammeln. Ich musste mir überlegen, wie ich mit Christophe weiter vorgehen wollte. Einen verdammten Anwalt einzuschalten, war von vornherein eine dumme Idee gewesen.

Christophe war mein Sohn und er gehörte zu mir.

* * *

Ich nahm einen langen Zug von meiner Zigarette. Ich hatte vor vier Jahren mit dem Rauchen aufgehört, aber verdammt, jetzt fühlte es sich gut an. Meine Finger zitterten, als ich den Stumpen im Aschenbecher ausdrückte. Ich hatte meinen verfluchten Schmerz und meine Enttäuschung außer Kontrolle geraten lassen, als ich Miri gefeuert hatte. So wie ich sie behandelt hatte, würde sie meinen Arsch auf keinen Fall zurücknehmen – weder als Mandanten noch sonst irgendwie. Aber ich musste weiterhin herausfinden, wie ich Christophe bekommen konnte.

Ich zerbrach mir den Kopf und versuchte, Miris Plan zu entschlüsseln. Irgendwas mit einer Sorgerechtsklage Davide gegenüber. Das würde Anwälte, Richter und Polizisten erfordern, um Davide am Verschwinden zu hindern. Kein Cop hatte mir je geholfen und ich bezweifelte, dass sie es jetzt tun würden.

Wir bewahrten große Papierstücke zum Abkleben in der Lackierkabine auf. Ich riss ein Stück ab und breitete es über dem Billardtisch aus. Dann begann ich zu zeichnen. Ich skizzierte eine Luftaufnahme von Davides Motel. Alles, woran ich mich erinnern konnte, von der Gestaltung des Parkplatzes bis hin zu den Stühlen vor Davides

Tür. Meine Gedanken rasten und ich formulierte einen Plan; ich brauchte nur etwas Hilfe.

Ich versammelte die Jungs im Clubhaus – Rip, Clint, Roach und Colt – und zeigte ihnen meine Arbeit.

„Wenn wir uns alle hier im Efeu verstecken", ich zeigte auf die freie Fläche, „können wir warten, bis sie schlafen gehen, dann einbrechen und Christophe einfach mitnehmen."

Die Männer schwiegen, aber schließlich ergriff Colt das Wort.

„Was hält deine Anwältin von all dem?", fragte er und steckte die Hände in die Taschen.

Bevor ich antworten konnte, schwang die Eingangstür des Clubs weit auf und erfüllte den Barbereich mit grellem Sonnenlicht. Nur wenige Menschen außerhalb des Raumes kannten den Code für die Clubtür, aber wir alle griffen vorsichtshalber zu unseren Waffen. Tate und vier Männer kamen herein.

Colt ging hinüber und begrüßte sie. „Hey, Leute!"

Fuck. Diese Jungs waren frisch aus Kalifornien gekommen, um unseren Platz im Demon Horde-Club zu zementieren. Volk und Hawkeye waren Offiziere im Mutterchapter, Maori und Little Bill waren Freunde, Handlanger, Enforcer. Ich war mir nicht sicher. Ich hatte sie alle kurz auf der Patch-Over-Party im letzten Jahr kennengelernt.

Ich begann, den Plan aufzurollen, der auf dem Billardtisch ausgebreitet war. Clint stand davor und versuchte, ihnen die Sicht zu versperren. Ich schuldete ihm ein Bier.

„Was ist das?", fragte Maori, der große pazifische Inselbewohner mit den böse aussehenden Tattoos.

Verdammt! Alle drehten sich zu mir um und das riesige Stück Fleischerpapier war nur halb aufgerollt. Sie konnten leicht einen Teil des Motels sehen.

„Nur eine Zeichnung." Ich rollte einfach weiter und hoffte, dass sie nicht bemerken würden, dass die Verstecke und verschiedenen Fluchtwege deutlich markiert waren.

Alle versammelten sich und ich wusste, dass ich am Arsch war.

„Hey, das ist ziemlich gut", sagte Volk, der Präsident. „Zeig uns das ganze Ding." Er war nett, aber ich erkannte einen Befehl, wenn ich ihn hörte. Ich sah Tate an. Er nahm einen tiefen Atemzug und nickte. Fuck.

Ich rollte die Karte aus und breitete sie wieder auf dem Billardtisch aus. Die neuen Jungs studierten jedes Detail.

„Willst du den Laden ausrauben?", fragte Volk mich. Dann sah er Tate stirnrunzelnd an. „Hoffentlich ist da was verdammt Gutes drin, wenn wir schon einbrechen."

„Ich wusste bis vor ein paar Wochen nicht, dass ich ein Kind habe", erklärte ich in der Hoffnung, dass dies unsere Chancen auf ein endgültiges Patch-Over nicht beeinträchtigen würde. „Meine

Ex ist tot, aber ihr Bruder will mir das Sorgerecht nicht überlassen."

„Du willst ihn also trotzdem nach Hause bringen?", vermutete Volk.

Ich nickte. Im Raum war es still, während wir auf die Reaktion der Jungs aus Kalifornien warteten.

Volk rieb sich das Kinn. „Spiel es einmal für mich durch", sagte er.

„Also … wir verstecken uns hier." Ich zeigte auf das Efeubeet auf der Spitze des Hügels. „Und wir warten, bis Davide weg ist. Dann, wenn nur noch die Freundin und mein Kind da sind, marschieren wir rein."

Tate strich sich den Bart und studierte die Karte. „Willst du es im Invasionsstil machen?", fragte er.

„Ja." Ich hatte das Szenario hundertmal im Kopf durchgespielt. „Schnell. Einfach. Masken."

Colt rollte den Billardball am Ende des Tisches hin und her. „Ich bin kein Experte für Kinder, Mann, aber das wird ihn zu Tode erschrecken." Er zuckte mit den Achseln. „Kannst du nicht einfach mit ihm in den Park gehen und dann zu dir nach Hause fahren?"

Ich schüttelte den Kopf. „Daran habe ich schon gedacht. Davide würde es kommen sehen. Ich habe keine Zeit mit ihm allein. Er würde wissen, dass etwas nicht stimmt, sobald ich nicht mit Miri auftauche und ich kann sie nicht mit hineinziehen. Sie ist eine verdammte Anwältin. Es würde nicht funktionieren."

Alle waren still und starrten auf meine Zeichnung. „Du hast also die DNA-Tests zurück? Du weißt, dass er dein Kind ist?", fragte Colt vom anderen Ende des Tisches.

„Ja. Die Anwältin hat es mir heute gesagt." Ich zog den Umschlag aus meiner Gesäßtasche und gab ihn Colt. Die Jungs reichten ihn herum.

Ich trat zurück und ließ die Männer miteinander reden. Colt beäugte mich. Er wusste, dass etwas im Busch war.

„Was zum Teufel ist aus deinem Plan geworden, es richtig zu machen?", fragte Colt. „Über die Gerichte und so?"

Alle sahen mich an und warteten auf eine Antwort. Eine verdammt gute Frage.

„Davide will vierzig Riesen. Meine Anwältin sagt, meine andere Option wäre das Jugendamt und dass Christophe in einer Pflegefamilie untergebracht wird." Ich beschloss, ihnen nicht zu sagen, dass ich diese Pflegefamilie hätte sein sollen. Ich wollte nicht zugeben, dass es mir das Herz gebrochen hatte, dass Miri mich nur als Lückenfüller benutzt und ich sie gefeuert hatte. „Ich kann nicht riskieren, dass er nie herauskommt oder dass Davide abhaut und ich Christophe nie wiedersehe. Es gibt nur einen Weg, das zu tun. Da ist noch eine Sache", fuhr ich fort. Jemand im Hintergrund stöhnte auf. „Ich brauche auch meine Anwältin Miriam hier. Sie wird eine Zielscheibe für Davide sein, bis er die Stadt verlässt. Der Junge glaubt, sie sei meine Freundin. Das wird den Übergang für ihn erleichtern."

Sie auch nur für eine einzige Nacht im Clubhaus zu haben, würde eine Qual werden. Ich war ein verdammter Trottel und auf ihren Scheiß reingefallen. Aber ich würde es einfach runterschlucken und sie ignorieren oder mich von ihr fernhalten müssen.

„Die Anwältin wird also bei uns im Clubhaus wohnen, bis sich alles gelegt hat? Und sie wird damit einverstanden sein?" Tate lehnte sich gegen den Billardtisch und verschränkte die Arme.

Ich nickte. „Den Teil übernehme ich selbst. Ich brauche nur eure Hilfe bei Christophe."

Tate stieß einen Pfiff aus. „Es gefällt mir nicht, Englesteins Tochter hier zu haben."

„Englestein?" Volk schaute mich scharf an. „Unser Anwalt? Was stellst du mit seinem Kind an?"

Ich liebte sie. Fickte sie. Und jetzt weder noch. „Nichts. Sie kam einmal mit mir zu einer Party." Ich zuckte mit den Achseln. Der Versuch, meine Beziehung zu Miri herunterzuspielen, tat höllisch weh.

„Ist das alles?", fragte Volk. „Denn das könnte wirklich verdammt unschön werden."

„Das wird es nicht. Alles, was sie wollte, war eine Nacht. Es ist vorbei und ich habe beschlossen, mein Kind auf dem schnellstmöglichen Weg zu bekommen." Ich fuhr mir mit den Fingern durch mein blödes kurzes Haar. „Ich könnte sie bei mir zu Hause verstecken, wenn ihr sie nicht hier haben wollt."

O Gott. Die beiden bei mir daheim unterzubringen, ließ meine Nerven am ganzen Körper feuern. Ich würde nur noch davon fantasieren, wie sie in meinem Bett aussah. Außerdem konnte ich sie hier im Clubhaus sehr viel besser beschützen und das wusste jeder. Als ich mein Haus gekauft hatte, hatte ich nicht daran denken müssen, eine Frau und ein Kind zu schützen.

Tate schüttelte den Kopf. „Ich mag es auch nicht, sie da draußen am Arsch-der-Welt zu wissen." Er seufzte. „Wie lange wird es dauern, bis wir diesen Davide los sind?"

„Schnell." Ich hoffte es. „Sobald wir ihm ein bisschen drohen, wird er seinen Arsch aus der Stadt schaffen."

Volk lehnte sich vor und stützte sich mit den Händen an der Seite des Billardtisches ab. „Lassen wir ihr die Wahl. Entweder sie kommt ins Clubhaus und wir beschützen sie hier oder wir geben sie sofort an Englestein ab. Verstanden?"

Ich nickte. Das waren faire Bedingungen.

„Die Familie ist wichtig." Volk schaute zu den anderen Jungs aus Kalifornien und dann wieder zu mir. „Lasst es uns tun."

Kapitel 27

Miriam

Nachdem Jean Luc mein Büro verlassen hatte, ging ich früh nach Hause und wartete auf Lizzy. Ich erzählte ihr von den Ereignissen des Tages, während sie und ich auf der Couch saßen und Wein tranken. Irgendein Schwarz-Weiß-Film aus den 1950er-Jahren lief auf stumm geschaltet im Hintergrund.

„Ich dachte, er könnte der Richtige sein", sagte ich und lehnte den Kopf gegen die Kissen. Die Tränen waren schon längst getrocknet. „Es ist ja nicht so, dass wir uns lange kennen, aber ich habe noch nie für jemanden so empfunden. Ich kann nicht glauben, dass er sich als so ein gigantisches Arschloch entpuppt. Pete hat ihm gesagt, er sei der Lückenbüßer und nicht gut genug für mich und Jean Luc hat das einfach so hingenommen. Er hat mich nicht mal gefragt. Es hat ihn nie interessiert, was ich dazu zu sagen hatte."

„Ja." Lizzy nahm einen Schluck. „Aber ich würde Geld darauf wetten, dass er ein gigantisches, *liebeskrankes* Arschloch ist, das superheiß ist und deine Vergebung verdient hat. Er hatte nur Angst, dass er nicht mithalten kann."

„Vielleicht ist das wahr." Ich schüttelte dennoch ungläubig den Kopf. „Aber er hat Pete mehr geglaubt als mir und hat mir nicht einmal die Chance gegeben, es zu erklären. Es war, als hätte er einfach dicht gemacht.“

„Verdammt, du verstehst es einfach nicht, oder?“ Lizzy rollte mit den Augen. „Er ist ziemlich verknallt in dich und Pete hat ihn ganz schön durchgeschüttelt. Selbst große, sexy Biker bekommen Angst.“

* * *

Am nächsten Morgen schleppte ich mich zur Arbeit und legte meinen Kopf auf den Schreibtisch. Mein Büro roch vage nach Sex. Genau das, was ich brauchte – eine Erinnerung an gestern. Petes Blumen waren leicht verwelkt und die von Jean Luc waren größtenteils tot. Ich stellte seine Rosen trotzdem in eine Vase, um sie wiederzubeleben und dann dorthin, wo ich sie nicht ansehen musste.

Sheena kam direkt herein und setzte sich. „Was zum Teufel ist gestern passiert?“, fragte sie. „In deinem Büro sind mehr Blumen als in einem Beerdigungsinstitut und Carlton hat allen erzählt, dass du seltsame Geräusche von dir gegeben und Keuchhusten hast. Spuck’s aus.“

„Jean Luc kam herein, als Pete noch hier war. Sie stritten sich, Pete ging.“ Ich zögerte keine Sekunde, Sheena zu erzählen, was passiert war. Ich war einfach wie betäubt. Ich wollte, dass alles so schnell wie möglich vorbei war und mein Leben wieder in Ordnung kam. „Jean Luc und ich haben uns getrennt.“

Sheena öffnete den Mund, um etwas zu sagen, aber jemand klopfte an meine Tür. Ohne auf eine Antwort zu warten, betrat der Besucher mein Büro. Mein Vater.

„Guten Morgen, Mr. Englestein", sagte Sheena artig. Sie drehte sich zu mir um. „Wenn du mich entschuldigen würdest."

Sheena floh und ließ mich mit Dad allein.

Er setzte sich auf den Gästestuhl gegenüber meinem Schreibtisch und rückte seine Manschettenknöpfe zurecht. Sein ergrautes Haar war schütter und zu einer lockigen Masse aufgewirbelt, die von einer Kippa gekrönt wurde. Wie eine kleine schwarze Kirsche auf Schlagsahne.

„Hallo, Daddy." Ich lächelte und tat so, als ob ich in den letzten zwei Tagen nicht durch ein Wechselbad der Gefühle gegangen wäre. Mein Vater und einen Kater am selben Morgen, das war in meiner Welt schon etwas Besonderes.

„Mein Enkel wird kein verdammter Biker." Er klatschte mit der Hand auf den Tisch, um „Biker" zu betonen. „Ein Nichtjude ist schon schlimm genug, aber auch noch ein Biker? Deine Mutter hat einen Herzinfarkt. Du warst neulich Nacht mit ihm zusammen, nicht wahr?"

Mein Kopf hörte lange genug auf zu pochen, damit mein Gehirn einen Gang zulegen konnte. „Ein Biker? Wovon redest du?" Ich wollte weglaufen. Ich hatte Mama erzählt, dass Jean Luc ein Künstler war. Wie hatte er es herausgefunden?

Er rollte mit den Augen. „Ich arbeite für die.

Dachtest du etwa, aus der Clubleitung würde mich niemand anrufen? Das hört sofort auf."

„Das spielt jetzt keine Rolle." Ich hasste es, dass meine Stimme so zittrig war. „Er hat mich gestern gefeuert."

„Er hat dich *gefeuert*?" Ich erkannte den wütenden Blick meines Vaters von damals wieder, als ich in Staatsbürgerkunde keine Eins bekommen hatte. „Was zum Teufel meinst du damit, er hat dich gefeuert?"

Ich zuckte mit den Achseln. Ich hatte nicht vor, meinem Vater die Einzelheiten zu erzählen. „Wir hatten eine Meinungsverschiedenheit", erklärte ich. „Er hat beschlossen, den Fall auf andere Weise zu verfolgen."

„Hat er dich geschlagen?" Er drückte meine Hand. „Ich will nicht eines Abends angerufen werden und hören, dass du tot bist – oder schlimmeres. Sag mir, dass du die nächste Woche zu Hause verbringen wirst. Dein altes Zimmer ist bereit. Dort können wir dich besser beschützen."

„Daddy, mir geht's gut." Ich versuchte zu lächeln. „Ich brauche keinen Schutz. Er wird mir nicht wehtun."

Mein Vater schloss die Augen und sprach ein kleines Gebet.

„Mir geht es gut, Daddy", versicherte ich ihm erneut. Ich lehnte mich in meinem Stuhl zurück und lächelte. „Es ist vorbei, okay? Lassen wir es einfach darauf beruhen."

Er schüttelte den Kopf. Er wusste, dass ich mich

nicht auf eine Klientenbeziehung bezog. „Ich muss in einer Stunde im Gericht sein. Ich bin nur vorbeigekommen, um nach dir zu sehen." Er blickte sich im Raum um. Wahrscheinlich suchte er nach einem versteckten Biker, der mich umbringen wollte. „Ich schicke einen der Sicherheitsbeamten von oben runter. Keine Widerrede, junge Dame. Er wird heute Abend mit dir nach Hause gehen."

* * *

Ich stapfte die Betontreppe zu meiner Wohnung hinauf, während Roger, mein persönlicher Sicherheitsdienst, die Nachhut bildete. Ich hatte versucht, mich in die Arbeit zu stürzen, aber ich musste ständig an Jean Luc denken. Wie hatte ich mich nur so in ihm täuschen können?

Hinter mir aktivierte Roger sein spezielles Walkie-Talkie und es gab ein leises Zirpen von sich. „Wir sind angekommen", sagte er in den Hörer. Als wäre ich der Präsident und nicht nur die Tochter des Chefs.

„Hey, ich bin zu Hause und ich habe einen Gast mitgebracht", rief ich in die Wohnung. Ich war mir ziemlich sicher, dass Lizzy gerne eine Vorwarnung hätte, dass jetzt ein Mann bei uns wohnen würde. Ich wandte mich an Roger. „Machen Sie es sich bequem. Ich gehe mich umziehen."

Ich stellte meine Tasche an ihren üblichen Platz auf dem Küchentisch und hängte meine Schlüssel an den Haken.

„Oh, hallo." Lizzy schlenderte durch den Raum auf unseren Besucher zu. „Schön, Sie kennenzulernen, äh …"

„Roger", sagte er. „Ich bin Ms. Englesteins persönlicher Leibwächter für heute Abend. Ich bleibe heute Nacht bei Ihnen, meine Damen."

„Ein Bodyguard?", fragte sie und sah mich an. „Was ist passiert? Wozu brauchst du einen Leibwächter?"

„Dad hat von meiner Trennung erfahren und dachte, es sei das Beste", erklärte ich schnell. Ich wollte nicht, dass Roger sich bei meinem Vater meldet. Es war das Beste, die Informationen, die ich ihm gab, zu begrenzen.

„Oh." Lizzy lächelte und setzte sich neben Roger auf die Couch. „Ein Bodyguard zu sein, muss furchtbar aufregend sein. Was war Ihr interessantester Fall?"

Bald erzählte Roger ihr alles über seine Zeit bei der Militärpolizei und von seinen anderen Erfahrungen. Dankbar, dass sie ihn beschäftigte, lief ich in mein Zimmer und zog mir einen Pyjama an. Ich kehrte ins Wohnzimmer zurück und sah, dass Lizzy und Roger es sich gemütlich gemacht hatten. Sie tranken beide ein Glas Wein und Roger sprach darüber, wie man am besten mit einer Handfeuerwaffe umging.

„Du musst sehr stark sein, um einen solchen Rückstoß zu verkraften." Lizzy fuhr mit einem Finger an seinem Arm entlang. Aha, sie waren bereits beim „Du" angekommen.

Ich stöhnte auf. Lizzy hatte seit dem Tod ihres Ehemanns vor zwei Jahren kein Interesse mehr an Männern gezeigt. Sie war vernarrt in Stummfilmstars, Herzensbrecher aus den 1960er-Jahren, hatte aber nie auf einen echten Mann gestanden – bis jetzt.

Ich gab auf und verbrachte den Rest der Nacht mit Arbeit im Bett.

* * *

Ich versuchte, zu schlafen, starrte aber meistens an die Decke. Erinnerungen an die letzten Tage schossen mir durch den Kopf. Als das Hin- und Herwälzen nicht half, stand ich auf, um ein Glas Wasser zu trinken.

Als ich den Flur betrat, gab es einen dumpfen Laut, dann ein Flüstern. Wenigstens hatten Lizzy und mein Wachmann eine gute Nacht. Ich ging auf den Kühlschrank zu.

Eine behandschuhte Hand legte sich eng auf meinen Mund und ein Arm schlang sich um meinen Bauch. Ein harter Körper drückte sich an meinen Rücken; ich konnte nirgendwo hin. Ich versuchte, mich zu wehren, aber die Arme hielten mich nur noch fester.

Ich konnte mich nicht bewegen, doch ich konnte riechen. Der Geruch meines Entführers war Erde.

Lehm. Bildhauerton – Jean Luc.

„Schhhh, *ma chérie*, ich bin's nur", flüsterte er. „Versprich mir, dass du nicht schreist und ich lasse dich los.“

Er lenkte mich den Flur entlang. Als wir in meinem Zimmer ankamen, trat er auf die Seite, so dass mir kalt wurde.

„Was zum Teufel machst du hier?“, wollte ich wissen. „Du hast mich gefeuert und verdammt deutlich gemacht, dass du mich nicht mehr sehen willst, weißt du noch?“

Jean Luc zuckte mit den Achseln. „Ich möchte dich wieder einstellen. Jetzt gleich.“ Er kramte in seiner Tasche und holte sein Portemonnaie heraus. „Hier sind dreihundert Dollar als Vorschuss.“

„Behalte es. Ich brauche dein Geld nicht.“ Ich verschränkte die Arme vor der Brust. „Wie zum Teufel bist du hier reingekommen? Ich habe einen Leibwächter.“

„Der Typ, der bewusstlos auf der Couch liegt? Ist er dein Beschützer?“ Jean Luc schaute zu meiner Schlafzimmertür und wieder zu mir.

Ich rollte mit den Augen. Vielleicht hatte Lizzy recht und er *war* eifersüchtig.

„Mein Vater dachte, du könntest vorbeikommen.“ Ich seufzte. „Ich würde es begrüßen, wenn du einfach gehen würdest.“

„Nicht ohne dich“, flüsterte er. „Es wird bald etwas passieren und du brauchst Schutz. Zumindest, bis alles erledigt ist.“

Eis lief durch meine Adern. „Deshalb willst du mich wieder beauftragen, nicht wahr?“ Meine Gedanken rasten. „Du musst mir vertrauen können und du glaubst, dass das nur möglich ist, wenn ich als deine Anwältin auf der Gehaltsliste stehe."

Er zuckte mit den Achseln. In meinem Magen machte sich ein mulmiges Gefühl breit. Ich hatte ins Schwarze getroffen.

„Du kannst mir auch nicht sagen, was es ist, oder?", fragte ich. „Sonst habe ich die Pflicht, ein Verbrechen zu verhindern, bevor es geschieht. Das weißt du, oder?"

„Du brauchst Schutz vor dem, was kommen wird. Den kann ich dir bieten oder du kannst zu deinem Vater gehen. Aber so oder so, du brauchst Schutz." Er nickte in die Richtung meines schnarchenden Wachmanns. „Der Typ, der auf deiner Couch pennt, ist nicht gut genug."

„Was kommt denn?", fragte ich und zog eine Decke über meine Schultern. „Wovor muss ich mich fürchten?"

„Das kann ich dir nicht sagen." Er streckte die Hand aus und berührte meinen Arm. „Ich möchte nur, dass du mit mir kommst und mir vertraust."

„Das ist Wahnsinn", zischte ich. „Ich könnte meine Zulassung verlieren und aus der Anwaltskammer ausgeschlossen werden."

„Wir müssen uns auf das Hier und Jetzt konzentrieren. Du könntest dein Leben verlieren." Er schloss für eine Sekunde die Augen. „Nur bis sich das alles gelegt hat."

Jean Luc war ein gigantisches Arschloch gewesen, sobald er das mit Pete herausgefunden hatte, aber das hier fühlte sich nicht wie ein Racheakt an. Das Entscheidende war, dass ich ihm vertraute. Er war ein verdammter Biker mit einem Vorstrafenregister, der durch mein Fenster geklettert war und mich gebeten hatte, mit ihm wegzulaufen , und trotzdem vertraute ich ihm. Ich seufzte. Was konnte schon passieren, wenn ich ein paar Tage auf einem Bikergelände verbrachte? Das ganze verfluchte Büro dachte sowieso, ich hätte Keuchhusten.

Der Wind schnitt mir um die Beine, als ich nur mit Schlafshorts und Sweatshirt bekleidet aus dem Zimmerfenster stieg. Jean Luc warf meine rasch gepackte Tasche einem der in Leder gekleideten Männer zu, die unten an der Leiter warteten. Sobald ich auf dem Boden aufkam, drängten mich die Typen in einen weißen Lieferwagen.

Nachdem ich auf die mittlere Sitzbank gerutscht war, sah ich mich um und versuchte, Jean Luc zu finden. Es war zu dunkel, um viel zu erkennen. Alles, was ich sehen konnte, war Leder und dass ein Typ ein Messer an seinem Gürtel befestigt hatte.

„Jean Luc?" Mein Herz schlug mir bis zum Hals. Vorher war es aufregend gewesen, wie in einem Film. Jetzt war ich in einem Lieferwagen mit einem Haufen Männer eingesperrt, die ich nicht kannte. „Wo ist Jean Luc?"

Ich erkannte meine Stimme nicht, als ich seinen Namen sagte. Sie war ganz hoch und atemlos.

Das war eine schlechte Idee gewesen. Mein Herz klopfte, als ich nach dem Türgriff suchte. Meine Fingernägel blieben an der Verkleidung hängen, aber ich konnte ihn in der Dunkelheit nicht finden.

„Hey, kennst du mich noch?", fragte der Fahrer. Er nahm durch den Rückspiegel Augenkontakt auf. „Du warst vor ein paar Wochen auf einer Party bei mir zu Hause. Ich bin Colt. Jean Luc fährt heute Abend mit dem Motorrad, okay? Wir dachten, du würdest dich im Van wohler fühlen."

Der Lockenkopf neben mir reichte mir die Hand. „Ich bin Russ. Du hast mich und meine Old Lady kurz auf der Party getroffen. Ihr Name ist Theresa. Rothaarig."

Ach ja, jetzt fiel es mir wieder ein. Wir gaben uns die Hand und damit begann die höflichste und ungewöhnlichste Vorstellungsrunde meines Lebens. Es war fast so, wie auf einer Gartenparty und nicht auf dem Rücksitz eines Lieferwagens mitten in der Nacht.

Der Wagen ruckelte, als wir über eine kleine Bodenwelle fuhren. Ich versuchte, durch die Windschutzscheibe zu sehen, aber es sah nur wie ein Parkplatz aus.

„Fast zu Hause, Süße." Der Typ neben mir grinste. Er war gar nicht so übel.

Sobald der Wagen anhielt, stiegen die Männer aus und Jean Luc erschien. Ich sprang heraus und schlang meine Arme um seinen Hals.

„Du hast mir nicht gesagt, dass du mich mit ihnen allein lässt", flüsterte ich in sein Ohr.

„Tut mir leid, Babe." Er zuckte mit den Achseln. „Lass uns deine Sachen holen und nach oben gehen.“

Er schnappte sich meine kleine Tasche, drehte sich um und ging hinein. Ich eilte ihm nach.

„Das ist das Clubhaus“, erklärte Jean Luc, während er eine dicke, stählerne, gefängnisähnliche Tür aufstieß.

Es sah aus wie eine Bar. Ein paar Billardtische, ein Servierbereich, alte Sofas und ganz hinten eine Stripperstange. Stilvoll. Wenigstens war es sauber und gut beleuchtet. Ich folgte Jean Luc eine Treppe hinauf und in einen Korridor hinein. Es gab viele Türen – er wählte eine aus und öffnete sie. Das Innere des Zimmers sah aus wie in einem billigen Hotel. Eine alte geblümte Bettdecke, eine vierzig Jahre alte Kommode, die man als Luftschutzbunker benutzen konnte und ein Nachttisch mit Wasserringen auf der Oberseite.

„Home Sweet Home.“ Jean Luc warf meine Tasche auf das Bett. „Ich gehe jetzt – es könnte eine Weile dauern.“

„Ich soll also einfach warten?“, fragte ich verärgert. „Du willst mich einfach an diesem Ort verstecken und mich zurücklassen?“

„Ich bin in ein paar Stunden wieder da. Und es werden ein paar Jungs hier sein, die dafür sorgen, dass du in Sicherheit bist.“ Er lehnte sich gegen die Kommode und verschränkte die Arme vor der Brust. „Ich wollte mich dafür entschuldigen, wie ich mich neulich verhalten habe. Ich schätze, ich habe mehr in das, was zwischen uns war, hineingelesen als du. Das ist schon in Ordnung. Ich bin nicht auf der Suche nach einer Beziehung oder so etwas und ich schätze, du bist es auch nicht."

Wovon zum Teufel sprach er? Er wollte keine Beziehung?

Der letzte Tag in unserem Büro hatte ganz im Zeichen von Eifersucht und Besitzansprüchen gestanden. Zumindest hatte es sich für mich so angefühlt.

„Bist du immer noch der Meinung, dass ich dich benutze, um über meine Beziehung mit Pete hinwegzukommen?" Ich sprang vom Bett auf und begann auf und ab zu gehen. „Denn was auch immer zwischen uns war, es war echt und das weißt du." Ich schüttelte den Kopf und setzte mich wieder. „Geh einfach. Tu, was immer du zu tun gedenkst." Ich spürte, wie mir die Tränen kamen, aber ich wollte ihm nicht die Genugtuung geben, zu weinen. „Ich schätze, wir sehen uns, wenn du zurückkommst", sagte ich so nonchalant, wie ich konnte.

Er nickte, ging und schloss die Tür hinter sich.

Ich fiel mit dem Gesicht voran auf die feste Matratze. Ich war gerade mit einem Typen durchgebrannt, in den ich mich verliebt hatte, nur um herauszufinden, dass er keine verdammte Beziehung wollte und im Begriff war, ein Verbrechen zu begehen. Ich drehte mich um und starrte fast eine Stunde lang an die Decke. Worauf hatte ich mich da bloß eingelassen? Ich musste von hier verschwinden.

Ich stand auf und öffnete die Tür. Der Flur war

dunkel und leer, aber das Licht in der Bar brannte weiterhin. Ich ging zum anderen Ende des Ganges und fand ein weiteres Schlafzimmer. Wenn ich von hier weg wollte, musste ich nach unten. Ich hatte noch mein Handy, also würde ich, sobald ich draußen war, einfach ein Taxi oder so rufen.

Ich schnappte mir meine Tasche aus dem Raum, in dem mich Jean Luc zurückgelassen hatte, und ging auf Zehenspitzen die Treppe hinunter, wobei ich darauf achtete, dass meine Schuhe nicht quietschten oder klapperten. Ich war so sehr damit beschäftigt, kein Geräusch zu machen, dass ich übersah, wer an der Bar saß.

„Willkommen im Clubhaus, Miri." Die umwerfend schöne Schwarzhaarige vom Familienabend lümmelte auf einer der Couches und las einen Liebesroman. Sie lächelte und ihre perfekten Gesichtszüge leuchteten auf. Sie steckte ihr Lesezeichen in ihr Buch und tätschelte auf den Platz neben sich. „Warum setzt du dich nicht zu mir?"

Hatte sie meine Schuhe bemerkt? War ihr klar, dass ich versuchte, hier wegzukommen? Ihr Gesichtsausdruck gab keine Antwort, also beschloss ich, die Sache auf sich beruhen zu lassen. Ich ließ meine Tasche außer Sichtweite fallen und setzte mich neben sie auf die Couch.

„Was ist mit der Tasche?", fragte sie. „Du wolltest doch nicht versuchen, zu gehen, oder?" Ihre Augen waren groß und rund. Entweder war sie von diesen Kerlen einer kompletten Gehirnwäsche unterzogen worden oder da draußen ging wirklich etwas Gefährliches vor sich.

„Oh, nein." Ich presste die Lippen aufeinander und hoffte, sie würde die Lüge nicht bemerken. „Ich war mir nur nicht sicher, ob ich in dem Zimmer oben bleiben sollte."

Sie lächelte, offensichtlich erleichtert, dass ich nicht versuchte zu fliehen. „Du musst nicht oben bleiben. Aber wir haben dich in Skeeters Zimmer untergebracht", erklärte sie. „Ich dachte, Skeet und Christophe könnten im Gästezimmer übernachten."

„Sein Zimmer?", fragte ich. „Wohnt er hier?"

„Na ja, er hat sein Haus, aber er ist oft hier." Sie errötete. „Viele der alleinstehenden Jungs haben Zimmer im Clubhaus. Für, du weißt schon, nach den Partys."

Nach den Partys. Ich stellte mir ein betrunkenes Gelage mit Leder, Alkohol und Mädchen in Bikinis vor. Nun, was auch immer die Frauen tragen würden, es wären keine Schlafshorts und ein Sweatshirt. Ich entschied, dass ich nicht wissen wollte, was in diesen Zimmern geschah.

„Tut mir leid, ich erinnere mich nicht an deinen Namen", sagte ich und senkte den Kopf. „Ich weiß noch, dass du auf der Party die wunderbaren gefüllten Eier gemacht hast."

„Danke. Ich bin Bettes, die Frau von Tate." Sie lächelte.

„Er ist der Präsident, richtig? Heißt das, du bist die First Lady?" Ich lachte über meinen eigenen dummen Witz und sehnte mich verzweifelt nach irgendeiner Art von Normalität. „Und wann kommen sie zurück?“

„Ich bin mir nicht sicher. Tate sagte, es dauere ein paar Stunden. Ich dachte, ich bleibe hier bei dir, für den Fall, dass du etwas brauchst. Vielleicht die Gewissheit, dass du das Richtige tust.“ Sie zwinkerte mir zu.

Ich ließ mich zurück in die Couch fallen und seufzte. „Ehrlich gesagt ...“ Ich beschloss, es zu gestehen, da ich hier sowieso nicht mehr rauskommen würde. „Ich bin runtergekommen, um zu fliehen.“

„Skeeter ist ein guter Kerl. Du musst ihm vertrauen. Er hat dich hergebracht, weil eine echte Gefahr besteht, aber auch, weil er sich um dich sorgt.“ Sie tätschelte mein Bein. „Er ist seit sechs Jahren im Club und ich habe noch nie erlebt, dass er wegen eines Mädchens den Kopf verliert. Gib ihm einfach Zeit. Diese Beziehungssache ist für ihn neu.“

Ich drehte mich zu ihr und blinzelte die Tränen zurück. „Es gibt keine Beziehung. Zumindest hat er das gesagt. Dass er nicht auf der Suche nach etwas Dauerhaftem ist. Ehrlich gesagt, bin ich mir nicht sicher, ob ich eine will.“ Ich schluckte und hoffte, dass sich das Kratzen in meiner Kehle nicht in meiner Stimme widerspiegelte. „Er kam neulich in mein Büro und sagte, der einzige Grund, warum ich mit ihm ausgehen wolle, sei, dass er ein gefährlicher Biker ist.“

„Oh, Süße.“ Sie kicherte. „Klingt, als wäre er ein

bisschen durcheinander. Heute Abend wirst du wissen, ob er eine Beziehung will oder nicht. Bei Jungs in einem MC ist das leicht zu erkennen." Sie setzte sich auf und lehnte sich zu mir. „Sie haben heute Abend irgendeinen stressigen Job. Nach solchen Jobs suchen sie immer ihre Frauen auf. Die ungebundenen Typen gehen zu den Huren im Club und die anderen gehen zu ihren Old Ladys und Freundinnen. Beobachte ihn einfach heute Abend und schau, in welche Richtung er sich wendet."

Bettes besorgte uns Cola light und ich verdaute diese Informationen. Huren gegen Freundinnen. Mir drehte sich der Magen um. Welche würde Jean Luc wählen? War es mir überhaupt wichtig?

Kapitel 28

Skeeter

Ich beobachtete das Motel aus dem Schutz des Efeus. Die Männer lagen überall in den Büschen in Deckung. Es war stellenweise schlammig und es nieselte ununterbrochen, aber niemand beschwerte sich, nicht einmal die kalifornischen Jungs. Wir waren schon seit einer Stunde hier, ohne dass sich etwas getan hatte. In dem Zimmer brannte Licht, also nahmen wir an, dass jemand dort war.

„Geben wir ihnen zwei Stunden Zeit", sagte ich, während ich das Motelzimmer durch mein Fernglas beobachtete. „Vielleicht muss Christophe sich eine Limonade oder etwas anderes aus dem Automaten holen. Wenn er in zwei Stunden nicht herauskommt, rücken wir ein."

Ich hatte viel länger gebraucht, um Miri zu überzeugen, als ich erwartet hatte. Aber wenigstens hatte sie mich nicht dazu gebracht, ihr zu sagen, warum ich sie in meinem Zimmer im Clubhaus untergebracht hatte. Die ganze Situation war beschissen, doch irgendwie gefiel mir die Tatsache, dass sie in meinem Bett im Club schlief und darauf wartete, dass ich nach Hause kam – auch wenn wir nicht miteinander schlafen würden.

Unser Warten auf Christophe zahlte sich aus. Dreißig Minuten später öffnete sich die Tür des Motelzimmers und eine kleine Gestalt schlüpfte heraus. Christophe. Eigentlich sollte er im Bett liegen, aber stattdessen folgten wir ihm um die Ecke des Gebäudes zu einem Verkaufsautomaten.

„Skeeter?" Er blickte von mir zu den anderen Männern im Kreis. Seine Kinderaugen starrten sie voller Angst an.

Ich kniete mich hin und brachte mich auf seine Höhe, genau wie Miri es mir empfohlen hatte. „Hey, Kumpel. Das sind meine Freunde." Ich stellte die Jungs vor. Ich war mir nicht sicher, ob das half oder es noch schlimmer machte. „Du weißt, dass ich dein Papa bin, oder?"

„Onkel Davide sagte, wir warten auf die Testergebnisse", erwiderte er. „Aber du bist mein Papa und ich werde bei dir leben."

„Das stimmt. Wir haben die Ergebnisse bekommen und du bist mein Kind. Es ist an der Zeit, dass du zu mir ziehst."

Christophe nickte feierlich. Es lief besser, als ich gedacht hatte. „Kann ich meine Sachen holen und mich von Amy und Onkel Davide verabschieden?", fragte er.

„Nein." Ich schüttelte den Kopf. „Du kannst sie ein anderes Mal sehen. Es ist schon ziemlich spät, wir müssen uns beeilen."

Einen Moment lang sah er aus, wie wenn er weinen würde, aber dann holte er tief Luft und verwandelte sich in einen kleinen Mann. „Ja, okay."

Die Fahrt im Pick-up vom Motel zurück zum Clubhaus war ganz simpel. Christophe setzte ein tapferes Gesicht auf und versuchte, so zu tun, als wäre es ein Abenteuer. Gott sei Dank, denn ich hätte nicht gewusst, was zu tun gewesen wäre, wenn es Tränen gegeben hätte.

Beim Clubhaus waren Christophe und ich die Letzten, die aus dem Wagen stiegen. Ich öffnete die Tür zur Bar und geleitete ihn hinein. Ich war mir ziemlich sicher, dass mein Sohn schon einmal in einer Bar gewesen war, aber manchmal konnte der Anblick all der Jungs in Motorradkleidung beängstigend sein. Ich behielt meine Hand auf seiner Schulter.

„Miri!" Er rannte in Richtung der Bar davon. So viel dazu, dass Christophe Angst hatte.

Sie beugte sich zu ihm hinunter und umarmte ihn innig. Ihr lockiges braunes Haar vermischte sich mit seinem rotbraunen. „Junge, hast du mir gefehlt, Kleiner." Sie entließ ihn aus der Umarmung und blickte zu mir hoch, aber dann konzentrierte sie sich wieder auf das Kind. „Wie geht's dir?"

Er gähnte. Sie lachte.

„Willst du heute Nacht bei mir schlafen?", fragte ich Christophe. „Wir machen eine Pyjamaparty."

Ich nahm ihn auf den Arm. Mit neun Jahren war er ein bisschen alt, aber er war mein Kind und ich hielt es für das Richtige. Ich warf Miri einen Blick zu und neigte den Kopf in Richtung Treppe. Ich wollte, dass sie mitkam.

Sie nickte und wir gingen alle nach oben, wie

eine Familie. Ich, das Kind und Miri. Es war verdammt schön.

Ich brachte ihn im Gästezimmer unter. Er schlief ziemlich schnell ein – das Schlafen in einer neuen Umgebung war für ihn wahrscheinlich Routine. Nachdem er eingeschlummert war, schloss ich die Tür hinter mir. Da Miri in meinem Zimmer blieb, würde ich mir das Bett mit Christophe teilen, aber ich hatte noch eine Sache zu erledigen.

„Hey", sagte Miri. Ich war überrascht, dass sie im Flur auf mich gewartet hatte. Ich schlang die Arme um sie und hob sie hoch.

„Hey, tut mir leid, dass ich störe", meinte jemand hinter mir.

Ich stellte Miri wieder auf dem Boden ab und drehte mich um, wo einer der kalifornischen Jungs, Little Bill, im Flur stand.

„Maori und ich haben heute Abend nach einer Telefonnummer gesucht." Er schaute zu Miri und dann wieder zu mir. „Vielleicht jemand, der Party machen will."

Jeder in der Horde wurde regelmäßig auf Drogen getestet, also war er nicht auf der Suche nach Kokain oder anderem Stoff. Er war auf der Suche nach Sex.

„Ja, klar." Ich wandte mich an Miri. „Warum gehst du nicht ins Bett? Wir sehen uns dann morgen früh."

Sie schürzte die Lippen und marschierte davon.

„Hast du Ärger mit deinem Mädchen?", fragte Little Bill lachend.

„Sie ist nicht mein Mädchen." Ich hatte keine Lust, ihm meine Situation zu erklären. „Also, willst du heute Abend was machen? Lass mich jemanden anrufen."

Asia war mehr als bereit, mit ein paar ihrer Freundinnen zu kommen.

Als ich die Mädchen mit Maori und Little Bill bekannt gemacht hatte, war ich völlig erschöpft und ging nach oben.

Kapitel 29

Miriam

Jean Luc wusste, wie man umarmte. Wenn er die Arme um mich legte, schrumpfte die Welt und ich verschmolz mit ihm, und wir wurden zu einer Person. Aber nach unserer Umarmung marschierte er mit einem der Männer ab und ich blieb oben und dachte darüber nach, was Bettes vorhin erwähnt hatte. Sie gingen immer zu ihrer Old Lady oder zu ihrer Hure. Was davon war ich? Ehrlich gesagt, ich hatte keine Ahnung.

Als ich Stiefelschritte auf dem Flur hörte, öffnete ich die Tür. Es war Jean Luc. „Hey." Er nickte mir zu. „Ich werde mich jetzt hinlegen. Ich sehe dich am Morgen."

„Warte." Ich ergriff seinen Arm. Er sah mich abwartend an. „Wo gehst du heute Abend hin? Zu deiner Hure?"

Ich schlug die Hände vor den Mund. Nach dieser Nacht, in der ich mich wie ein Teenager aus dem Fenster meines Schlafzimmers geschlichen und dann darauf gewartet hatte, dass er zurückkam, war ich angespannt.

Ich wedelte mit den Händen und lachte hysterisch. „Das hätte ich nicht sagen sollen. Es geht mich ja nichts an. Geh einfach ins Bett."

Er ergriff meine Finger und hielt mich fest. „Wovon redest du?"

„Dein Freund da unten wollte doch eine Nutte,

oder? Bettes sagte, dass ihr nach heute Abend entweder zu eurer Old Lady oder zu eurer Hure gehen würdet. Sie sagte, nach stressigen Jobs wie diesem, kommt ihr nach Hause und wollt …" Ich konnte es nicht aussprechen. *Ihr wollt ficken. Zum Höhepunkt kommen.* „Na ja …"

Er öffnete die Tür zu meinem Raum. „Hier rein. Wir werden jetzt darüber reden. Sofort."

Ich schlurfte ins Zimmer und setzte mich auf das Bett. „Ich hätte nichts sagen sollen." Ich rutschte zurück gegen die Kissen. „Hör zu, lass uns einfach schlafen und wir können das morgen früh besprechen."

„Nein." Er setzte sich auf den Rand des Bettes und begann, seine Stiefel aufzuschnüren. „Ich bin fix und fertig, aber wir müssen reden, bevor ich zusammenbreche. Also spuck's aus. Sag mir, warum du glaubst, dass ich eine Hure habe."

„Der Typ da unten wusste offensichtlich, dass du jemanden für den Abend anrufen kannst." Auch wenn ich das nicht geplant hatte, war es vielleicht an der Zeit, alles anzusprechen. „Also, Hure oder Old Lady, was ist es?"

Er gab einen leisen Pfiff von sich. „Bettes redet ganz schön viel." Er zog seine Stiefel aus und legte sich zu mir in die Kissen. „Mir ist klar, dass du weißt, was wir getan haben, also werde ich nicht um den heißen Brei herumreden. Manchmal, wenn wir von einem Run zurückkommen, lassen wir gerne ein bisschen Dampf ab. Dazu gehören normalerweise Ehefrauen und Freundinnen. Wenn man Single ist, so wie ich oder Little Bill, sind es oft Prostituierte."

Ich war ganz still. Sehr, sehr still. Mir war nicht klar gewesen, dass Bettes wörtlich Prostituierte gemeint hatte, als sie von Huren gesprochen hatte. „Du bezahlst Frauen für Sex?"

Er fuhr sich mit den Fingern durch die Haare. „So ist es nicht. Die Situation ist für uns beide von Vorteil. Dienstleistungen werden gegen Geld getauscht. Sie weiß, dass wir nicht mehr miteinander zu tun haben. Ich habe sie nicht einmal angerufen, seit das mit uns angefangen hat."

Ich zeichnete das hässliche Blumenmuster auf der Bettdecke nach, während meine Gedanken wild rasten. „Also gibt es ein bestimmtes Mädchen?", fragte ich. Ich war mir nicht sicher, ob das besser oder schlechter war.

Er seufzte, lehnte sich zurück und starrte an die Decke. Dann setzte er sich auf und drehte sich zu mir. „Ja, da gibt es ein bestimmtes Mädchen. Dich." Er ergriff meine Hände. „Mir waren andere vorher scheißegal. Und wenn ich schon dabei bin, mein verdammtes Herz auszuschütten: Wieso zur Hölle hast du mir nicht gesagt, dass du gerade eine Beziehung beendet hast?" Er sah mich an und ich konnte seinen Blick kaum erwidern. „Ich war ein Idiot, als ich mit Blumen in dein Büro gekommen bin. Ich dachte, ein Mädchen wie du würde einen Kerl wie mich wollen." Er schüttelte den Kopf. „Aber ich bin nur dein verdammter Lückenbüßer. Hättest du mir von vornherein gesagt, dass du nur das willst, hätte es nicht so wehgetan.“

Eine Träne brannte sich eine Spur über meine Wange. Er hatte sich etwas aus mir gemacht und ich hatte ihn verletzt.

Jean Luc drehte den Kopf und starrte geradeaus. Ich versuchte, seine Finger weiter zu halten, aber er bewegte sich nicht, sondern ließ seine Hand auf die Decke fallen, sodass ich sie mit meiner bedeckte.

„Du bist nicht nur jemand, der mir hilft, über Pete hinwegzukommen“, erklärte ich. „Es waren meine Gefühle für dich, die mich erkennen ließen, wie eine echte Beziehung sein könnte. Aber dann hast du alles, was Pete gesagt hat, für bare Münze genommen. Warum hast du geglaubt, dass du der Lückenbüßer bist? Ich denke, nach unserer gemeinsamen Nacht ist es ziemlich offensichtlich, dass du mir mehr bedeutest als nur eine gute Zeit miteinander zu haben.“

„Bist du sicher?“ Er schwieg einen langen Moment. „Denn wenn ich nicht der Lückenbüßer bin, dann bedeutet das, dass ich dir wichtig bin.“

„Stimmt.“ Ich rollte mich gegen ihn und legte den Kopf auf seine Schulter. Er bedeckte meine Hand mit seiner und wir kuschelten uns aneinander. Ich schloss die Augen und wartete auf seine Antwort, aber sein Atem wurde flach und gleichmäßig, und dann hörte ich ein leichtes Schnarchen.

Gerade als ich einschlief, regte sich Jean Luc. Er murmelte etwas und drehte den Kopf hin und her. Er runzelte die Stirn und seine Augen bewegten sich unter seinen Lidern. Es musste ein Albtraum sein, wie in der Nacht, als er in eine Decke gehüllt auf der Veranda gelandet war.

Ich stützte mich auf meinen Ellbogen und überlegte, ob ich ihn wecken sollte. Seine Lider öffneten sich halb.

„Warum, Miri? Warum ich und nicht er?", fragte er.

Ich küsste seine Stirn. „Weil es nur dich gibt. Nur du kannst es sein."

Kapitel 30

Das Bett wackelte und rüttelte mich wach. Miri saß neben mir und hielt mir eine Tasse Kaffee hin. Sie trug ihre Pyjamashorts, hatte aber das große Sweatshirt gegen ein enges Tanktop ohne BH getauscht. Durch den Stoff konnte ich ihre verhärteten Brustwarzen sehen. Ich streckte mich und spürte, wie mein Schwanz anschwoll. Ich war in meiner Jeans eingeschlafen, doch es war trotzdem bemerkbar.

„Willst du was?", erkundigte sie sich. Sie hatte den Becher schon eine Weile in der Hand, während ich ihre Titten begutachtete.

„Kaffee?", fragte ich nach. Ich wollte unbedingt was. „Ja. Wo ist Christophe?"

Sie neigte den Kopf in Richtung Zimmer nebenan. „Schläft noch." Sie drehte sich so, dass sie sich mit übereinandergeschlagenen Beinen gegen das Kissen lehnte. „Ich gehe davon aus, dass Christophes Anwesenheit hier im Clubhaus bedeutet, dass er ständig bei dir bleibt – und Davide sehr wütend ist. Wie geht es weiter?"

Ich nahm einen tiefen Schluck vom Kaffee. „Du hast recht, Davide wird stinksauer sein." Ich schloss die Augen und ließ das heiße Getränk mein Gehirn aufwärmen. „Da er dachte, du wärst meine Freundin, wird er dir auf jeden Fall auf den Fersen sein. Ich habe dich in seine Schusslinie gebracht, also muss ich dich beschützen, bis er weg ist. Wir werden hierbleiben, bis ich weiß, dass er die Stadt verlassen hat."

Nur sie, ich und Christophe würden ein paar Tage im MC-Clubhaus abhängen. Ich lächelte vor mich hin – das klang himmlisch.

Nachdem ich den Kaffee auf den Nachttisch gestellt hatte, packte ich ihre Hüften. „Komm her, Babe." Sie setzte sich über mich und ich hielt ihr Becken ein wenig von meinem Schwanz weg. „Erinnerst du dich an den Abend in deinem Büro? Die Nacht, in der du Wodka getrunken hast?"

Sie stützte sich auf meine Schultern und lehnte sich vor. „Ich erinnere mich an diese Nacht." Miri beugte sich herunter und flüsterte mir ins Ohr. „Es war das erste Mal, dass ich wusste, dass ich dich wirklich wollte."

Dann rieb sie ihre Pussy an meiner Jeans. Genau wie in meiner Fantasie.

Wir waren einer Meinung, denn sie begann, meinen Reißverschluss nach unten zu ziehen, bis mein Schwanz heraussprang.

Ich küsste sie auf die Lippen und wir zogen beide in Rekordzeit meine Jeans und ihre Shorts aus.

„Ich möchte, dass du oben liegst", sagte ich. Ihre Augen weiteten sich. Das war Neuland für sie und ich grinste. „Ich darf bei all deinen ersten Malen dabei sein." Ich verschränkte die Arme hinter dem Kopf. Ich wollte eine Show, eine Show, in der sie zum ersten Mal lernte, wie man einen Mann ritt.

Sie erstarrte. „Was soll ich tun?"

Ich grinste. „Was immer du willst." Ich streichelte ihren Schenkel.

Miri fuhr mit einem Finger leicht über meine Brust und leckte sich die Lippen. Mein Schwanz stieß gegen ihre Hitze und ich stöhnte auf. Ich wollte es jetzt, aber wenn sie mich erforschen wollte, war ich gerne bereit, es zu ertragen.

Sie beugte sich vor und küsste meine Brust. Ich konnte nicht anders – ich packte eine ihrer runden Hinterbacken. Ich glitt mit den Fingern dazwischen und strich über ihre Haut, bis sie erschauerte.

Sie knabberte spielerisch an meinem Hals. „Mmmmm, lustig. Aber nicht ganz das, was ich mir vorgestellt habe." Sie rutschte tiefer, setzte sich auf die Knie und griff nach meinem Schwanz.

Als sie ihn an ihrer Pussy positionierte, sah sie mich fragend an. „Etwa so?"

„Warte, warte mal." Ich hielt ihre Hüften über mir. „Wir müssen ein Kondom besorgen."

„Und wenn ich es nur zwischen uns zwei machen will?", fragte sie und leckte sich die Lippen. „Nichts dazwischen."

Die Hitze ihrer Muschi verbrannte fast meinen Schwanz – ich wollte in ihr sein.

Langsam glitt sie hinunter. Ich drückte nicht, streckte mich nicht, wartete nur und sah zu, wie sie herabglitt. Sie erblühte wie eine gottverdammte Blume, während sie mein Glied in sich aufnahm.

Tiefer und tiefer, ihre Knie spreizten sich, als sie sich öffnete. Schließlich saß sie vollständig auf mir und war so verdammt eng um meinen Schwanz, dass ich dachte, ich würde explodieren.

„So?", hauchte sie.

„Ja." Ich schluckte schwer und versuchte, mich zusammenzureißen. „Jetzt beweg dich. Finde die Stelle, an der ich dich am besten streicheln kann."

Sie runzelte die Stirn und ich lachte. Sie beugte ihre Hüften vor und hob sich ein wenig, dann sank sie zurück. Sie neigte ihr Becken nach hinten und schaukelte, was mir einen Schauer über den Rücken jagte. Fuck, wenn sie nicht bald ihren perfekten Punkt fand, würde ich explodieren, bevor sie es tat.

„Es fühlt sich alles gut an. Wie soll ich es wissen?", fragte sie.

Ich stöhnte auf. Sie hatte recht, es war alles verdammt gut.

„Du wirst es finden", versicherte ich ihr und hielt mich am Bettpfosten fest. „Mach einfach weiter."

Und das tat sie.

Sie lehnte sich zurück und drückte den Rücken durch, wobei ihre mit dem Tanktop bekleideten Titten perfekt zur Geltung kamen.

Sie stöhnte. „Das. Genau da."

Sie bewegte sich über mir, leicht nach hinten geneigt und benutzte meinen harten Schwanz, um sich zu erregen. Ich liebte das, verdammt. Als sie kurz davor war zu kommen, leckte ich meinen

Zeigefinger und fand ihre Klitoris. Meine Hand war eingeklemmt zwischen unseren Körpern, aber ich hatte noch genug Platz und das war genau das, was sie brauchte.

Sie ritt mich, immer wieder, bis sie aufschrie und ihre Brüste bebten. Ihre Pussy umklammerte mich fest, als sie kam und mir fiel ein, dass wir kein Kondom benutzt hatten. Verdammt. Kurz vor meinem Höhepunkt zog ich sie von mir herunter. Sie schrie protestierend auf, saß dann aber nur auf ihren Fersen und sah zu, wie ich selbst Hand anlegte.

„Kein Kondom", flüsterte sie mit großen Augen. „Tut mir leid, ich habe es vergessen."

„Komm her." Ich gab ihr ein Zeichen, sich neben mich zu legen. „Das war auch meine Verantwortung, ich hätte eines holen können."

„Ich mochte es, wie es sich ohne angefühlt hat", gab sie zu und legte ihren Kopf auf meine Schulter, woraufhin ich ihren Arm streichelte. „Was würdest du von einem weiteren Kind halten?"

Ich küsste ihre Nasenspitze, während sie sich enger an mich schmiegte. „Ich weiß es nicht. Ich habe nie wirklich darüber nachgedacht", antwortete ich und stellte mir eine Tochter mit Miris Locken vor. Mein Atem stockte ein wenig. Ich und Christophe und Miri und unser kleines Mädchen. Es würde Ferien geben und Hausaufgaben und Abendessen am Küchentisch. Wir würden eine Familie sein und das machte mir keine Angst. Kein bisschen.

Ich zog mich zurück und stützte mich auf meinen Ellbogen. „Ich möchte eine Beziehung versuchen, Miri. Ich weiß, es ist weit hergeholt, aber ich glaube, wir können es schaffen. Was sagst du dazu?"

„Ja." Sie grinste. „Ich will es auch versuchen."

Dann klingelte mein verfluchtes Handy. Wir stöhnten beide auf.

„Voicemail", murmelte ich und drückte einen Knopf, damit das verdammte Ding aufhörte zu nerven.

„Es ist sowieso schon spät." Sie beugte sich vor, küsste mich auf die Wange und grinste mich verschmitzt an. „Du musst frisch sein für heute Abend."

Sie hatte Recht. Es gab noch viele erste Male, die ich ihr zeigen wollte und ich musste mich zusammenreißen. Ich gab ihrem schönen Arsch eine letzte, lange Liebkosung und setzte mich dann auf.

Eine Nachricht blinkte auf meinem Telefon. Eine Telefonnummer von Louisiana. Verdammt. Es war Davide. Während Miri sich anzog, hörte ich die Mailbox ab.

„Warte, bis ich dich und deine Schlampe finde. Du schuldest mir vierzig Riesen, Jean Luc. Du kannst es entweder mit Geld oder mit deinem Leben bezahlen. Aber so oder so, ich werde mir holen, was mir zusteht."

Kapitel 31

Ich verbrachte den größten Teil des Tages mit Krista und ihrer Tochter. Bettes war nach Hause gegangen und Krista war nach dem Mittagessen aufgetaucht. Ich glaube, sie wollten sicherstellen, dass immer eine weitere Frau im Clubhaus war, damit ich mich wohlfühlte.

Bis jetzt hatte Christophe es kaum erwarten können, Zeit mit Jean Luc zu verbringen. Es gab keine Tränen oder Probleme zwischen den beiden, aber ich hatte das Gefühl, dass das nicht von Dauer sein würde. Christophe hatte die einzige elterliche Figur, die er je gekannt hatte, verlassen, um mit Jean Luc zusammenzuleben. Die Beziehung zwischen Vater und Sohn würde sicherlich noch einige Herausforderungen mit sich bringen, aber bis jetzt lief alles gut.

Krista und ich schnippelten Zwiebeln und Paprika in der großen Küche im hinteren Teil des Clubhauses, während Jean Luc und Christophe die Kette an seinem Motorrad reinigten.

„Das ist das Rezept meiner Großmutter." Sie erklärte mir dabei ihr spezielles Würstchen-Paprika-Rezept. „Aber ich habe es ein bisschen abgewandelt, damit es ein wenig mehr Würze hat."

„Hey, Miri?", rief Jean Luc von der Tür aus. Er und Christophe waren mit Schlieren von Motoröl bedeckt. Sie hatten den Vormittag mit ein paar anderen Männern damit verbracht, die Motorräder zu warten.

„Hey, Leute." Ich verkniff mir ein Lachen. Christophe wischte sich die Hände mit einem Lappen ab, genau wie Jean Luc. Sein Vater zog eine Augenbraue hoch. Ich war mir ziemlich sicher, dass ihm klar war, dass er ein viel kleineres Spiegelbild hatte, das jede seiner Bewegungen kopierte.

„Wir gehen jetzt duschen. Kann Christophe danach mit dir abhängen?", fragte er. „Ich habe heute Abend noch etwas mit Colt zu erledigen."

„O ja, sicher." Ich lächelte Christophe an. „Komm dann wieder runter in die Küche, okay? Das Essen ist bald fertig."

„Einer von euch kann die Dusche in meinem Zimmer benutzen, wenn ihr wollt", bot Krista an. „Sie ist ziemlich klein. Ich benutze sie nur, wenn ich mit Colt nach einer Party noch spät hier bin."

Jean Luc nickte und sie gingen, um sich zu waschen.

Krista und ich aßen mit Christophe und Becky, Kristas Tochter, am Billardtisch zu Abend. Danach spielten wir eine Partie Dame. Als Krista *Schneewittchen* einschaltete, beschloss ich, dass es ein guter Zeitpunkt wäre, nach oben zu gehen.

„Was dagegen, wenn ich schnell dusche?", fragte ich sie.

Sie winkte mit der Hand. „Mach dir keine Sorgen. Ich habe alles unter Kontrolle."

Ich trabte die Treppe hinauf und rieb meinen Nacken. Der Tag war lang, aber lustig gewesen. Es fiel mir leicht, Krista zu mögen, und die Kinder waren lieb. Es gab ein paar griesgrämige Momente, doch insgesamt mochte ich Christophe.

Ich griff nach der Türklinke und betrat Jean Lucs Zimmer.

Ich war direkt in einen Albtraum gestolpert.

Auf dem Bett, auf dem wir miteinander geschlafen hatten, lagen Waffen, Munition und Dinge, die ich nicht einmal ansatzweise erkennen konnte. Eins neben dem anderen, alles ordentlich aufgereiht in tödlicher Systematik.

„Scheiße", zischte jemand.

Es waren drei Männer im Raum, Jean Luc, Colt und ein weiterer Mann. Ich war ihm schon einmal begegnet, konnte mich aber nicht an seinen Namen erinnern.

„Hey, *chérie.*" Jean Luc durchquerte das Zimmer. Er packte mich am Arm und manövrierte mich auf den Flur hinaus. „Brauchst du etwas?"

Die Tür schloss sich hinter ihm und verdeckte alles. Aber ich konnte nicht vergessen, was ich gesehen hatte.

„Was soll das?" Ich suchte in seinen Augen nach einer Antwort. Die schlimmste schoss mir durch den Kopf, und ich zog meinen Arm weg. „Willst du jemanden umbringen? Ist es das, was hier vor sich geht?"

„Ich werde niemanden umbringen, okay?" Seine Worte waren bedächtig, ein Versuch, mich zu beruhigen. „Ich stelle nur sicher, dass wir ein wenig Rückendeckung haben, wenn wir heute Abend mit Davide reden."

Ich blickte auf die geschlossene Tür – Bilder von den Waffen schossen mir durch den Kopf. „Deshalb sind Christophe und ich hier, nicht wahr? So ist es einfacher für dich, uns zu beschützen, wenn du unterwegs bist und Leute bedrohst." Ich stellte mir vor, wie er auf dem Parkplatz des heruntergekommenen Motels mit Waffen herumfuchtelte und mir stockte der Atem. „Du könntest getötet oder verhaftet werden."

„Komm schon." Er ergriff meine Hand und wir gingen ins Gästezimmer. Er bedeutete mir, mich zu ihm aufs Bett zu setzen. Es gab keine Waffen oder Munition in diesem Raum, aber das Bild der Matratze, bedeckt mit tödlichen Gegenständen, hatte sich in mein Gehirn eingebrannt. Ich setzte mich auf den äußersten Rand.

„Du bist gestern Abend mit mir aus deinem Schlafzimmerfenster geklettert, um dem Wachmann in deinem Wohnzimmer zu entgehen. Richtig?", fragte er.

Ich verbarg mein Gesicht in den Händen und nickte. Gott, was hatte ich mir nur dabei gedacht?

„Du weißt also schon, dass ich die Dinge nicht auf konventionelle Art und Weise tue." Er nahm meine Finger und legte sie auf sein Bein. Normalerweise hätte ich mir die Gelegenheit nicht entgehen lassen, ihn zu drücken, seine Muskeln zu spüren. Doch dort auf seinem warmen Oberschenkel war meine Hand eiskalt.

Er mochte als gesetzloser Biker in mein Leben getreten sein, aber er hatte bewiesen, dass er so viel mehr war. Ein Vater, Künstler, sexy Liebhaber. Vielleicht hatte er recht gehabt, als er in meinem Büro schreckliche Dinge über mich gesagt hatte. Möglicherweise war ich nur an ihm interessiert, weil er heiß und gefährlich war. Jetzt, wo ich gesehen hatte, was er wirklich war – ein Krimineller – konnte ich es nicht mehr ignorieren.

„Was wird heute Abend passieren, Skeeter?", fragte ich. Ich hatte ihn noch nie so genannt und der Name lag mir schwer auf der Zunge.

Er legte seinen Arm um mich, aber ich entzog mich ihm. „Wir werden ihn nur erschrecken." Er seufzte. „Dafür sorgen, dass er die Stadt verlässt und Christophe nicht belästigt."

„Mit Waffen?" Als er nicht antwortete, stand ich auf, ging zum Nachttisch und drehte mich dann wieder um. „Bis jetzt haben wir versuchten Mord und die Entführung eines Minderjährigen. Du kannst natürlich auf Kindesentnahme plädieren, weil du nachgewiesen der Vater bist, aber sie werden mit dem Schlimmsten anfangen."

Ich schritt durch den Raum, dachte über alle Anschuldigungen nach und stellte mir Jean Luc in einem Gefängnisoverall vor. „Und was passiert dann mit Christophe, wenn du verhaftet wirst?", fragte ich. „Wächst er ohne Vater auf? Ist es das, was passieren wird, Skeeter?"

Er sprang vom Bett auf, baute sich vor mir auf

und versperrte die Tür. „Hör auf, mich so zu nennen." Er verschränkte die Arme und lehnte sich gegen die Tür. „Du nennst mich nicht so."

„Warum nicht?" Ich warf die Hände in die Höhe. „Ich übernachte in einem Motorradclub. Der Rest von ihnen nennt dich Skeeter. Ihr legt Waffen aus, als wären sie ein Spaghetti-Buffet, aber du wirst sauer, wenn ich dich Skeeter nenne?" Mein Magen drehte sich um und die Worte waren wie Säure, als sie meinen Mund verließen. „Der Versuch, eine Beziehung zu führen, war ein Fehler. Ich will nach Hause."

„Miri …", begann er.

Ich unterbrach ihn. „Nein. Ich will es nicht hören. Bring mich zu meinem Vater", verlangte ich.

Wir starrten uns lange an, bevor er einfach nickte. Nur ein kleines Nicken.

„Gut. Wenn wir mit Davide gesprochen haben, bringe ich dich nach Hause."

„Ich packe zusammen." Ich drehte ihm den Rücken zu und wartete ab. Einen Moment war es still, doch dann hörte ich die Tür klicken. Er war gegangen.

Ich war in einen Kriminellen verliebt.

Kapitel 32

„Fuck, Mann, ist sie okay?" Rip nickte in Richtung der gedämpften Schluchzgeräusche.

Ich zuckte mit den Achseln. „Nein." Ich wollte wieder zur Sache kommen und nicht daran denken, wie sehr ich sie verletzt hatte. Wie ich von jemandem, dem sie vertraute, zu dem geworden war, was ich jetzt war. Ihr Blick war kalt geworden, als sie die Anklagepunkte aufgezählt hatte.

„Wir haben also genug Munition, falls es schief läuft?", fragte ich.

„Ich hoffe, das wird es nicht." Colt steckte Patronen in ein Magazin für eine Neunmillimeter. „Wir haben Tate versprochen, dass es nur Panikmache sein wird und wir dann abhauen. Wenn du andere Pläne hast, sag es uns besser gleich."

Ich schüttelte den Kopf und begann, Waffen und Munition zusammenzusuchen. „Ich will dem Kerl nur Angst machen. Ihn aus der Stadt jagen. Nicht töten." Ich dachte daran, was Miri gesagt hatte. „Ich habe schon genug Anklagen am Hals. Da muss ich nicht noch welche ansammeln."

Colt und Rip tauschten einen Blick über meinen Kopf hinweg aus. Als ob ich zu dumm wäre, es zu bemerken. Ich schmierte etwas mehr Fett in die Waffe, die ich reinigte.

Ich wollte Davide nur genug Angst einjagen,

um ihn aus der Stadt zu bekommen. Dann konnte ich mich um Miri kümmern.

Was zum Teufel hatte ich mir nur dabei gedacht? Sie war nicht die Art von Frau, die in einem Clubhaus abhing und darauf wartete, dass ihr Mann von einem Run nach Hause kam. Scheiße. Sie war Gerald Englesteins Tochter. Der Mann konnte wahrscheinlich fast ganz Seattle kaufen und verkaufen und ich hatte sie gebeten, in einem beschissenen Zimmer im MC zu wohnen.

Aber es war *mein* beschissenes Schlafzimmer, und ich dachte, das wäre genug. Verdammt dumm von mir. Ich hatte gedacht, sie würde es verstehen oder sich etwas daraus machen, dass ich sie dort schlafen ließ. Ich wollte, dass sie in meinem Bett lag und von meinen Armen träumte, doch jetzt dachte sie nur noch an Waffen und Tod.

* * *

Nachdem ich die Waffen weggeräumt und für heute Abend verstaut hatte, ging ich wieder nach unten. Ich hatte den ganzen Vormittag mit Christophe verbracht und wollte mehr Zeit mit ihm verbringen. Jeder Augenblick war wie ein kleines Licht des Segens.

Er war über ein Blatt Papier gebeugt und zeichnete. Ich lehnte mich an die Wand und sah ihm einfach zu. Ich würde nie genug davon bekommen, ihn zu beobachten.

„Er sieht aus wie du", flüsterte Miri neben mir.

„Er ist in der Schule im Rückstand, in allem. Aber er will lernen. Er wird schnell aufholen."

„Danke." Ich war mir nicht sicher, was ich noch sagen sollte. „Ich weiß deine Hilfe zu schätzen."

Egal, was zwischen uns war, sie hatte dem Jungen gutgetan. Sie würde eines Tages eine gute Mutter sein – für das Kind eines anderen, nicht für meines.

„Hey, Kumpel." Ich zerzauste das Haar des Jungen. Das taten Väter doch, oder? „Woran arbeitest du?"

„Mathe." Er zuckte mit den Achseln und legte den Stift weg. „Ich will mit Onkel Davide und Tante Amy zurückgehen."

Ich setzte mich neben ihn an die Bar. Es war Zeit zu reden. „Du bist alt genug, dass ich dich wie einen Mann behandeln werde." Ich tippte mit dem Finger auf den Tresen und beobachtete, wie der Junge seine Brust aufblähte. „Ich sag's dir ganz offen. Du kannst nicht zu Davide zurückkehren."

Seine kleine Demonstration von Männlichkeit verschwand und an ihre Stelle trat ein zitterndes Kinn. So viel dazu, es wie ein Mann zu nehmen. Er war dabei, zusammenzubrechen. Fuck. Ich musste das schnell retten.

„Ich weiß, du hast bei Davide gelebt und er hat sich wirklich gut um dich gekümmert, bis er mich gefunden hat, aber ich bin dein Vater. Jetzt, wo du hier bei mir bist, werden wir eine richtige Familie sein."

Seine Augen waren groß und Tränen standen

darin. Er starrte mich an, sagte aber nichts.

„Wir werden in einem Haus wohnen und du wirst regelmäßig zur Schule gehen und wir werden Pizza zum Abendessen haben." Fuck. Ich griff nach sämtlichen Strohhalmen.

„Ich habe noch nie in einem richtigen Haus gewohnt." Er sah mich nicht an, sondern begann, ein Haus neben eine seiner Matheaufgaben zu malen.

„Willst du das Haus sehen?", fragte ich. Vielleicht wäre das gut. Ein einfacher Weg, um ihn dafür zu begeistern, mit mir zusammenzuleben.

Er nickte. Ich schaute auf die Uhr an der Wand. Wenn wir schnell fuhren, war ich rechtzeitig da und wieder zurück, um mich mit Davide zu treffen. Kein Ding.

* * *

Zwanzig Minuten später war Christophe zwischen mir und Rip eingequetscht, als wir uns auf den Weg zu meinem Grundstück machten. Es war definitiv ein Risiko, ihn hierher zu bringen. Davide könnte uns folgen, aber ich glaubte nicht, dass er genug Feuerkraft hatte, um uns auf der Straße zu überwältigen. Ich beschloss, dass Rip und ich genug Schutz für einen kurzen Ausflug dorthin sein würden.

„Es ist nicht so wackelig wie das Auto von Onkel Davide", sagte Christophe.

Ich war mir nicht sicher, ob das ein Kompliment war oder nicht, also bat ich ihn einfach, mir von

Onkel Davides Auto zu erzählen, während wir fuhren. Es hörte sich so an, als ob Davides blauer Pick-up eine Menge Reparaturen brauchte.

Sobald wir anhielten, schob sich Christophe aus dem Wagen, stellte sich in die Mitte der Kiesauffahrt und sah sich um. Nachdem er sich einmal im Kreis gedreht hatte, stand er vor der Haustür. „Können wir reingehen?", fragte er.

Ich schloss die Tür auf und trat zur Seite. Er war wie ein verdammter Tornado, der hindurchfuhr. Mein Haus war winzig, sodass er nicht lange brauchte, um die Tour zu beenden.

Als er in meine kleine Eingangshalle zurückkam, war er ganz außer Atem. „Wo sind die anderen? Die anderen Leute, die hier wohnen?"

„Es gibt sonst niemanden." Meine Brust zog sich zusammen. Verdammt! Hatte mein Kind noch nie in einem richtigen Haus ohne Mitbewohner gelebt? „Es gibt nur uns. Hast du dein Zimmer gesehen?"

Wir verbrachten eine lange Zeit in seinem kleinen Raum. Christophe inspizierte alles. „Ich schlafe also hier?", fragte er. Er zeigte auf das Bett. „Ich muss es nicht teilen?"

Ich schüttelte den Kopf. „Es gehört allein dir."

Er setzte sich auf die Bettkante und fuhr mit den Fingern über die Bettdecke. „Und du und Miri schlaft in dem Zimmer mit dem großen Bett?", fragte er mit großen Augen.

Scheiße. Auf diese Frage war ich nicht vorbereitet gewesen.

Ich kniete mich vor ihn. „Ich bin mir nicht sicher, ob Miri auch hier wohnen wird", erklärte ich. „Vielleicht gibt es nur dich und mich."

Ich wartete darauf, dass er weinte oder sich beschwerte. Ich wartete ab, ob ich ihm genug sein würde. Ich drückte seine Schulter. Ich wollte alles für ihn sein.

„Ist es okay, wenn nur wir hier wohnen?", fragte ich.

Er lächelte. „Ja, Dad, das ist in Ordnung."

Kapitel 33

Miriam

Christophe saß auf dem Barhocker neben mir und zeichnete ein Bild von seinem Zimmer im Haus von Jean Luc. Das Bett und den Schreibtisch konnte er sich gut vorstellen, aber die Kommode bereitete ihm Probleme. Ich trommelte mit den Fingerspitzen auf die hölzerne Barplatte. Ich half Krista mit den Kindern und wartete auf Jean Luc. Ich hatte ihn nicht mehr gesehen, seit er zurückgekommen war, nachdem er Christophe das Haus gezeigt hatte.

„Hey, Babe", sagte Colt mit schwerem Schritt und trat hinter die Theke. „Wir sind weg."

„Sei vorsichtig", erwiderte Krista und küsste ihn.

Ich nahm an, dass Jean Luc nicht wie Colt die Treppe hinunterkommen würde. Nach unserem Streit hatte ich nicht erwartet, dass er sich von mir verabschieden würde. Unsere Beziehung war vorbei, doch ich wollte ihm alles Gute wünschen. Ich wusste nicht, was genau sie vorhatten, aber es war gefährlich.

Colt und Krista beendeten schließlich ihren Kuss. „Hey, ähm, wo ist der Rest der Jungs?", fragte ich. Ich liebte Jean Luc. Vielleicht konnte ich nicht mit ihm zusammen sein, aber ich liebte ihn und ich wollte mich von ihm verabschieden und ihm mitgeben, dass er vorsichtig sein sollte. Das

Gefühl war instinktiv. Mein Gefährte zog in den Krieg und ich musste ihm „Auf Wiedersehen" sagen.

„Ich bin gleich wieder da", rief ich Krista zu.

Nachdem ich auf den Parkplatz gerannt war, blieb ich wie angewurzelt stehen. Die Jungs kontrollierten die Waffen. Zehn Männer auf Motorrädern mit Gewehren. Jean Luc sah sich mit dem Kerl neben ihm eine Karte an.

Ich ging zu ihm hinüber und war mir bewusst, dass alle Blicke auf dem Platz auf mich gerichtet waren. Als ich in seine Nähe kam, setzte Jean Luc seinen Helm auf. Es war ein Vollhelm, der sein Kinn und seinen Mund bedeckte, alles außer seinen Augen. Ich fragte mich, ob er ihn aufgesetzt hatte, um nicht mit mir reden zu müssen.

„Pass auf, dass du dich nicht verletzt", platzte es aus mir heraus. „Sei vorsichtig."

Ich konnte nicht viel von seinem Gesicht sehen, nur seine Augen. Für einen Moment verloren sie ihre stählerne Entschlossenheit. Er griff nach meiner Hand und drückte meine Finger. Es war nicht viel, aber es reichte für diesen Augenblick. Er nickte in Richtung Tor. Zeit zu gehen. Ich trat zurück und der Rest der Motoren heulte auf. Das Meer aus Leder und Chrom wogte an mir vorbei zum Tor des Clubhauses hinaus.

Kapitel 34

Der Plan war, dass Colt, Rip und ich in den Raum stürmen und versuchen würden, mit Davide zu reden. Der Rest der Jungs würde sich auf dem Parkplatz postieren, um sicherzustellen, dass niemand das Zimmer betrat oder verließ.

„Bist du bereit?", fragte Rip, der das Signal zum Aufbruch geben wollte.

„Fertig. Los geht's." Ich nickte ihm zu und Rip hob die Hand, um allen zu bedeuten, dass wir uns auf den Weg machten.

Als wir auf das Zimmer zuliefen, erinnerte ich mich daran, warum ich Davide Christophe überhaupt weggenommen hatte. Jemand ohne festen Wohnsitz, der sich kaum um ihn kümmerte, war kein Vater. Christophe war mein Kind und es war an der Zeit, dass ich die Verantwortung übernahm.

Ich hämmerte an die Tür des schäbigen Motelzimmers. Ein Licht flackerte auf und der Knauf drehte sich. Ich stellte mich an die Seite und steckte die Mündung meiner .38er durch den Spalt, sobald sich die Tür öffnete.

„O mein Gott!", schrie Amy und rannte ins Bad.

Ich betrat den Raum mit meiner Waffe in der Hand und suchte nach Davide. Er saß an dem kleinen Moteltisch und aß ein Sandwich. Ich richtete die Mündung auf ihn, um sicherzugehen, dass er sitzen blieb. Ich ging zur Seite und gab Colt und Rip ein Zeichen, mir zu folgen.

„Hol die Freundin", sagte ich zu Rip. „Sie ist im Badezimmer."

Amy hatte die Tür verriegelt, daher musste Rip sie mit der Schulter aufbrechen. Sie versuchte, durch das kleine Fenster über der Wanne zu krabbeln. Ich überließ es Rip, sich um sie zu kümmern, und wandte meine Aufmerksamkeit wieder Davide zu.

„Willst du mir Angst einjagen?" Er nahm einen Bissen von seinem Sandwich und kaute.

„Christophe ist mein Kind und er gehört jetzt zu mir." Ich ließ meine Waffe ein wenig sinken, weil Davide sich nicht wehrte. „Er ist freiwillig mitgegangen, also halte dich zurück und hör mit den Drohungen gegen mich oder mein Mädchen auf."

Ich zuckte zusammen, als ich „mein Mädchen", sagte, denn sie war es nicht und das war ganz allein meine Schuld. Stattdessen hielt ich meine Gefühle und Mimik in Schach.

Davide schlug die Beine übereinander und streckte sich. „Du schuldest mir vierzig Riesen Unterhalt." Er beendete sein Sandwich und zündete sich eine Zigarette an. „Ich hatte gehofft, du würdest das heute Abend bezahlen."

„Ich habe das Geld nicht. Ich wusste nicht, dass ich ein Kind habe, okay?", erklärte ich und hielt die Waffe auf ihn gerichtet. „Wenn du willst, können wir eine Art Bezahlung arrangieren, aber so viel Geld habe ich nicht."

„Du musst zuhören, mein Junge." Davide stand auf. „Ich habe mich acht Jahre lang um das Kind gekümmert, habe ihn zu seinen Spielen gefahren und runter zum Fluss, um Krebse zu fangen. Ich habe das alles gemacht. Ich will mein Geld."

„Bleib da stehen. Komm nicht näher, verdammt", drohte ich. Ich wollte den Kerl nicht erschießen, aber ich würde es tun, wenn er mich angreifen würde. Ich hatte jetzt Christophe und musste sicherstellen, dass ich da war, um meinen Sohn großzuziehen.

Davide machte einen Schritt auf mich zu. Ich wappnete mich und schlang beide Hände um den Griff meiner .38er Special. Amy schrie wie wild, als Rip sie an der Badezimmertür festhielt.

„Halt die Klappe, Frau!", brüllte Davide. „Er ist zu feige, um was zu tun."

„Glaubst du das wirklich?", fragte ich und starrte ihm in die Augen. „Spielen wir ein kleines Spiel. Wenn du wirklich glaubst, dass ich dich nicht erschießen werde, mach noch einen Schritt in meine Richtung. Tu es. Nur einen."

Davide verengte seine Augen. Er überlegte, ob er mich testen sollte. Ich wartete darauf, dass er sich bewegte.

„Du hast mir Geld versprochen", sagte er und blieb dabei stehen.

„Du warst sein Vater. Das bestreite ich nicht", erwiderte ich. „Aber er ist mein Sohn und er ist jetzt bei mir und ich werde es dir zurückzahlen, so gut ich kann."

„Ich will mein Geld", wiederholte Davide. „Falls du daran denkst, mich sitzen zu lassen, denk noch mal darüber nach. Dein Mädchen wusste, was du vorhattest – sie wird wegen Beihilfe zur Entführung verurteilt werden. Ich habe herausgefunden, dass sie Anwältin ist. Denkst du, sie wird dich noch mögen, wenn sie ihren Job nicht mehr machen kann?"

„Lass sie da raus", knurrte ich. „Sie hat nichts damit zu tun."

„Nun, mir scheint, du schuldest mir vierzig Riesen, denn so viel habe ich für dein Kind ausgegeben." Er lächelte. „Du bist nichts weiter als ein Versager von Vater."

„Halt die Klappe, Davide. Lass Miri aus dem Spiel. Sie ist eine gute Frau", mischte sich Amy ein. „Du hast keine vierzig Riesen für den Jungen ausgegeben."

„Du hältst besser deinen Mund." David stürzte in ihre Richtung. „Das geht dich nichts an. Du hast hier nichts zu sagen."

Zwei Schritte, um den Boden des Motelzimmers zu überqueren, und ich rammte ihn mit meiner rechten Schulter. Aus dem Gleichgewicht gebracht, prallte Davide gegen die Wand. Ich verstaute meine Waffe im Halfter an meiner Hüfte und drückte Davide an die Tapete.

„Hör auf Amy", sagte ich mit zusammengebissenen Zähnen. „Du hast nichts für ihn ausgegeben. Du hast Zeit und Liebe investiert und kein Geld kann das ersetzen.“

Davide hörte auf, sich gegen die Wand zu stemmen. „Ich habe ihn zum Baseballtraining gefahren“, rief er. „Er war acht Jahre lang mein Kind. Acht Jahre lang war ich sein Daddy und jetzt willst du ihn mir wegnehmen. Ich verdiene Geld dafür, dass ich ihn vermisse.“

Heilige Scheiße, Davide machte sich weitaus mehr aus dem Jungen, als ich gedacht hatte. Ich ließ ihn los und trat einen Schritt zurück. Immer noch an die Wand gelehnt, starrte Davide mich an.

„Ich will das verdammte Geld“, verlangte er. Er schlug mit der Faust gegen die Trockenmauer. „Ich muss sicherstellen, dass Amy versorgt ist, bevor ich gehe.“

„Oh, Davide“, stöhnte Amy an der Tür. „Ich kann auf mich selbst aufpassen und du weißt nicht, ob du wirklich weggehst.“

„Es ist eine Mordanklage, Amy.“ Davide rollte mit den Augen. „Ich werde für immer weggesperrt. Ich wollte nur diese eine letzte Sache für dich tun. Ich wollte, dass du gut versorgt bist und dass Christophe mit jemandem zusammen ist, der ihn liebt.“

Ach, du Scheiße. Das war also der Grund gewesen, warum Davide ausgerechnet jetzt zu mir gekommen war. Er würde für eine sehr lange Zeit in den Knast wandern.

Amy durchquerte den Raum und schlang ihre Arme um seinen Nacken. Rip, Colt und ich traten zurück und steckten unsere Waffen weg. „Das ist ein verdammter Grußkarten-Moment", sagte ich zu den Jungs.

Nachdem er und Amy sich umarmt hatten, drehte sich Davide wieder zu uns. „Ich will mich wenigstens von dem Kind verabschieden." Er verengte seine Augen. „Das hast du mir vorher nicht erlaubt."

„Auf Wiedersehen zu sagen ist in Ordnung." Ich nickte. „Es tut mir leid, dass ich dir keine Chance gegeben habe."

Davide umarmte Amy ein letztes Mal. „Wenn ich mich von Christophe verabschieden darf, werde ich die Stadt verlassen und du wirst mich nie wieder sehen", versprach er.

* * *

Als wir zum Clubhaus zurückkehrten, war es weit nach Mitternacht und alle Lichter waren aus. Ich ging mit den anderen Jungs hinein und suchte nach Christophe und Miri. Christophe war wahrscheinlich schon im Bett. Miri war nirgends zu sehen. Das tat mir in der Brust ein wenig weh. Ich wollte ihr erzählen, was im Motel passiert war. Die Bedrohung war vorbei und sie und Christophe waren in Sicherheit. Ich würde mich besser fühlen, wenn Davide die Stadt verließ, aber ich glaubte nicht, dass er ein unmittelbares Problem darstellte.

Rip gähnte und rieb sich den Nacken. „Ich gehe nach Hause." Er hatte eine Freundin, die vermutlich auf ihn wartete.

Alle anderen machten sich ebenfalls auf den Weg. Zurück zu Ehefrauen, Freundinnen oder zumindest zu irgendeiner Art von Gesellschaft. Normalerweise würde ich Asia anrufen. Morgens war sie immer von selbst gegangen. Ohne viel Getue. Heute Abend konnte ich mich nicht einmal an ihr Gesicht erinnern. Ich wollte nur Miri, nur sie wollte mich nicht.

Stattdessen schnappte ich mir eine Flasche Whiskey und setzte mich an die Bar. Hinter mir gingen die Leute ein und aus. Um mich herum liefen die Gespräche. Bis es schließlich ganz still wurde. Das Einzige, was übrig blieb, waren ich und die Flasche. Und als der Whiskey leer war, stapfte ich die Treppe hinauf.

Sie lag im Bett von Christophe. Ich lehnte mich an den Türpfosten und beobachtete sie.

Christophe hatte die Arme über den Kopf geworfen und die Beine gespreizt, als gehöre ihm die Bude. Miri hatte sich auf den Decken zu einem Ball zusammengerollt.

In meinem Glas war noch ein kleiner Rest Whiskey und ich genoss das Brennen, während er meine Kehle herunterlief.

Kapitel 35

Skeeter

Rip, Clint und ich hingen auf dem Parkplatz des Clubs herum und warteten darauf, dass Miri herauskam. Ich wollte sie nicht zurück zu ihrem Vater bringen, aber sie wollte es so. Ich verstand es – in einem MC herumzuhängen war wahrscheinlich nicht ihre Vorstellung von Spaß. Die Bedrohung war größtenteils vorbei und ich hatte kein Problem damit, dass ihr Vater für ihre Sicherheit sorgte. Krista hatte sich freiwillig gemeldet, Miri mitzuteilen, dass ich bereit war, loszufahren. Ich wollte nicht mit Miri reden und etwas Dummes sagen. Zum Beispiel, dass ich nicht wollte, dass sie ging.

Rip macht sich bemerkbar und zeigte dorthin, wo Miri an der Tür zum Clubhaus stand. Sie war mit einer Trainingshose und einem Sweatshirt bekleidet. Ihre Tasche hatte sie sich über die Schulter gehängt. Sie war bereit, nach Hause zu gehen.

Es kam mir wie eine Ewigkeit vor, bis sie den Parkplatz überquert hatte. „Hey."

Ich nahm den Helm ab und sah mich um. Alle Jungs, die hier rumgehangen hatten, waren verschwunden. Die Klatschbasen beobachteten uns wahrscheinlich von den Fenstern aus.

„Hi. Also, ähm, wohin geht's?", fragte ich. Sie gab mir eine Adresse in Queen Anne, dem reichen

Viertel von Seattle.

„Sieht aus, als hättest du hier einen kleinen Rücksitz eingebaut", sagte sie, während sie mit den Fingern über den Sozius fuhr.

„Ja." Ich zuckte mit den Achseln. „Ich dachte, es wäre gut, mit Christophe einen zusätzlichen Sitzplatz zu haben." Ich stieg auf und drehte mich zu ihr. „Hier ist ein kleiner Pflock. Du stellst deinen Fuß darauf, dann schwingst du dein anderes Bein drüber."

Sie nickte und trat auf das Metallstück, das aus der Seite meines Motorrads ragte. Die Maschine kippte, als sie ihr Gewicht verlagerte und ihr Bein hob. Fuck. Endlich würde sie hinter mir auf dem Motorrad mitfahren. Es gab ein ungeschriebenes Gesetz, dass nur Old Ladys diesen Platz einnehmen durften. Miri würde nie meine Old Lady sein, aber wenigstens würde ich diese eine Fahrt haben. Eine Fahrt, um sie an mir zu spüren, während der Wind um uns herum peitschte. „Achte darauf, dass der Gurt unter deinem Kinn fest sitzt." Ich reichte ihr einen Helm.

Die Schnalle klickte. „Fertig", sagte sie.

Ich stieß das Motorrad an und der Motor heulte auf. Miris Arme legten sich um meine Mitte und drückten mich. Darauf hatte ich mein ganzes verdammtes Leben lang gewartet. Eine Frau, die ich liebte, umarmte mich und saß auf meinem Motorrad. Ja, ich liebte sie verflucht noch mal. Wir fuhren über die Bodenwellen und aus dem Tor. Sie klammerte sich an mich und ich spürte jeden Teil ihres Körpers an meinem Rücken. Es würde die Fahrt meines Lebens werden.

* * *

Meine Nerven waren angespannt, als ich in die Gegend fuhr. Ich wollte Miri nicht aufgeben. Das war alles, woran ich denken konnte, als wir uns auf den Hügeln durch die Villen schlängelten.

Ich war versucht, falsch abzubiegen, nur damit ich sie noch ein bisschen länger bei mir haben konnte.

„Hier", hörte ich sie von hinten sagen.

Wir hielten vor einem modernen Haus. Ganz weiß. Vollkommen rein – so wie sie es gewesen war, bevor sie mich getroffen hatte. Ich hatte sie kaputt gemacht. Die ganze Scheiße war meine Schuld. Dass Davide gedroht hatte, sie als Komplizin meines Verbrechens zu bezeichnen, die Möglichkeit, dass ihr die Anwaltslizenz entzogen werden konnte, das war alles mein Dreck, der auf sie projiziert worden war.

„Es tut mir leid." Ich nahm den Helm ab und half ihr abzusteigen. „Ich werde es in Ordnung bringen. Du brauchst dir keine Sorgen mehr zu machen. Es ist fast vorbei."

„Mach keine Versprechungen, die du nicht halten kannst." Sie reichte mir ihren Helm und drehte sich um, um das Haus zu betrachten. „Ich sollte gehen.“

Gerald, ihr Vater, lehnte am Türrahmen, und zwei Sicherheitsleute standen auf der Veranda. Sie blickte nicht zurück, als sie die Stufen hinaufstieg.

Kapitel 36

Ich lehnte mich an die Backsteinmauer und sah zu, wie Davide und seine Frau in ihrem alten, schrottreifen Pick-up auf den Parkplatz des Clubs fuhren. Mir drehte sich der Magen um. Davide wollte sich von dem Jungen verabschieden, der acht Jahre lang sein Sohn gewesen war. Ich hatte Christophe gerade erst kennengelernt, aber ich wusste, es würde mich zerreißen, wenn ich ihm jetzt Lebwohl sagen müsste. Ich konnte mir nicht vorstellen, was Davide fühlen musste.

Logisch gesehen konnte das entweder gut oder sehr schlecht laufen. Christophe befand sich drin und außerhalb der Schusslinie, aber wir mussten trotzdem vorsichtig sein. Ich berührte meinen Gürtel, an dem mein Holster für meine .38er befestigt war. Davide sah einer Mordanklage entgegen und musste sich von einem Kind verabschieden, das er wie einen Sohn aufgezogen hatte. Wenn er seine Meinung änderte, konnte die Situation jeden Moment explodieren.

Davide stieg aus dem Pick-up und kam zu mir herüber. „Wo ist der Junge?", fragte er.

Ich rief an und Bettes und Tate kamen mit Christophe hinaus.

Amy trat auf ihn zu. „Wehe, du bist nicht gut in der Schule", sagte sie, nachdem sie ihn gedrückt hatte. „Wenn doch, werde ich mir dich vornehmen.“

Christophe umarmte sie heftig. „Du warst für mich das, was einer Mama am nächsten kommt“, murmelte er. „Danke.“

Amy zog sich zurück. „Miri ist jetzt deine Mama, nicht wahr? Du hörst auf sie, verstanden? Sie ist eine gute Frau.“ Christophe nickte.

Davide nahm ihn auf den Arm und drückte ihn. „Papa sagt, dass ich jetzt bei ihm wohnen werde“, erklärte Christophe, nachdem Davide ihn wieder auf den Bürgersteig gesetzt hatte. „Stimmt das? Ich gehe nicht mit dir zurück?“

„Nein, Junge, du bleibst hier.“ Davide klopfte ihm auf die Schulter. „Du gehörst zu deinem Vater. Es ist Zeit für dich, weiterzuziehen.“

„Aber warum? Habe ich etwas falsch gemacht?“, fragte Christophe und seine Lippen bebten.

„Nein, Kleiner“, sagte Davide und seine Stimme brach etwas. „Ich war es. Ich habe etwas Schlimmes getan und sie werden mich einsperren. Ich kann nirgendwohin weglaufen, also muss ich die Verantwortung für das übernehmen, was ich getan habe.“

„Was hast du getan?“, fragte Christophe und schniefte.

Scheiße.

„In Ordnung, das reicht“, befahl ich und legte Davide die Hand auf die Schulter. Das Letzte, was ich gebrauchen konnte, war, dass er Christophe erzählte, wie schlecht das Gesetz sei, weil es ihn nicht Meth kochen ließ.

„Ich will es wissen." Christophe schluckte schwer. „Ich muss es wissen."

Ich seufzte. Christophe war kein Baby, aber er war auch noch kein Mann. Offenbar war es eine meiner Aufgaben als Vater, zu wissen, wann ich ihn erwachsen werden lassen sollte. Ich nickte Davide zustimmend zu.

„Ich habe einen Mann getötet", erklärt Davide. „Ich wollte es nicht tun, aber es ist passiert und er ist meinetwegen tot. Er war außerdem der Sohn des Sheriffs, das macht es noch schlimmer. Man lebt innerhalb des Gesetzes, wenn man kann. Verstehst du mich, Junge? Du willst nicht jeden Tag über deine Schulter blicken müssen. Das ist verdammt hart für deine Seele."

„Es ist Zeit zu gehen", sagte ich mit leiser Stimme. Diese Erklärung war ausreichend. Ich wollte nicht, dass Christophe noch mehr Lektionen von Davide lernte.

Davide umarmte ihn ein letztes Mal. Dann stiegen er und Amy in ihren blauen Pick-up und fuhren davon.

* * *

Ich musste Miri sehen und ihr sagen, dass sie in Sicherheit war. Sie würde immer noch sauer auf mich sein, aber ich musste es wiedergutmachen. Es zumindest versuchen. Vielleicht gab es noch Hoffnung für uns.

Ich probte die ganze Fahrt über, was ich sagen wollte. Irgendwie war „Tut mir leid, dass ich es versaut habe, aber wenigstens ist er jetzt weg" so ziemlich alles, was mir einfiel. So viel zum Thema Redegewandtheit.

Ich klopfte an die Tür und wartete. Eine Überwachungskamera war diskret unter der Verandaleuchte angebracht. Ich lächelte. Winkte. Ein glatzköpfiger Mann in einer Armeehose öffnete die Tür. „Name?", fragte er.

Skeeter. „Jean Luc Devaneaux möchte zu Miss Englestein."

Der Wachmann ließ mich auf der Treppe stehen, bevor er an der Tür wieder auftauchte. „Mr. Englestein und seine Tochter sind nicht zu Hause." Er runzelte die Stirn. „Aber Mrs. Englestein ist hier. Sie würde Sie gerne sehen."

Oh, Scheiße. Miris Mutter wollte mich sehen? Da konnte ich nicht Nein sagen. Ich folgte dem Wachmann durch ihr schickes Haus in einen Hinterhof voller Blumen. Eine Frau saß am Tisch und las Zeitung.

„Sie müssen Jean Luc sein!" Sie küsste mich auf die Wange und winkte auf den leeren Stuhl, auf den ich mich setzte. „Ich bin Joan, die Mutter von Miri."

Joan war wunderschön, hatte die gleichen Gesichtszüge wie Miri, aber ihr Haar war bereits weiß geworden, trotz ihres faltenlosen Gesichts. „Sie sind also der junge Mann, mit dem Miri sich getroffen hat." Sie rührte in ihrem Tee.

Verdammte Scheiße. „Äh, nein, Ma'am." Ich strich mein Haar glatt und versuchte sicherzustellen, dass es nicht wegen meines Helms in alle Richtungen abstand. „Ich, ähm, war ihr Klient. Sie hat sich um meinen Sorgerechtsfall gekümmert."

Sie lächelte und nickte. „Richtig. Eine Entführung, nicht wahr?" Sie nahm einen Schluck von ihrem Eistee. „Ich habe zwanzig Jahre lang in der Anwaltskanzlei meines Mannes gearbeitet. Sie müssen hier kein Blatt vor den Mund nehmen."

Ich starrte sie an und versuchte, in ihrem Gesicht zu lesen. Sie war überhaupt nicht wütend oder verängstigt.

„Spucken Sie es einfach aus. Sind die bösen Jungs weg?", fragte sie und hob die Augenbrauen. „Können wir wieder zur Tagesordnung übergehen?"

Fuck. Ich hatte mich auf eine Dame der Gesellschaft vorbereitet, nicht auf eine weißhaarige Streitaxt.

„Ja, Ma'am." Ich räusperte mich. „Nichts zu befürchten."

„Wunderbar." Sie faltete die Hände in ihrem Schoß und betrachtete mich. „Also, was sind Ihre Absichten gegenüber meiner Tochter?"

Ich hielt mich an der Seite des Stuhls fest, um nicht umzufallen. Ich hatte bisher nie die Eltern eines Mädchens getroffen. „Ich habe nichts mit Ihrer Tochter vor, Ma'am." Verdammt. Die Sonne war noch nicht einmal aufgegangen und der Tag war bereits wie ein verfluchtes Inferno. Ich rutschte auf meinem Platz hin und her. „Ähm, ich bin nur gekommen, um ihr zu sagen, dass sie von niemandem mehr bedroht wird und bin dann schon wieder weg."

„Sie sind wirklich nicht gekommen, um mir zu sagen, dass Sie sie lieben und vermissen?", fragte sie unschuldig.

„Nein, Ma'am." Ich schüttelte den Kopf. Ich konnte Miri gegenüber nicht eingestehen, dass ich verzweifelt in sie verliebt war, geschweige denn gegenüber ihrer Mutter. Ich stand auf. Es wäre einfacher, wegzulaufen. Verdammte Scheiße. Das war auf jeden Fall schlimmer als Davides Erpressungsversuche. „Es tut mir leid, wenn jemand den Eindruck bekommen hat, dass Miri und ich alles andere als Freunde sind. Ich bin nicht in sie verliebt und sie ist nicht in mich verliebt. Wie auch immer, ich danke Ihnen für Ihre Zeit."

„Bist du sicher?" Joan ging bei dem abrupten Wechsel zum Du auf mich zu und legte mir die Hand auf die Schulter. „Bist du sicher, dass du sie nicht liebst?"

„Es würde nichts ändern, wenn ich es täte." Ich wich vor der Berührung der alten Dame zurück. „Wir sind aus zwei verschiedenen Welten. Liebe würde nicht ausreichen."

Joan sah mir über die Schulter und zuckte zusammen.

„Ich wusste nicht, dass wir Besuch haben", sagte Miri von hinten.

Fuck.

Ich drehte mich um. Ihr Gesicht war eine stoische Fassade und ich hatte keine Ahnung, was sie dachte. Ich hoffte, sie war enttäuscht, dass ich sie nicht liebte. Ich hoffte, dass dieser ganze Scheißhaufen von Gefühlen für sie genauso schrecklich war wie für mich.

Ich versuchte, um sie herumzugehen. „Ich wollte gerade gehen."

„Ich begleite dich hinaus", sagte sie.

Wir gingen zurück durch den makellosen Flur und die Zimmer, bis wir draußen auf dem Bürgersteig standen. Ich lehnte mich an mein Motorrad und Miri verschränkte die Arme vor der Brust. Hier, auf dem Bordstein, gehörte ich hin. Ich erzählte ihr kurz, was mit Davide passiert war.

„Er wird also wegen Mordes angeklagt?", fragte sie.

Ich nickte. „Ja, er wird nach Hause zurückkehren und sich der Sache stellen. Er hat die Stadt bereits verlassen, du brauchst dir also keine Sorgen zu machen", versprach ich.

„Hast du ihn bezahlt?" Sie holte tief Luft. „Oder ihn mit mehr Waffen verscheucht?"

„Weder noch." Ich zuckte mit den Achseln. „Ich habe mit ihm gesprochen. Es stellte sich heraus, dass es einige Haftbefehle gegen ihn gab und er wollte, dass für Christophe gesorgt ist, bevor er in den Knast geht." Ich griff nach meinem Helm. Es war Zeit zu gehen, bevor ich etwas Dummes tat, wie sie zu bitten, mit mir zu kommen. „Ich sollte hier verschwinden."

„Warte." Sie packte mich am Arm. „Werde ich dich wiedersehen?"

Ich setzte meinen Helm auf. Es war der Vollvisierhelm und ich war froh darüber.

Der Kinnschutz war so groß, dass sie mich nicht hören würde, falls ich etwas Dummes tat, wie ihr zu sagen, dass ich sie liebte.

Ich schüttelte den Kopf und murmelte etwas in den Schutzschaum. Ich musste da verdammt noch mal weg.

Kapitel 37

Miriam

Ich blieb lange auf und polierte Großmutters Silber. Das war eine meiner Lieblingsbeschäftigungen, wenn ich nachdenken musste. Mom war schon vor einer Weile ins Bett gegangen und Dad war unten in seinem Arbeitszimmer. Zwei Sicherheitsleute waren noch da und tranken in der Küche Kaffee. Ich war allein im Esszimmer mit einer großen Tube Silberpflegecreme, die mir Gesellschaft leistete.

Ich dachte viel darüber nach, dass Jean Luc gesagt hatte, er wollte in meine Welt passen. Nur wurde mir klar, – nachdem ich mein viertes Tischset poliert hatte, – dass ich keine Ahnung hatte, wie meine Welt aussah. Ich hatte Jura studiert, weil es von mir erwartet worden war. Ich hatte nach dem Abschluss für Dad gearbeitet, weil das von mir erwartet worden war. Ich war sogar mit Pete ausgegangen, weil das von mir erwartet worden war. Ich hatte die Erwartungen aller erfüllt und merkte nun, dass ich keine eigenen hatte. Ich hatte keine Ahnung, wie ich mein Leben gestalten wollte.

Ich wusste, dass ich Liebe wollte und wegen Christophe war ich sicher, dass ich ein Kind oder mehrere Kinder wollte. Es gab keinen Weg zurück zu Pete. Jean Luc hatte mir gezeigt, wie es war, geliebt, geschätzt und sogar beschützt zu werden.

Auch wenn wir uns stritten, war es ihm dennoch wichtig, dass ich in Sicherheit war.

Nachdem ich das zehnte Tischset poliert hatte, – es waren nur zwölf, – wurde mir klar, dass ich wusste, was ich nicht wollte. Ich wollte meinen Job nicht mehr. Ich wollte unabhängig sein und für meinen Vater zu arbeiten, war nicht der richtige Weg dafür.

Ich war mit dem Polieren fertig und räumte alles weg. Ich musste mit meinem Vater sprechen.

Meine Knie zitterten, als ich zu seinem Arbeitszimmer ging. Wenn meine Noten nicht gut genug gewesen waren oder ich nach der Sperrstunde nach Hause gekommen war, hatte er mich zu sich gerufen und mir gesagt, wie enttäuscht er war. Ich hatte mein ganzes Leben lang versucht, seine Erwartungen an mich zu erfüllen – jetzt war es an der Zeit, dass ich meine eigenen Träume hatte.

„Hey, Dad", sagte ich, als ich in sein Arbeitszimmer schlüpfte. „Wir müssen reden."

Mein Vater schaute über seine Brille zu mir hoch. „Wirklich?", fragte er und legte seinen Stift weg. „Worum geht es?"

Ich setzte mich ihm gegenüber an seinen Schreibtisch. Ich hatte in der Vergangenheit schon oft hier gesessen. In der Highschool, als ich eine Zwei in Trigonometrie bekommen hatte und im College, als ich ihm gesagt hatte, dass ich das Jurastudium abbrechen und dem Friedenskorps beitreten wollte. Wann immer eine große Diskussion anstand, wurde sie an Dads Schreibtisch geführt.

„Ich kündige." Ich seufzte und hatte das Gefühl, dass alle Luft aus meinen Lungen entwichen war.

Er nahm seine kleine Lesebrille ab und legte sie auf die Ecke seiner Schreibunterlage. „Du kündigst? Hast du ein anderes Angebot?"

„Nein." Ich seufzte erneut. „Ich habe daran gedacht, mich selbstständig zu machen, zumindest für eine Weile. Ich weiß noch nicht genau, was ich will. Ich weiß, was ich nicht will, und ich will nicht mehr für dich arbeiten, Dad. Ich liebe dich und bin dir dankbar für die Chance, die du mir gegeben hast, aber ich möchte eine Weile auf mich allein gestellt sein, unabhängig sein."

Papa schürzte seine Lippen. „Geht es um diesen Jungen?", fragte er. „Den, der heute Nachmittag hier war?"

„Nein", begann ich, dann zuckte ich mit den Achseln. „Ja, vielleicht. Ich weiß es nicht. Ich weiß nur, dass ich herausfinden muss, wer ich bin und was ich will. Dieser Junge, wie du es ausdrückst, weiß, was er will und ich weiß es nicht. Ich habe es nie gewusst. Ich habe immer nur auf dich und Mom gehört. Ich will jetzt anfangen, auf mich selbst zu hören."

„Warum versuchst du nicht, Partner zu sein, anstatt alleine loszuziehen?" Dad kniff sich in den Nasenrücken. „Dann wirst du besser bezahlt und hast mehr Auswahl bei den Fällen, die du übernimmst. Du könntest wieder Verteidigungsfälle übernehmen. Darin warst du gut."

„Ich will kein Partner sein. Das wollte ich nie."

Ich schüttelte den Kopf. „Deshalb hast du mich ja auch in den Keller gesteckt, weißt du noch? Ich will es einfach auf meine Art machen. Ich will mein eigenes Büro."

„Hast du dir das gut überlegt?" Er lehnte sich in seinem Stuhl zurück und verschränkte die Arme. „Eine eigene Kanzlei zu haben, ist eine Menge Arbeit. Wenn du scheiterst, kannst du niemandem außer dir selbst die Schuld geben."

„Ich werde nicht versagen. Ich habe noch nicht lange darüber nachgedacht, um ehrlich zu sein, aber ich weiß, dass es richtig ist. Es ist das, was ich tun muss."

Er seufzte. „Nun …" Er stand auf und umarmte mich. „Sieh nur zu, dass du deine Fälle noch abschließt. Wenn du etwas Startkapital brauchst …"

„Werde ich nicht." Ich lachte. „Danke, Dad."

* * *

Drei Wochen, nachdem ich gekündigt hatte, stöberten meine Mutter und ich bei einer Polizeiauktion durch gebrauchte Möbel. Es war nicht einer von Moms üblichen Orten für den Möbeleinkauf, aber sie schien sich zu amüsieren.

„Sieh dir das an!" Sie zeigte auf einen Schreibtisch. „Das ist ein Original von Herman Miller. Diese Drogendealer hatten wirklich einen guten Geschmack. Meinst du, dein Vater würde ihn mögen?"

Ich lachte. Nur Mom konnte einen Designerschreibtisch bei einem beschlagnahmten Beweismittelverkauf finden.

„Vielleicht zu seinem Geburtstag?", schlug ich vor. „Siehst du etwas, das eher in meiner Preisklasse liegt?"

Mein Budget war „so billig wie möglich". Als niemand sonst Sheena in Papas Büro übernehmen wollte, bot ich ihr einen Job bei mir an. Es war nur eine Teilzeitstelle, denn ich hatte nicht vorgehabt, sobald eine Assistentin einzustellen. Sie fing in ein paar Wochen an, wenn der Mietvertrag für unser neues Büro begann. Es war nur ein Raum, der groß genug für zwei Schreibtische war, aber wir waren beide ziemlich begeistert davon.

„Ich bin froh, dich wieder lächeln zu sehen, Liebes. Ich habe mir solche Sorgen gemacht, nachdem du dich von diesem Jungen mit der Motorradjacke, Jean Luc, getrennt hast. Warum hast du dich von ihm getrennt?", fragte sie. „Ihr scheint euch doch zu lieben."

„Mom ..." Es war weder das erste noch das vierte Mal, dass sie diese Frage stellte. „Du hast gesehen, dass er in einem Motorradclub ist. Sein Job ist nicht immer der sicherste. Ich glaube einfach nicht, dass Liebe ausreichen würde."

„Was war denn so schlimm, dass du es für das Beste gehalten hast, getrennte Wege zu gehen?"

„Nun ..." Ich runzelte die Stirn. „Er hatte eine Menge Waffen und hat jemanden bedroht."

„Damit der Bösewicht sein Kind in Ruhe lässt, richtig?", stellte meine Mutter klar. „Du bist wütend, weil er versucht hat, sein Kind zu schützen?"

„Mom", protestierte ich. „Es war nicht sicher."

„Und wir sind hier, um Möbel für dein neues Büro zu kaufen, weil du gerne auf Nummer sicher gehst?", fragte sie. „Denkst du, deine Kindheit war immer sicher?"

Ich runzelte die Stirn. Wovon sprach sie?

„Erinnerst du dich an die Überraschungsurlaube, die wir gemacht haben? Drei Wochen in dieser grässlichen Hütte in den Ozarks ohne eine Steckdose für meinen Haartrockner? Oder an den Monat, den wir in Tulsa verbracht haben. Lustig, nicht wahr? Auf deinen Vater wurde beide Male ein Anschlag verübt. Glaubst du, das Leben ist immer sicher?"

Ich erstarrte. Meine Mutter hatte gerade meine Kindheit komplett umgeschrieben.

„Was?" Meine Gedanken rasten. Meine Mutter hatte mich schon öfters mit einem Urlaub überrascht. Ich hatte nur gedacht, dass sie gerne zeltete. „Auf Dad wurde ein Anschlag verübt?"

„Glaubst du, dass die Verteidiger immer gewinnen?" Sie rollte mit den Augen. „Manchmal verlieren sie und die Verbrecher gehen nicht gern ins Gefängnis, also engagieren sie Auftragskiller. Oder hin und wieder kommen Kriminelle früher raus und hegen einen Groll. Ich will damit nur sagen, dass es ziemlich kurzsichtig ist, die Liebe wegzuwerfen, weil man kein Risiko eingehen will. Du wirst am Ende nur unglücklich sein."

„O mein Gott", flüsterte ich. Hatte ich gerade

die Liebe zu Jean Luc weggeworfen, weil ich ihn mit einer Art von Standard gemessen hatte, die nicht existierte? Er hatte nur seinem Sohn helfen wollen und ich hatte ihm gesagt, er sei ein Krimineller.

Mein Magen drehte sich um und ich klammerte mich an eine Anrichte, um mich aufrecht zu halten. Was hatte ich getan?

Ich holte mein Handy aus der Handtasche und fand seine Nummer auf der Kurzwahl. Ich hatte sie nie gelöscht, aber bis jetzt hatte ich nur daran *gedacht*, ihn anzurufen. Diesmal drückte ich wirklich auf den Knopf.

Niemand hob ab.

Einige Stunden später kehrten Mom und ich nach Hause zurück und ich saß in meinem Zimmer und rief ihn wieder an.

Niemand hob ab.

Am nächsten Tag klingelte ich erneut durch.

Niemand hob ab.

* * *

Ich hatte schon vor Wochen aufgegeben, Jean Luc anzurufen. Es war klar, dass er nicht interessiert war. Stattdessen hatte ich mich in meine Arbeit gestürzt. Die Anwaltskanzlei von Miriam Englestein, Esquire. Ich sagte das immer noch gern. Ich war seit einer Woche im Geschäft und bis jetzt lief es fantastisch. Ich hatte einen kleinen Notgroschen auf der Bank, also musste ich irgendwann Gewinn machen, doch es reichte mir, meine Kanzlei erst einmal aufzubauen. Ich ging die drei Etagen der Treppe hinauf zu meinem Büro. *Mein Büro.*

„Hey." Sheena winkte mir zu, als ich hereinkam. „Du hast eine Telefonnachricht bekommen."

„Es ist doch nicht schon wieder Pete, oder?", fragte ich und stellte meine Sachen ab.

„Nein." Sheena drehte sich in ihrem Stuhl und sah auf die Wanduhr. „Er hat seit genau vier Stunden nicht mehr angerufen. Egal, ich glaube, es ist ein neuer Fall."

„Ja?", fragte ich. „Was für ein Fall?"

„Ich bin nicht sicher." Sie sah sich die Nachricht an und runzelte die Stirn. „Sie sagte, sie sei Krista aus dem Club und dass du dich an sie erinnern würdest."

Krista? Warum rief Krista mich an? Ging es um Jean Luc – Skeeter?

„Ich erinnere mich an sie", sagte ich und nahm den Zettel entgegen.

„Hat es etwas mit *ihm* zu tun?", fragte sie. „Deinem Biker-Typen?"

„Ich weiß es nicht." Ich wollte, dass es um Jean Luc ging, aber er hatte auf keinen meiner Anrufe reagiert. „Ich werde wohl abwarten müssen."

* * *

In Sheenas Notiz stand, dass Krista wollte, dass ich zu einer bestimmten Zeit zu ihrem Haus kam. Da mein Büro immer noch winzig und mit zwei

Schreibtischen vollgestopft war, traf ich mich normalerweise mit Mandanten bei ihnen daheim oder in einem Café.

Ich schleppte meine Tasche bis zur Haustür und klingelte. Ich hatte Jean Lucs Zeichnung von ihrem Haus dabei und überprüfte die Adresse eine Million Mal. Ich war nur ein einziges Mal bei Krista gewesen und wollte nicht in die falsche Wohnung gehen. Außerdem hatte ich so eine Ausrede, um mir Jean Lucs Unterschrift anzusehen.

Sie öffnete mit ihrer blonden Tochter, die sich hinter ihr versteckte. „Hey!" Sie beugte sich vor und umarmte mich. „Danke, dass du gekommen bist."

Ich klammerte mich an sie. Es war mir peinlich, wie sehr ich mich an ihr festhielt. Es war das erste Mal seit drei Monaten, dass ich jemanden aus Jean Lucs Leben sah und ich war nicht auf die Gefühle vorbereitet, die in mir aufstiegen.

„Oh, Schatz." Sie zog sich zurück und sah mich an. „Geht es dir gut?"

Ich nickte und holte tief Luft. Ich musste sicherstellen, dass meine Stimme nicht zitterte. „Mir geht's gut. Du sagtest, du müsstest ein paar rechtliche Formalitäten erledigen?"

„Ja." Sie hielt die Tür auf. „Komm doch rein, dann trinken wir einen Tee."

Ich betrat ihr Haus und hörte eine vertraute Stimme. „Miri?", wurde gekreischt.

Christophe.

„Hey, Kumpel." Das Wort blieb mir in der Kehle stecken. „Was macht die Schule?"

„Die Schule ist okay, aber ich habe mit der Little League angefangen und das ist toll." Er richtete sich ein wenig gerader auf. „Wir haben unsere ersten beiden Spiele gewonnen. Kommst du zu einem Spiel?"

„Ich weiß noch nicht", erwiderte ich und küsste ihn auf den Scheitel. „Aber ich freue mich, dich zu sehen."

„Hey, Kleiner, warum gehst du nicht mit Becky Zeichentrickfilme gucken, in Ordnung?", meinte Krista vom Flur aus. „Miri und ich haben zu tun."

Christophe nickte und ging ins Wohnzimmer. Krista und ich saßen allein mit zwei Tassen Tee am Tisch in der Küche.

„Was für Papiere brauchst du denn?", fragte ich.

„Ich hätte gerne, dass Colt Becky adoptiert." Sie lächelte. „Aber es soll eine Überraschung für seinen Geburtstag sein."

„Oh. Mir war nicht klar, dass er ihr Stiefvater ist." Ich holte meinen Notizblock hervor. „Und was sagt ihr richtiger Vater dazu?"

Krista biss sich auf die Lippe. „Er ist tot."

„Das macht es einfacher." Ich machte mir ein paar Notizen. „Wir brauchen seine Sterbeurkunde, dann sind es nur noch einige wenige Unterschriften."

Krista biss weiterhin auf ihre Lippe. „Nun, die habe ich nicht. Er ist einfach irgendwie weg. Für immer."

„Oh." Ich machte mir eine weitere Notiz. „Er ist also einfach so verschwunden? Keiner hat von ihm gehört?"

„Du bist meine Anwältin, also darfst du nichts weitergeben, richtig?", fragte sie und tippte auf den Rand ihrer Teetasse.

„Das stimmt." Ich nickte. Ich setzte meine beste professionelle Stimme auf. „Ich bin dein Rechtsbeistand, also ist alles, was du sagst, vertraulich. Erzähl mir, was passiert ist."

„Robby, mein Ex, hat viel mit Drogen zu tun gehabt und er hatte Geldschulden." Sie erschauderte. „Jedenfalls hat er versucht, mich und Becky zu benutzen, um eine Schuld davon zu begleichen. Also ist Colt … ähm … dazwischen gegangen und deshalb haben wir keinen Totenschein."

Colt. Nun war alles klar. Colt musste Kristas Ex getötet haben. Ich wollte keine Details darüber erfahren, wie es passiert war. Ich wollte es nicht wissen.

Ich lehnte mich in meinem Stuhl zurück. „Wie gehst du damit um?"

„Es war richtig, es zu tun." Krista nippte an ihrem Tee. „Schockiert dich das?"

„Nicht wirklich", gab ich zu. Es hätte mich vielleicht schockiert, bevor ich Jean Luc getroffen hatte. Oder bevor sich meine Mutter mir anvertraut hatte. „Ich bin sicher, dass es einen guten Grund gab."

„Meine Tochter war der Grund", erklärte Krista. „Damals konnten wir nicht vor Gericht gehen, also haben wir getan, was getan werden musste." Sie beugte sich vor. „Ich weiß, dass du und Skeeter eure Differenzen hattet, aber ich hatte gehofft, dass du Skeeter eine Chance geben würdest. Er hat nur versucht, das zu tun, was er für richtig hielt und er vermisst dich. Sehr sogar."

„Was meinst du damit, er vermisst mich?" Ich spürte, wie mir die Tränen in die Augen stiegen. Das war gefährliches Terrain für mich. Ich hatte viele Nächte damit verbracht, mich in den Schlaf zu weinen, weil er nicht auf meine Anrufe reagiert hatte.

„Seit du weg bist, ist er mit niemandem mehr ausgegangen." Krista drückte meine Hand. „Und er hat den kleinen Beifahrersitz auf seinem Motorrad behalten."

„Das hat alles keine Bedeutung." Ich schüttelte den Kopf. „Ich bin sicher, dass er Christophe auf seinem Motorrad mitnimmt."

„Ihr habt es nie versucht. Ihr hattet nie die Chance, zu versuchen, euch ein Zuhause einzurichten, nicht wahr?" Ihre Augen leuchteten. „Willst du ihn immer noch?"

Alles um mich verschwamm und ich blinzelte, um die Tränen zurückzuhalten. „Das ist nicht wichtig." Ich schniefte. „Er hat mir schon gesagt, dass wir aus zwei verschiedenen Welten stammen und Liebe nicht ausreichen würde."

„Oh." Krista runzelte die Stirn. „Vielleicht braucht er nur etwas Überzeugungsarbeit. Ihr müsst euch einfach eine eigene Welt erschaffen, damit ihr nicht in zwei Welten lebt. Das heißt, wenn du ihn noch willst."

Unsere eigene Welt erschaffen. Es klang großartig, aber nun kam sie – die schreckliche Wahrheit.

„Ich habe ihn angerufen", gab ich zu. „Fünfmal und er hat mich nie zurückgerufen. Wenn er aufgegeben hat, muss ich das auch." Ich schaute auf meine Notizen von unserem Gespräch über Beckys Adoption. Ich sollte mich an die Arbeit machen. „Es gibt zwei Möglichkeiten, wie wir deinen Fall angehen können. Wir können deinen Ex entweder für tot erklären lassen, wenn er lange genug weg ist oder wir können seine elterlichen Rechte einfach auf der Grundlage des Verlassens aufheben." Ich erläuterte die Fristen und Voraussetzungen für beide Optionen. „Ich muss nach Hause und die Gesetze überprüfen, aber ich denke, dass es am einfachsten ist, ihm die Rechte zu entziehen. Sobald das erledigt ist, muss Colt einfach auf der gepunkteten Linie für die Adoption unterschreiben."

Ich beglückwünschte mich selbst zu meiner Professionalität, obwohl ich mich am liebsten zusammengerollt hätte und gestorben wäre.

Kapitel 38

Colt und ich hatten einige Lieferungen für Tate im Casino der Ureinwohner gemacht und beschlossen, auf ein Bier zu ihm zu fahren. Ich konnte sein Motorrad direkt hinter mir hören, als ich um die Ecke in sein Viertel einbog.

Die Blätter begannen, sich zu verfärben, und die Schule würde bald wieder anfangen.

Christophe und ich hatten einen ganzen Sommer mit Baseballspielen und Filmabenden verbracht. Morgens hatte ich ihn früh geweckt, um zu sehen, ob die Fische in dem kleinen Bach hinter dem Haus anbissen. Außer Fröschen hatten wir nie etwas gefangen, aber wir hatten viel Spaß gehabt.

Krista passte nachmittags auf ihn auf und ich arbeitete. Der Ton, mit dem ich arbeitete, war in der Hitze geschmeidiger und Christophe konnte bei ihnen zu Hause in klimatisierten Räumen fernsehen. Doch heute Abend lief ein Roboterfilm, der meinem Jungen sicher gefallen würde. Nach einem schnellen Bier mit Colt würden Christophe und ich uns auf den Weg ins Kino machen.

Ich klopfte zweimal und öffnete die Tür, als ich nichts hörte. „Jemand zu Hause?", rief ich vom Flur aus.

Christophe und Becky waren im Wohnzimmer und sahen sich einen Zeichentrickfilm mit Gesang an. Sie winkten mir zu. Ich schaute mich um.

Normalerweise kam Krista, um mich an der Tür zu begrüßen.

Ich ging nach hinten, in Richtung Küche. Der Tisch war mit Formularen und Papierkram bedeckt und Miri saß mir gegenüber. Sie war wunderschön. Ihr Haar war offen und ein wenig länger. Die Locken fielen ihr über die Schultern.

Sie blickte zu mir auf und blinzelte. „Jean Luc."

Ein Aufruhr von Gefühlen wirbelte in mir auf, und ich erstarrte. Mein Gott, was sollte ich sagen? *Ich bin in dich verliebt, aber ich glaube nicht, dass es eine Hoffnung für uns gibt*, war nicht gerade romantisch. Außerdem waren sie und Krista offensichtlich mitten in einer Besprechung. Ich störte dabei wahrscheinlich nur.

Bevor ich mein liebeskrankes, nutzloses Ich aus dem Weg räumen konnte, klickte die Haustür auf und zu. „Ich bin zu Hause", rief Colt, als er in die Küche kam. „Miri?" Er schaute mich an. „Seid ihr beide wieder zusammen?"

Miri stopfte gerade eilig Papiere in ihre Tasche, während Krista von ihrem Stuhl am Küchentisch aufsprang. „Ich habe sie hierhergebeten." Krista lächelte. „Warum setzt ihr euch nicht schon mal ins Wohnzimmer? Wir treffen euch dann draußen."

Colt blieb standhaft. „Ich glaube, ich will wissen, warum eine Anwältin in unserem Haus ist. Warum bist du hier, Miri?"

Miri schaute zu Krista. Keine der beiden Frauen sprach und nach der Menge an Papierkram zu urteilen, die Miri in ihre Tasche stopfte, trafen sie sich wegen etwas Wichtigem.

„Verlässt du mich, Krista?", wollte Colt mit rauer Stimme wissen. „Jemand sollte besser schnell anfangen zu reden, denn danach sieht es aus."

„Nein." Krista lachte und ging zu ihm hinüber. „Du hast die Überraschung ruiniert, Babe." Sie legte die Hände an seine Wangen und gab ihm einen Kuss. „Miri hat die Papiere aufgesetzt, damit du Becky adoptieren kannst."

„Du verlässt mich doch nicht?", fragte er. „Ich will sicher sein."

„Nein, Baby." Krista küsste ihn. „Ich will, dass du Beckys Vater bist – ganz legal."

Colt begann zu lachen, bis seine Schultern zu zittern anfingen. Dann fing er Krista ein und hob sie hoch.

„Hey, Mann." Er drehte sich zu mir um. „Pass mal kurz für uns auf die Kinder auf." Er zwinkerte mir zu.

Ich stöhnte auf, als sie sich auf den Weg ins Schlafzimmer machten. Sie sollten sich besser beeilen.

Ich holte mir ein Glas Wasser und setzte mich zu Miri an den Tisch. Bevor ich etwas sagen konnte, wurden wir unterbrochen.

„Papa!", kreischte Christophe, als er in die Küche rannte und auf dem Linoleum zum Stehen kam. „Nächste Woche ist meine Snackwoche für Baseball." Er wandte sich an Miri, um es zu erklären. „Jede Woche machen die Mütter abwechselnd einen Snack für das ganze Team. Jimmys Mutter hat Kekse und Saftboxen mitgebracht." Er runzelte die Stirn. „Papa macht nur Rührei und Steak. Machst du unseren Snack während meiner Woche, Miri?"

Großartig. Mein Sohn bat sie um etwas und Miri wollte auf keinen Fall was mit mir oder meinem Kind zu tun haben. Sie hatte mich angerufen und ich hatte jeden ihrer Anrufe ignoriert. Sie musste mich hassen.

„Setz sie nicht so unter Druck", sagte ich. „Sie ist sehr beschäftigt. Wir können einfach ein paar Kekse und Saftschachteln kaufen, dann wird es schon passen."

„Das würde mir nichts ausmachen." Sie zerzauste Christophe das Haar. „Ich kann ein paar Kekse für dein Training backen. Was für welche?"

„Erdnussbutter mit Schokoladenstückchen." Er hatte sich das offensichtlich gut überlegt. Er drehte sich auf seinen Strümpfen um und ging zurück zu den Cartoons. „Danke, Miri!", rief er noch, während er lief.

Als wir wieder allein waren, wusste ich nicht, was ich sagen sollte.

„Du musst keine Kekse zum Baseball mitbringen." Ich schüttelte den Kopf. „Christophe hat einfach eine schwere Zeit, ohne eine Frau im Haus."

Miri zuckte mit den Achseln. „Ich möchte es tun. Ich würde Christophe gerne unterstützen, aber ich war mir nicht sicher, ob du damit einverstanden bist." Sie sah zu Boden, unfähig, mir in die

Augen zu blicken. „Du hast auf keinen meiner Anrufe reagiert, also habe ich angenommen, dass du mich nicht sehen willst."

Scheiße. Ich musste etwas sagen.

„Ich habe deine Anrufe nicht beantwortet, weil ich nicht wusste, was ich sagen sollte", gab ich zu. Es steckte viel mehr dahinter, aber das war alles, was ich im Moment herausbekam. „Komm zum Spiel. Ich würde dich gerne sehen."

„Wirklich?" Ihre Stimme war atemlos, während ihre Augen meine suchten. „Bist du sicher, Jean Luc?"

„Ja, ich bin mir sicher." Ich war mir noch nie in meinem Leben bei etwas so sicher gewesen.

Kapitel 39

Miriam

Es war heiß, als ich durch den Park lief. Ich hatte Saftpackungen und Wasserflaschen in den Boden der Kühltruhe gestopft und dann die Kekse oben drauf gelegt.

Die schwere Plastikbox stieß beim Gehen gegen meine Beine. Es gab keinen Grund, nervös zu sein – ich war nur hier, um Christophe zu unterstützen. Ich war nicht völlig in einen Mann verliebt, der mich nicht liebte.

Ich wiederholte Kristas Worte immer wieder vor mir selbst. Wir mussten unsere eigene Welt erschaffen – gemeinsam. Dann würde er erkennen, dass wir gar nicht so verschieden waren. Der Bolzplatz war ein guter Anfang, aber ich wusste, dass ich irgendwann ins Clubhaus zurückkehren musste, wenn ich wollte, dass es zwischen uns funktionierte. In das Gebäude, mit all den Erinnerungen an Gewalt zu treten, würde mir schwerfallen, doch ich war bereit, es zu versuchen.

Ich stabilisierte die Kühlbox beim Gehen. Ein Mann joggte über das offene Feld und trat neben mich. Er war groß, hatte dunkelbraunes Haar und einen sauberen Schnitt. „Kann ich Ihnen das abnehmen?", bot er an. Seine Stimme war tief und voll und hatte definitiv keinen Cajun-Akzent.

„Danke", erwiderte ich. „Ich bin auf dem Weg zu Spielfeld Nummer fünf für das Spiel der Cardinals. Ich denke, ich kann es schaffen."

„Ach, wirklich?", fragte er. „Wir gehen zum selben Feld. John Cornet. Ich bin der Vater von Richie. Die Box sieht schwer aus, lassen Sie sie mich tragen."

Er griff danach und ich reichte sie ihm. Sie war tatsächlich schwer geworden.

„Ich bin Miri." Ich steckte die Hände in die Taschen, als wir gingen. „Schön, Sie kennenzulernen."

Er grinste mich an. Ich hätte dahinschmelzen oder geblendet sein sollen. Er hatte offensichtlich eine Menge Zahnbehandlungen hinter sich und ein schönes Lächeln. Ich allerdings konnte nur daran denken, dass ich mir Jean Luc neben mir gewünscht hätte.

Wir gingen zum Baseballplatz und John stellte die Kühltruhe ab. „Hier werden normalerweise die Snacks gelagert", erklärte er und wechselte dann ins Du über. „Wenn du willst, kannst du dich zu mir auf die Tribüne setzen."

John lächelte wieder. Ich hatte wirklich nicht viel Erfahrung mit Verabredungen, aber ich war mir ziemlich sicher, dass das ein Flirtversuch war. Ich wäre gerne sein Freund im platonischen Sinn, denn ich war noch nicht bereit, Jean Luc aufzugeben.

Bevor ich antworten konnte, hörte ich die Stimme, auf die ich gewartet hatte.

„Miri, schön, dass du es geschafft hast."

Er trug seine Weste nicht. Stattdessen eine Jeans

und ein rotes T-Shirt mit dem Logo der Mannschaft. Das Oberteil war ein wenig zu eng, und ich versuchte, nicht hinzusehen – zumal ich mich daran erinnern konnte, was darunter war. Er hatte sich auch die Haare wachsen lassen. Es war nicht annähernd so lang wie bei unserer ersten Begegnung, aber es war definitiv struppig. Er hatte ein paar Tage Bartwuchs stehen gelassen.

„Hi." Ich war mir nicht sicher, was ich tun sollte. Sollte ich ihn umarmen? Oder ihm die Hand schütteln? Ich ließ meine Hände in den Taschen, bis er eine Bewegung machte. „Schön, dich wiederzusehen."

„Miri!", schrie Christophe und rannte auf mich zu. „Ich wusste, dass du kommen würdest! Papa war sich nicht sicher, aber ich wusste, dass du hier sein würdest!" Er schlang die Arme um mich und drückte mich an sich. Hier wusste ich, was zu tun war. Ich umarmte ihn ganz fest. Er war ein toller Junge und ich war froh, ihn zu sehen.

„Komm schon, Kleiner." Jean Luc beendete die Umarmung vorzeitig. „Du musst wieder da raus. Das Spiel fängt in ein paar Minuten an."

„Okay." Christophe ließ mich los. „Du musst auf mich achten, okay, Miri? Ich spiele als Shortstop. Das ist die Stelle zwischen der zweiten und dritten Base. Okay? Du schaust doch zu, oder?"

Ich grinste. „Ich werde das ganze Spiel über hier sein."

Ich suchte mir einen schattigen Platz auf der Tribüne und sah zu. Jean Luc hatte eine Art Trainerposition inne und warf den Ball zu den Kindern, die noch nicht eingewechselt worden waren. Ich beobachtete, wie seine Schultern sich unter dem roten T-Shirt bewegten. Er sah jetzt so anders aus. Er wirkte entspannt, hatte Spaß mit den Kids, ein ganz normaler Vater beim Baseballspiel. Man würde nie auf die Idee kommen, dass er eine Lederweste von einem Motorradclub trug und manchmal Waffen umschnallte. Allein der Gedanke daran ließ mich erschaudern.

„Hi." John von vorhin rutschte neben mir auf die Tribüne. „Ich wusste nicht, dass du Christophes Mutter bist."

„Oh, das bin ich nicht", sagte ich schnell. „Ich bin nur eine Freundin der Familie."

Er lächelte mich wieder mit seinem strahlend weißen Lächeln an.

„Und, was machst du so?", fragte ich. Das war immer eine sichere Frage.

„Ich bin ziemlich langweilig." Er lachte. „Ich bin Wirtschaftsprüfer. Hauptsächlich Kleinunternehmen. Ich habe ein eigenes Büro."

„So ein eigenes Unternehmen zu haben, ist schwierig", erwiderte ich. Es tat gut, mit einem normalen Menschen über normale Dinge zu sprechen.

„Auf jeden Fall." Er nickte. „Es ist toll, sein eigener Chef zu sein, aber es ist auch die härteste Arbeit, die ich je in meinem Leben gemacht habe – abgesehen davon, dass ich Vater bin, natürlich. Was machst du beruflich?"

„Ich bin Anwältin. Familienrecht. Ich habe gerade meine eigene Kanzlei eröffnet." Ich nahm einen tiefen Atemzug. „Wow, es fühlt sich gut an, das zu sagen. Es war wirklich beängstigend, mich selbständig zu machen, aber ich bekomme Kunden und es fängt an, zu funktionieren."

„Das ist großartig!" John klopfte mir auf die Schulter. „Ich erinnere mich auch an dieses Gefühl. Unabhängig zu sein ist definitiv ein Risiko."

„Ja", stimmte ich zu. John schien es zu verstehen. Ich sollte mich für ihn interessieren, aber ich war immer noch auf der Suche nach rotbraunem Haar und einem Akzent.

Jean Luc kam angerannt. „Hey, Christophe ist der übernächste Schlagmann." Er lächelte, schaute dann aber zu John und runzelte ein wenig die Stirn.

„Danke!" Ich sah nach, um sicherzugehen, dass ich die Plate sehen konnte. „Sag ihm, ich gucke zu."

„Gehen du und Jean Luc miteinander aus?", fragte John, sobald Jean Luc, außer Hörweite war.

Ich warf ihm einen Blick zu, überrascht von der direkten Frage. „Nein." Ich wollte mit ihm ausgehen, aber im Moment war ich nicht sicher, was genau wir machten. Natürlich wollte ich das John gegenüber nicht zugeben. „Wir sind nur Freunde."

Christophe kam zum Schlag und schaffte bei seinem zweiten Versuch einen Homerun. Die Menge war außer sich. Christophe ebenfalls. Er machte sich ein Spiel daraus, die Bases zu erlaufen und allen zuzuwinken. Wir winkten alle zurück.

„Oh, da kommt Richie", sagte John, nachdem sich die Aufregung über Christophes Treffer gelegt hatte. Ein braunhaariger Junge mit einem zahnlosen Grinsen kam an die Reihe und schlug zu.

Richie schaffte einen Single und wir alle klatschten und jubelten. „Er ist nicht so gut wie Christophe", sagte John ein wenig verlegen. „Wir üben viel, aber ich glaube, Sport ist einfach nicht sein Ding."

„Das ist okay." Ich grinste. „Sport war auch nicht mein Ding, als ich ein Kind war."

John und ich unterhielten uns das ganze Spiel über. Er war geschieden und verbrachte jedes zweite Wochenende und eine Woche im Monat mit Richie. Die übliche Regelung. Am Ende des Spiels half er mir, die Kekse und Getränke zu verteilen.

„Es hat mir Spaß gemacht, mit dir zu reden", sagte John, als die Reihe der kleinen Jungen alle ihre Cookies aßen und Saft tranken. „Hier ist meine Karte. Falls du einen Wirtschaftsprüfer für deine Praxis brauchst." Er zuckte mit den Achseln. „Oder wenn du einfach mal reden willst."

„O …" Er wollte mit mir ausgehen. Nach der Sache mit Pete und mit Jean Luc war das schon lange nicht mehr vorgekommen. „Danke. Ich bin mir nur nicht sicher, ob ich im Moment mit jemandem ausgehen will."

„Ja, ich verstehe." John warf einen kurzen Blick zu Jean Luc, der den Kindern beim Einpacken half.

„Aber wenn du deine Meinung änderst, ruf mich
an.“

Ich nickte. Er war ein netter Kerl. „Danke“, sagte ich und steckte seine Karte in meine Gesäßtasche.

Wir drehten uns beide um und sahen Jean Luc
auf uns zukommen, der einige Taschen mit Sport-
geräten trug. „Hey, Miri“, sagte er und legte seine
Hand auf meinen Rücken – nur eine kleine, besit-
zergreifende Geste. Er wandte sich an John.
„Richie hat sich heute gut geschlagen. Durch den
Single konnte Alex einen Run erzielen.“

„Ja, wir waren in den Schlagkäfigen üben“, erwiderte John und schaute mich an. Es war ihm
nicht entgangen, dass Jean Luc sein Revier absteck-
te. „Ich lade Richie und ein paar andere Kinder
zum Pizzaessen ein. Warum kommt ihr nicht mit?“

„Das wäre großartig“, rief ich. Ich wollte so viel
Zeit wie möglich mit Jean Luc verbringen und ein
Abendessen klang wirklich gut – auch wenn wir
von einem Haufen Neunjähriger umgeben waren.

* * *

Ich spielte mit meinem Strohhalm und versuchte,
nicht auf die Zeit zu schauen. Jean Luc war spät
dran und ich saß ganz allein in einer Pizzeria voller Little Leagues.

Doch dann kam ein kalter Windstoß von hinten
und ich drehte mich auf meinem Platz. Jean Luc
stand hinter mir in einer Lederjacke, – keine Weste,

– Jeans und seinem *Cardinals*-T-Shirt.

Er grinste mich an. Darauf hatte ich den ganzen Abend gewartet.

„Du hast es geschafft." Ich stand auf und griff nach meinem Getränk. „Ich habe mir schon Sorgen gemacht."

„Ich bin gestolpert und habe mir das Knie aufgeschürft", sagte Christophe stolz. „Willst du mal sehen?"

„Nein, danke." Ich lachte. „Aber warum suchen wir uns nicht einen Platz und bestellen Pizza?"

Christophe blieb bei uns, bis wir bestellt hatten, doch dann war seine Aufmerksamkeitsspanne für Gespräche mit Erwachsenen zu Ende und er rannte davon, um mit seinen Teamkollegen Videospiele zu spielen.

„Magst du das Coaching?", fragte ich und stocherte in den Brotstäbchen in der Mitte des Tisches herum. „Du scheinst ziemlich gut darin zu sein."

„Danke." Jean Luc wurde rot. Der große Biker *errötete*. „Ich habe früher in der Highschool gespielt. Ich bin nicht der Cheftrainer oder so; ich spiele nur den Fänger und beschäftige sie, während sie auf ihren Einsatz warten."

Die Pizza kam und Christophe tauchte wie aus dem Nichts auf. „Papa, kann ich heute bei Adam schlafen?", fragte er zwischen zwei Bissen. „Es ist Freitag und ich habe morgen keine Schule."

„Hast du seine Eltern gefragt?", erwiderte Jean Luc.

Ich hörte zu, wie Vater und Sohn über die

Übernachtung verhandelten. Offenbar hatte Christophe einige Hausaufgaben zu erledigen, und sein Lehrer hatte ihm eine Verlängerung bis Montag gewährt. Es war alles so normal, so weit entfernt von der Nacht, in der ich die Waffen auf Jean Lucs Bett liegen gesehen hatte. Es war so anders als damals, als ich mitbekommen hatte, wie die Jungs in ihren Lederklamotten und mit ihren Pistolen losgefahren waren, um Davide aufzusuchen.

Ich musste nur diese beiden Männer unter einen Hut bringen und mich daran erinnern, dass Jean Luc eine Person war und dass wir unsere eigene Zukunft gemeinsam gestalten mussten – einschließlich eines Kindes und eines Motorradclubs. Der Jean Luc von heute Abend, der geduldige Trainer, der fürsorgliche Vater, mein Date, er würde es wert sein. Ich war bereits in den sexy Künstler und gefährlichen Biker von früher verliebt; den fürsorglichen Vater hinzuzufügen, war verheerend.

Die Muskeln in Jean Lucs Schultern spannten sich an, als er die übrig gebliebene Pizza einpackte. Ich steckte in ernsten Schwierigkeiten.

„Bist du bereit, loszufahren?", fragte er. „Adams Mutter bringt Christophe nach Hause, daher kann ich dich zu deinem Auto begleiten."

„Danke, das wäre nett." Ich versuchte zu lächeln, aber ich war enttäuscht. Der Abend war schon vorbei.

Jean Luc hielt mir die Tür nach draußen auf und die kalte Luft schlug mir entgegen. Der warme Herbsttag hatte sich in einen kühlen Abend verwandelt. Wortlos legte Jean Luc mir seine Lederjacke um die Schultern, als wir über den Parkplatz gingen. Die Jacke war ein kleines Stück schwarzer Himmel. Sie roch erdig mit einem Hauch von Aftershave.

Wir hielten an meinem Auto und ich drehte mich zu ihm um. „Ich will nicht, dass diese Nacht zu Ende geht", flüsterte ich und wagte es nicht, aufzusehen. Ich streckte die Hand aus und spielte mit dem Saum seines T-Shirts. „Ich wünschte, wir könnten mehr reden."

„Komm mit zu mir", sagte er, sein Atem war heiß auf meiner Wange. „Nur auf einen Drink. Ich werde dich zu nichts anderem drängen. Ich möchte nur Zeit mit dir verbringen. Von deinem Geschäft hören, dich vielleicht lachen hören."

„Ja", antwortete ich. Es gab kein Nachdenken, keine Überlegung. Ich wollte mit ihm nach Hause gehen, warum also dagegen ankämpfen? „Ich fahre dir nach."

Zu seiner Wohnung dauerte es zwanzig Minuten. Während ich seinen roten Rücklichtern folgte, hatte ich viel Zeit zum Grübeln. Ich kam zu keinem anderen Schluss, als dass ich sehen wollte, wohin das führte. Ich wollte es ausprobieren.

Nachdem wir in Jean Lucs Kieseinfahrt geparkt hatten, öffnete er mir die Tür und ging mit mir zu seiner Tür. Sein Wohnzimmer war weniger aufgeräumt als bei meinem letzten Besuch und ich musste lachen.

„Tut mir leid, ich hatte keine Zeit zum Aufräumen. Ich habe keinen Besuch erwartet", sagte er und nahm ein Paar Schuhe von Christophe und einige Zeitungen vom Sofa. „Setz dich. Soll ich dir ein Bier holen? Oder etwas Stärkeres?"

In dieser Frage steckte so viel. Würde ich später fahren? Würde ich über Nacht bleiben? Ich hatte keine Ahnung, wie ich das beantworten sollte, also ging ich auf Nummer sicher.

„Kein Alkohol für mich." Ich hängte seine Lederjacke über den Arm der Couch und setzte mich. „Es war ein langer Tag und das könnte mich zum Einschlafen bringen." So. Das war eine sichere Antwort.

Jean Luc holte sich ein Bier und wir redeten stundenlang. Zuerst ging es um mein Geschäft, dann kamen wir auf Christophe und die Vaterschaft zu sprechen.

„Oh, wow." Ich schaute auf die Uhr. „Es ist fast Mitternacht. Ich kann nicht glauben, dass du nicht müde bist."

Er stand auf und half mir auf die Beine. „Was soll ich sagen?", flüsterte er. „Ich wollte keine einzige Minute mit dir verpassen."

Ich erschauderte. Das war das erste romantische Wort, das er seit unserer Ankunft gesagt hatte. Ich hatte darauf gewartet.

Ich beschloss, dass ich keine Lust mehr auf Verzögerungen hatte. Ich schlang meine Hand um seinen Nacken und küsste ihn.

Er war genauso hungrig wie ich. Er verschlang

meine Lippen, sein Mund neckte und spielte mit meinem. Seine Zunge eroberte mich und ich schmolz an ihm dahin. Das war es, worauf ich gewartet hatte.

Ich schlang die Arme um seinen Hals, ließ meine Nippel an seiner Brust reiben und stöhnte auf. Es fühlte sich so gut an, dass ich es wiederholte. Er griff nach unten, um meinen Hintern zu drücken und hielt dann inne.

„Was ist los?", fragte ich, als er seine Hand in meine Gesäßtasche schob und etwas herauszog. Mein Herz sank, nachdem ich erkannt hatte, was es war. Johns Visitenkarte.

Er reichte sie mir und trat zurück. „Tut mir leid, ich habe mich hinreißen lassen." Er fuhr sich durch die Haare und runzelte die Stirn. „Okay, ich weiß wirklich nicht, wie ich das machen soll, also werde ich es einfach sagen. Ich möchte dich sehen – häufig. Wenn du Abstand brauchst, ist das okay. Geh aus, mit wem du willst, aber gib mir auch eine Chance. Das ist alles, worum ich dich bitte. Es lief schlecht im Clubhaus, aber ich möchte, dass du weißt, dass es nicht immer so ist. Ich möchte eine Gelegenheit haben, dir zu zeigen, wie gut es zwischen uns sein kann."

„Ich will mich mit niemand anderem treffen." Ich streckte ihm die Hände entgegen. „Ich will nur dich."

Er verschränkte seine Finger mit meinen, beugte sich herunter und küsste mich erneut. Er war das, was ich wollte. Das hier war es, was ich wollte.

Das hier war es, worauf ich gewartet hatte. Es war derselbe Grund, warum ich ihm meine Jungfräulichkeit geschenkt hatte und weshalb ich ihn jetzt wollte. Ich wollte ihn mehr als jeden anderen, den ich je getroffen hatte und ich war nicht bereit, das aufzugeben.

Seine Lippen pressten sich fest auf meine und seine Zunge erforschte das Innere meines Mundes. Ich legte die Handflächen auf seine Brust. Ich wusste nicht, ob ich ihn wegstoßen und ihn fragen sollte, was er meinte oder ob ich den Kuss einfach genießen sollte.

„Komm mit mir ins Schlafzimmer", keuchte er, packte meine Hüften und drückte mich an seinen Körper.

„Ja." Ich trat zurück, nahm seine Hand und führte ihn in sein eigenes Zimmer. Ich ließ das Licht aus und tastete eine Weile im Dunkeln herum, bevor ich mich zurechtfand und die Arme um seine Schultern legte. Er beugte sich herunter und küsste meinen Hals. Ich öffnete den Reißverschluss seiner Hose.

Er hielt meine Hände fest. „Sag mir, dass du John nicht anrufen wirst", knurrte er gegen meine Lippen. „Ich will es noch einmal hören."

„Es gibt nur dich", keuchte ich, als er mich hinter dem Ohr küsste. „Ich will nur dich."

Blitzschnell knöpfte er meine Shorts auf und schob sie zusammen mit meinem Höschen zu Boden. Er packte meinen Po, hob mich hoch, so dass ich die Beine um seine Mitte legen konnte, und trug mich die zwei Schritte zum Bett. Als er mich auf die Decke legte, stieß sein Schwanz gegen meinen nackten Körper und ich stöhnte auf.

„Ich habe kein Kondom." Er hielt inne. „Fuck, daran habe ich überhaupt nicht gedacht."

„Es ist in Ordnung. Es geht um uns, es ist in Ordnung", wiederholte ich und zog seinen Kopf nach unten, damit er mich wieder küsste.

Das war alles, was er brauchte. Als er in mich eindrang, spürte ich das Zwicken und dann das Dehnen. Sobald er ganz in mir war, hielten wir beide inne und keuchten.

„Sag ihn noch einmal", flüsterte er mir ins Ohr. „Sag meinen Namen."

Ich drückte die Lider zu, um nicht zu antworten. Welchen Namen wollte er denn hören? Ich wollte ihn nicht Skeeter nennen.

„Jean ...", sagte ich und er zog sich zurück. „Luc", sagte ich und er drang in mich ein. Immer und immer wieder. Ich sprach seinen Namen, und wir fanden unseren Rhythmus. Es dauerte nicht lange, bis mich das Kribbeln eines Orgasmus überkam.

„Jean Luc!", rief ich erneut, als er in mich stieß. „Du bist Jean Luc."

Bald kamen wir aus dem Takt und ich schrie auf, während die Lust in mir pulsierte.

„Miri, ich kann nicht aufhören", war alles, was er sagen konnte, Hitze meinen Körper durchflutete und ich merkte, dass er es war, sein Höhepunkt. Es war das erste Mal, dass er in mir kam. Es war anders, seidig und feucht. Ich drückte ihn und er erschauderte.

Er rollte sich von mir herunter und zog mich an sich. Wir lagen uns in den Armen, bis unsere Körper zu kühlen begannen.

„Wegen deines Namens", sagte ich und kuschelte mich an seine Schulter. „Ich mag Jean Luc, aber wenn es dir lieber ist, kann ich dich auch Skeeter nennen."

Jean Luc erhob sich. Die kalte Luft traf meinen Körper, und ich fröstelte. Er fuhr sich mit den Fingern durch die Haare und ging durch den Raum. Er hatte zwei kleine Grübchen direkt über seinem Hintern, die ich vorher noch nie bemerkt hatte.

„Du bist eine Person", erklärte ich und stand auf. Ich zog meine Shorts an. Das war nicht das, was ich mir vorgestellt hatte. „Du kannst dich nennen, wie du willst, aber du bist eine Person. Hast du immer noch das Gefühl, dass wir aus zwei verschiedenen Welten kommen?"

„Natürlich kommen wir aus zwei verschiedenen Welten, aber ich kann das auseinanderhalten", sagte Jean Luc, mehr zu sich selbst als zu mir. Er schritt im Zimmer umher. „Ich kann es getrennt halten. Du musst nicht ins Clubhaus gehen oder so. Ich kann einfach Jean Luc sein, wenn du da bist."

„Was?", fragte ich verwirrt. „Ich möchte nicht nur an dem Jean Luc-Teil deines Lebens teilhaben. Ich wollte ein gemeinsames Leben aufbauen, unsere eigene Welt schaffen."

Die Worte, die in Kristas Küche so vielverspre-
chend geklungen hatten, ertönten dumpf zwischen
uns. Er lehnte sich gegen die Kommode und ich
zog meine Schuhe an. Wir schwiegen beide.

„Wenn wir eine Welt erschaffen", sagte Jean
Luc, „woher weiß ich, dass du bleibst? Letztes Mal
hast du ein paar Waffen gesehen und bist ausge-
flippt."

Ich durchquerte das Schlafzimmer und nahm
seine Hand. Er hatte recht.

„Ich habe etwas über meine Kindheit und mein
Leben gelernt", entgegnete ich. „Ich kann nicht
versprechen, dass ich nicht ausflippe, aber ich
kann versprechen, über Dinge zu reden und es zu
versuchen. Ist es nicht das, was du vorhin gesagt
hast: dass du es versuchen willst?"

„Ja." Er zog mich an sich. „Mir gefällt deine
Idee. Lass uns unsere eigene Welt aufbauen und es
ausprobieren."

Er senkte den Kopf und gab mir einen leichten
Kuss. So sehr ich auch in dem Gefühl seiner Arme
um mich herum schwelgen wollte, alles war ein
wenig rau zwischen uns.

„Ich gehe jetzt", sagte ich und legte die Wange
an seine Schulter. „Ruf mich an, okay?"

„Das werde ich." Er küsste mein Haar. „Ich rufe
dich morgen an."

Kapitel 40

Miriam

Es war fünf Uhr morgens und ich konnte nicht schlafen. Nachdem ich mich ein wenig hin und her gewälzt hatte, beschloss ich, mir etwas anzuziehen und zum Café in der Nähe zu gehen. Seit ich meine Kanzlei eröffnet hatte, war ich Stammkunde in Mr. Valeccis Laden geworden und seine Espressomaschine war immer früh eingeschaltet.

Nachdem ich mir einen Cappuccino und hausgemachte Biscotti geholt hatte, setzte ich mich an einen Ecktisch. Ich hatte einen Scheidungsfall mit einer neuen Zeugenaussage zu bearbeiten.

„Hey." Es war Pete. Um fünf Uhr dreißig morgens, gut fünfundvierzig Minuten Fahrt von seiner Wohnung entfernt.

Er war mir gefolgt.

„Was machst du hier?", fragte ich mit einem flauen Gefühl im Magen.

„Ich wollte mit dir reden." Er zog einen Stuhl neben meinem heran und setzte sich.

Mr. Valecci beobachtete uns. Ich nahm Blickkontakt mit ihm auf und hoffte, dass ich „Bitte helfen Sie mir" vermittelte.

„Sag, was immer du sagen willst und dann geh, Pete." Ich wühlte mich durch Papierkram, in der Hoffnung, beschäftigt und abgelenkt auszusehen.

Er ergriff meine Hand. Ich stöhnte auf.

„Ich bin in dich verliebt." Er hatte Tränen in den Augen. „Ich möchte so sehr mit dir zusammen sein. Ich vermisse dich."

Ich seufzte. So unheimlich er auch war, er war offensichtlich verletzt. „Es tut mir leid, dass du so fühlst." Ich versuchte, meine Finger aus seinem Griff zu befreien. „Aber ich will nicht mit dir zusammen sein. Weder jetzt, noch jemals. Es ist aus zwischen uns. Du musst das akzeptieren und aufhören, mir nachzulaufen. Hast du das verstanden? Ich will dich nie wiedersehen."

Er nickte und ich zog meine Hand zurück. „Bist du sicher, dass ich nicht einfach auf einen Kaffee bleiben kann?", fragte er. Eine dicke Träne rann ihm über die Wange.

Mr. Valecci kam herüber und räusperte sich. „Gibt es hier ein Problem?", erkundigte er sich.

Gott segne sein Herz. Er war bestimmt achtzig Jahre alt. Kaum bedrohlich, aber ich hoffte, Pete hatte die Botschaft verstanden.

„Ja." Ich sah zu Mr. Valecci auf. „Mein Freund wollte gerade gehen."

Als er merkte, dass er geschlagen war, stand Pete auf. „Ich werde dich immer lieben, Miriam." Dann drehte er sich um und ging.

Mr. Valecci sah mich an und fragte: „Ihr Romeo weiß nicht, dass es vorbei ist?"

„Ja." Ich kicherte leise. „Er ist ein Ex. Danke, dass Sie eingesprungen sind. Ich weiß das sehr zu schätzen."

„Nessun problema." Er lächelte. „Genießen Sie

Ihren Cappuccino."

Die Tische im Restaurant waren zu klein, so dass es schwierig war, sich auszubreiten. Nachdem ich meinen Kaffee ausgetrunken hatte, packte ich meine Sachen und ging nach Hause. Es regnete nicht, also würde der Spaziergang angenehm sein. Das Wetter war kalt und klar. Der Herbst war im Anmarsch und ich atmete das letzte bisschen Sommer tief ein.

Als ich weiterging, bemerkte ich leise Schritte. Etwas stieß mich von hinten an und meine Tasche flog auf den Boden. Ich hörte das metallische Klirren meiner Pfefferspray-Dose, die auf dem Pflaster aufschlug. Bevor ich danach greifen konnte, schlossen sich Arme um mich und zogen mich hoch.

„Wir müssen reden", flüsterte die Stimme heiser.

Es war Pete. Natürlich hatte er den Coffeeshop nicht wirklich verlassen. Er hatte darauf gewartet, dass ich nach Hause ging. Wie dumm hatte ich nur sein können?

„Lass mich los." Ich versuchte, es ruhig zu sagen, aber es kam als Kreischen heraus.

Er zerrte mich halb über einen Bordstein und zu einem silbernen Auto. Sein Audi. Er riss die Tür auf der Beifahrerseite auf und schubste mich hinein. Ich zog an der kleinen Lasche, um die Tür erneut zu öffnen, aber sie ließ sich nicht bewegen. Er musste sie so eingestellt haben, dass sie sich für mich nicht entriegeln ließ. Mein Herzschlag wurde schneller.

Ich erinnerte mich daran, dass mein Handy in meiner Gesäßtasche war und griff hinter mich. Gerade als ich es herausnehmen wollte, öffnete sich die Fahrertür und er rutschte hinein und startete den Wagen.

„Beruhige dich", befahl er. Seine Stimme war kühl und gelassen, ganz und gar nicht von der Tatsache beeinflusst, dass er mich gerade von der Straße entführt hatte. „Wir werden ein romantisches Wochenende in der Hütte verbringen, von der ich dir erzählt habe. Das wird lustig." Er lächelte, aber es war mehr ein bloßes Zeigen der Zähne. Es war das, was seiner Meinung nach ein Lächeln sein sollte.

Ich schaute zurück zum Café. Vielleicht hatte Mr. Valecci etwas gesehen und die Polizei gerufen, aber es war zwei Blocks entfernt. Zu weit weg. Wenigstens hatte ich mein Handy. Ich musste nur warten, bis Pete nicht hinsah, damit ich es benutzen konnte.

„Niemand wird dich holen", flüsterte er mehr zu sich selbst. „Ich bin stellvertretender Staatsanwalt – glaubst du, sie würden mich verhaften?" Er warf mir einen Seitenblick zu. „Nur für den Fall, dass du daran denkst, etwas Dummes zu tun: Lass es."

Wir fuhren auf die Autobahn. Pete änderte sein Verhalten und versuchte, Small Talk zu machen. „Und, wie läuft's bei der Arbeit?" Lässig setzte er den Blinker und wechselte die Spur. Sicherheit ging vor, wenn man jemanden entführte.

Als ich nicht antwortete, wurde seine Stimme grober. „Erzähl mir davon", verlangte er. Ich erschrak über seine Eindringlichkeit. Pete war normalerweise manipulativ – Machtdemonstrationen waren nicht sein Stil.

Ich fing an zu reden. Nervös zu quasseln. Ich ratterte die Details einiger Fälle herunter, nichts allzu Vertrauliches, aber genug, um Pete zum Zuhören zu bewegen. Er fuhr einfach weiter nach Nordosten. Immer weiter weg von Seattle und der Zivilisation.

Während wir unterwegs waren, überlegte ich, wen ich um Hilfe bitten könnte. Die Polizei? Pete hatte recht, niemand würde ihn verhaften. Ich war mir nicht einmal sicher, ob sie mir helfen würden, wenn sie erkannten, wer er war. Ich könnte meinen Vater anrufen, aber der würde sofort die Polizei rufen und ich wäre wieder in der gleichen Situation.

Jean Luc?

Ja, natürlich.

Wenn ich Hilfe brauchte, war er sofort zur Stelle, wenn es nötig war. Er würde sich auch nicht von der Tatsache blenden lassen, dass Pete ein Staatsanwalt war. Er würde mich einfach da rausholen.

Nach gefühlten Stunden fuhr Pete auf einen kleinen Schotterparkplatz vor einer zweistöckigen Hütte.

„Das ist das Büro. Ich muss die Schlüssel für

unsere Hütte holen. Es wird nicht lange dauern." Er packte mich an der Schulter und zog mich für einen Kuss zu sich heran. „Hier gibt es meilenweit nichts. Man kann nirgendwo hin. Ist das nicht schön?"

Ich starrte ihn an. Er mochte so tun, als sei dies ein nettes Wochenende, aber er hatte mir gerade gesagt, ich solle nicht weglaufen.

Sobald er im Büro verschwunden war, zückte ich mein Handy und schrieb Jean Luc eine SMS. *Gekidnappt. Pete. Hütten für romantischen Ausflug. Hilfe.*

Meine nächste Nachricht war die Adresse des Büros und ich erklärte, dass ich nicht wüsste, wohin er mich bringen würde. Pete kam gerade aus der Eingangstür der Hütte, als ich mein Handy in meinen BH steckte. Ich hoffte, es würde weniger auffallen als in meiner Gesäßtasche.

„Ist hier alles in Ordnung?", fragte er und rutschte auf den Fahrersitz.

„Ja. Kein Problem. Ich freue mich nur auf unseren Ausflug." Ich lächelte. Vielleicht konnte ich ihn, wenn ich mitspielte, davon überzeugen, mich gehen zu lassen.

Pete fuhr zurück auf den Highway und bog dann ab. Nach einer Minute wurde mir klar, dass er auf eine kleine Karte schaute, die ihm das Büro für die Hüttenvermietung gegeben haben musste.

„Soll ich das mal halten und dir beim Navigieren helfen?" Ich versuchte, fröhlich zu klingen. Wir waren nur ein weiteres Paar auf einem romantischen Urlaub, richtig?

Pete sah mich mit zusammengekniffenen Augen an, reichte mir aber die Karte. „Sag mir, wann ich abbiegen muss."

Wir fuhren noch ein paar Kilometer, was mir viel Zeit gab, mir unseren Standort auf der Karte einzuprägen. Schließlich bogen wir in eine weitere Schottereinfahrt ein.

„Home Sweet Home", verkündete Pete lächelnd.

Die Hütte war ebenerdig – ich konnte aus jedem Fenster entkommen. Aber es war nichts in der Nähe und es waren mindestens fünf Kilometer bis zur Hauptstraße. Es würde ein schwieriger Lauf werden. Wenigstens hatte ich Jeans und Tennisschuhe an.

„Bleib da", sagte er scharf. Er kam um das Auto herum, öffnete meine Tür und streckte mir die Hand hin. „Lass mich dir helfen, meine Liebe."

Wir hielten uns an den Händen und gingen auf das Haus zu. Er drückte meine Finger ein wenig, als wir die Treppe hinaufgingen. „Darauf habe ich schon so lange gewartet." Pete drehte sich zu mir um. „Mach das nicht kaputt. Hast du verstanden?"

Sollte ich nicht weglaufen? Nicht fliehen?

O ja, ich verstand. Er wollte seine verrückte Fantasie ausleben.

„Klar, Schatz." Ich verschluckte mich fast an meinen eigenen Worten. „Wir werden viel Spaß haben."

Als wir drinnen waren, führte er mich in das

große Schlafzimmer. Ich spürte, wie mir die Galle in den Hals stieg. Ich dachte, wir hätten mehr Zeit. „Bleib hier", wies er mich an. „Ich muss auspacken. Versuch nicht, zu fliehen."

Sobald er weg war, spähte ich aus dem Fenster. Das Schlafzimmerfenster lag zum Auto hin. Verdammt! Hier herauszuklettern würde unmöglich sein, zumindest im Moment.

Ich prüfte mein Handy. Keine Antwort von Jean Luc.

Er würde aber kommen, sobald er meine SMS gesehen hatte. Ich wusste es. Ich musste mich nur zusammenreißen, bis er ankam. So schnell wie meine Finger fliegen konnten, schickte ich ihm die Wegbeschreibung, die ich mir von der Karte eingeprägt hatte.

Das Auto piepte, als Pete abschloss. Er kam wieder herein. Die Stufen der Veranda knarrten, während er sie hinaufging. Ich sah mich nach einem Versteck für mein Handy um. Ich lief zum großen begehbaren Kleiderschrank, zog einen Teil des Teppichs hoch und verbarg das Telefon darunter. In der gegenüberliegenden Ecke stand ein leeres Schuhregal, also schob ich es weg, um die leichte Beule im Läufer zu verbergen.

Die Haustür knallte zu. Ich musste normal wirken. Ich rannte und setzte mich auf das Bett.

Einatmen. Ausatmen. Einatmen. Ausatmen.

Ich konzentrierte mich darauf, meinen Atem zu verlangsamen. Ich durfte Pete nicht darauf aufmerksam machen, dass ich etwas vorhatte, indem ich wie ein Marathonläufer keuchte.

„Hey, Süße", rief Pete und stürmte ins Schlafzimmer. „Warum packst du nicht unsere Sachen aus? Ich habe etwas Besonderes für dich mitgebracht." Er grinste.

Einatmen. Ausatmen.

„Ich kann es kaum erwarten." Ich lächelte und hoffte, dass sich die Angst nicht in meinem Gesicht abzeichnete.

Pete hob die Taschen hoch und kippte den Inhalt auf das Bett. Ich erhaschte einen kurzen Blick auf eine Ausbeulung unter seinem Mantel. So etwas hatte ich schon einmal gesehen, bei Jean Luc. Es war eine Pistole. Pete zwinkerte mir zu und ließ mich dann allein. Seit wann zwinkerte er?

Ich sortierte den Kleiderstapel, den Pete auf dem Bett ausgekippt hatte und begann, einen Plan zu entwerfen. Ausgehend davon, wie lange wir für die Fahrt hierher gebraucht hatten, schätzte ich, dass Jean Luc zwei oder drei Stunden unterwegs sein würde. Ich musste Pete also nur drei Stunden oder so beschäftigen.

Als ich auspackte, spürte ich, wie mir eine Gänsehaut über den Rücken lief.

Er hatte Dessous eingepackt – eine Menge. Spitze, Netzstrümpfe, Negligés, Bodys, sowohl aus Satin als auch aus Leder. Er musste ein Vermögen ausgegeben haben. Meine Hände begannen zu zittern. Ich wusste, was er für diese Reise geplant hatte, aber das machte es mir noch deutlicher.

Ich musste einen kühlen Kopf bewahren. Die

Realität war, dass ich vergewaltigt werden würde. *Einatmen, ausatmen.* Mein Fokus lag jetzt darauf, nicht getötet zu werden.

Ich ließ mir so viel Zeit, wie ich glaubte, dass er mir erlauben würde, räumte die Kleidung ein und ging ins Wohnzimmer. Pete kochte gerade Spaghetti und Fleischbällchen.

„Hey, was machst du da?", fragte ich. Die Uhr zeigte Viertel vor neun. „Gibt es Spaghetti zum Frühstück?" Er hatte eine offene Flasche Wein auf dem Tresen stehen. Chianti. Das Knoblauchbrot war fertig und wartete auf den Ofen.

„Ich dachte, wir könnten ein schönes Abendessen haben." Er grinste und nahm einen Schluck von seinem Wein. „Und da es in der Nähe kein Restaurant gibt, koche ich."

„Aber es ist neun Uhr morgens." Er hatte das offensichtlich schon eine Weile geplant, und ich wollte ihn nicht verärgern. „Warum machen wir nicht etwas Lustiges, wie eine Wanderung oder so? Auf dem Weg hierher habe ich ein Schild für ein Besucherzentrum gesehen. Vielleicht haben die einen Wasserfall, zu dem wir wandern können?"

Sofort bedauerte ich meine Worte. Eine Wanderung wäre schlecht. Allein, im Wald, nur wir beide, wäre keine gute Idee. Doch nachdem ich die Spaghetti gesehen hatte, hätte ich wetten können, dass Pete schon eine Vorstellung davon hegte, wie unser erstes Mal aussehen sollte. Er wollte ein nettes Abendessen, vielleicht Kuscheln auf dem Sofa. Aber er hatte mich sehr früh am Morgen entführt, also war sein Zeitplan durcheinandergeraten.

Ich schlenderte zu ihm hinüber. Er runzelte die Stirn. „Lass uns heute etwas Lustiges machen, dann kommen wir zurück und könnten uns einen Film ansehen." Ich versuchte, ein verschämtes Lächeln aufzusetzen. „Wir können heute Abend kuscheln und dein wunderbares Abendessen genießen. Aber erst nach einer schönen Wanderung. Oder wir können in das Casino der Ureinwohner gehen, das wir auf dem Hinweg gesehen haben. Erinnerst du dich daran? Lass uns ein bisschen Blackjack spielen!"

Das Casino war ein Schuss ins Blaue. Er wusste, dass ich Glücksspiele hasste, aber es war voller Menschen und Sicherheitspersonal. Eine viel bessere Option als Wandern.

Alles, um mich aus dieser Hütte herauszuholen.

„Nein", sagte er fest, während er die Soße umrührte. „Wir werden essen, Wein trinken und Liebe machen."

Ich erstarrte. Er hatte es gesagt. Offensichtlich hatte er das mit dem Stapel Unterwäsche im Sinn gehabt, aber jetzt war es wirklich wahr. Es würde mindestens zwei Stunden dauern, vielleicht auch länger, bis Jean Luc es herschaffen würde. Ich hatte keine Ahnung, ob er meine Nachricht überhaupt schon gesehen hatte.

„Zieh dir etwas von dem an, was ich dir mitgebracht habe." Sein Gesicht war versteinert und ich konnte ihn nicht richtig lesen. Aber seine Stimme klang sehr kontrolliert. „Wir können uns einen romantischen Film ansehen, während wir darauf warten, dass die Soße fertig ist."

Meine Hände begannen zu zittern, ich steckte sie in die Taschen und starrte vor mich hin. Das war nicht der Pete, den ich kannte. Er war ein ganz anderer Mensch.

„Geh", brüllte er. „Jetzt."

Ich zuckte zusammen und rannte ins Schlafzimmer.

Der Raum befand sich auf der Vorderseite des Hauses, die Küche auf der Rückseite. Als ich mir das Fenster ansah, stellte ich fest, dass es groß genug war, um mich hindurchzuzwängen. War es das Risiko wert?

Auf dem Weg hierher war niemand sonst auf der Straße unterwegs gewesen. Ich war mir nicht sicher, ob es daran lag, dass es noch so früh war oder weil es so abgelegen lag. Ich hatte keine Geschäfte oder andere Wohnhäuser gesehen. Ich seufzte. Alle Hütten in der Umgebung könnten leer stehen, weil sie zu mieten waren und die Sommersaison vorbei war. Es hatte zu regnen begonnen, was bedeutete, dass jetzt weniger Leute unterwegs sein würden. Verdammt.

Ich lief zum hinteren Teil des Schranks und zog den Teppich zurück, um mein Handy zu holen. Von Jean Luc war nichts gekommen, außerdem war mein Akku fast leer. Schlief er noch? War er wütend? Ich konnte mir nicht vorstellen, dass er so sauer war, dass er nicht versuchen würde, zu helfen.

Verzweiflung machte sich in mir breit. Was, wenn niemand kommen würde? Ich hatte noch zwei Prozent Akku übrig, genug für eine weitere SMS. Pete würde mich reden hören, also kam ein Notruf nicht in Frage.

Ein Pop-up-Fenster erschien auf meinem Handy. Nur noch ein Prozent Akku. Wenn Jean Luc nicht kommen würde, brauchte ich Hilfe. Ich schickte meinem Vater eine SMS mit dem Standort der Hütte und dem Wort *„Polizei."* Als ich auf Senden drückte, gab mein Telefon den Geist auf. Die SMS war gar nicht erst gesendet worden.

Jean Luc war meine einzige Hoffnung.

Nachdem ich das Gerät wieder in sein Versteck gelegt hatte, betrachtete ich den Kleiderschrank. Ich wühlte mich durch zehn verschiedene Outfits, bevor ich etwas halbwegs Konservatives fand, ein rotes Satinjäckchen und ein Paar winzige passende Shorts.

Eines der schwierigsten Dinge, die ich je in meinem Leben tun musste, war, meine Schuhe auszuziehen. Ohne sie hatte ich keine Chance, weit zu kommen, wenn ich laufen musste. Ich behinderte mich selbst und ich wusste es. Ich spürte, wie mir die Tränen kamen und mein Atem bebte, als ich meine Turnschuhe aufknöpfte. Ich stellte sie auf den Schuhständer und zog pflichtbewusst das schlüpfrige Outfit an.

„Zieh deine Unterwäsche aus."

Ich zuckte bei dem plötzlichen Befehl zusammen. Pete stand in der Tür zum Schlafzimmer und runzelte die Stirn.

„Es wird ein romantischer Abend werden. Zieh die Unterwäsche aus und bring mir deine Kleidung, wenn du fertig bist. Ich werde sie verbrennen.“

Er drehte sich um und ging. Meine Finger bebten jetzt so sehr, dass ich es fast nicht schaffte, meinen eigenen BH zu öffnen. Keine Unterwäsche. Nur ein winziges Stückchen Stoff zwischen ihm und meinem Körper. Ich erschauderte.

Nachdem ich mich entkleidet hatte, zog ich das Outfit wieder an. Ich zitterte, als der Satin über meine Haut glitt. Ich wollte das nicht, ich wollte es nicht mit ihm. Hatte Jean Luc meine Nachricht erhalten? Konnte er schnell genug hier sein?

Kapitel 41

Skeeter

Wir waren zu fünft, als wir an der Hütte ankamen. Auf dem letzten halben Kilometer schalteten wir die Motoren ab und rollten. Hoffentlich hörte Pete, der Vergewaltiger, uns nicht.

Sobald ich Miris SMS erhalten hatte, fing ich an, Befehle zu bellen und die Jungs zu organisieren. Ich konnte nicht zulassen, dass ihr das passierte.

„Umstellt das Haus." Ich versuchte, leise zu sein. „Sie wissen wahrscheinlich, dass wir hier sind. Versucht, ihn davon abzuhalten, wegzulaufen und sie mitzunehmen. Lasst ihn gehen, wenn es sein muss. Sie ist diejenige, wegen der wir hier sind."

Die Jungs gingen hinten herum und ich schlich mit Clint im Rücken die Treppe hinauf. Ich machte mir nicht die Mühe, anzuklopfen. Mit gezogener Waffe trat ich gegen die beschissene Tür der gemieteten Hütte. Sie gab nach. An einer anderen Stelle im Haus zerbrach Glas und eine Frau schrie. Miri schrie. Ich atmete erleichtert auf. Sie war am Leben.

Jetzt war es an der Zeit, jemandem in den Arsch zu treten.

Sie saßen vor dem Fernseher. Er hatte sie an den Haaren gepackt, hielt sie vor sich und ihre Arme dabei fest. „Lass sie los", sagte ich ruhig.

„Nein." Pete schüttelte den Kopf. „Ich werde sie nicht noch einmal an dich verlieren. Sie gehört mir, verdammt noch mal."

Ich zog meine Neun-Millimeter. Sie hatte die nötige Power und war leicht zu verbergen. Perfekt für diese Situation.

„Lass sie gehen", wiederholte ich mit gleichmäßiger Stimme. „Lass sie gehen und du kannst einfach nach Hause gehen."

„Wir waren gerade dabei, zum guten Teil zu kommen." Er fasste Miri an die Brust. „Willst du vielleicht zusehen?"

Ich richtete meine Waffe auf seinen Kopf.

„Nein!", kreischte Miri. „Du darfst ihn nicht umbringen. Es gibt zu viele Beweise. Er hat das hier unter seinem eigenen Namen gemietet."

„Das gehört alles mir." Er lachte und schob seine Hand zwischen ihre Beine.

Sie keuchte und ich sah rot. Ich steckte meine Waffe in den Halfter. Ich wollte dieses Arschloch zu blutigem Brei prügeln. Eine einfache, schmerzlose Kugel war zu gut für ihn.

Ich holte zum Schlag aus. Er ließ sein Gesicht ungeschützt. Ich spürte das Knirschen seiner Nase, als meine Faust traf. Perfekt erwischt – nur, dass er nach hinten umkippte und sie nicht losließ. Sie fielen beide auf den Couchtisch.

Ich packte Miri am Arm und zog sie aus den Möbeltrümmern hoch. „Bist du okay?", fragte ich.

Verdammt, sie war verängstigt. Ihre Haut war blass und kalt und ich konnte ihre Zähne klappern hören.

Ich erwartete, dass sie nicken würde, dass es ihr gutging, aber stattdessen sagte sie: „Er hat eine Pistole."

Ich schob sie hinter mich, drehte mich wieder zu Pete um und sah in die Mündung einer .45er.

Verdammt. Meine Waffe war noch in meiner Jacke.

„Hör mal, Mann." Ich musste mir etwas einfallen lassen, um ihm das auszureden, also wiederholte ich einfach, was Miri gesagt hatte. „Sie hat recht, nicht wahr? Du hast diese Hütte unter deinem eigenen Namen gemietet."

Ich konnte an seinem wütenden Blick erkennen, dass er es getan hatte.

„Wenn du mich erschießt, werden sie über dich herfallen wie eine Ente über einen Maikäfer. Bei einem so großen Verbrechen spielt es keine Rolle, ob du der stellvertretende Staatsanwalt bist, oder?" Ich grinste. Ich hatte ins Schwarze getroffen und Miri war sicher hinter mir. Zeit, ein wenig Spaß zu haben. „Sie würden in diese Hütte kommen und sehen, dass du einen romantischen Abend geplant hast." Ich lachte. „Dann wüssten sie, dass du damit auf die Schnauze gefallen bist. Du würdest sie nicht einmal dazu bringen, dich zu ficken, wenn du ihr eine Pistole an den Kopf hältst."

Pete griff an. Es war ein ziemlich armseliger Versuch von einem Schuljungen. Er rannte mit ausgestreckten Armen auf mich zu, um mich zu erwürgen, aber er hatte die Waffe nicht fallen lassen. Ich schlug sie ihm aus der Hand und verpasste ihm einen schönen Ellbogen ins Gesicht und dann einen Schlag in den Bauch. Er ging zu Boden, rollte herum und hielt sich die Nase.

Ich wandte mich an Miri. „Wie geht's dir?"

Ihre Augen waren wild, aber sie sah unverletzt aus. „Ich möchte nach Hause. Jetzt." Sie packte meinen Arm. „Bring mich nach Hause, bitte."

Da der gute Staatsanwalt immer noch vor Schmerzen heulte, legte ich meinen Arm um ihre Taille und hob sie kurz hoch. Nur eine schnelle Version unserer üblichen Umarmung.

Als ich aufblickte, bemerkte ich endlich die Jungs, die in der Hütte herumstanden.

„Hey, Clint, bring dieses Arschloch zur Vernunft. Er muss die Stadt verlassen und darf nie mehr zurückkommen." Ich ließ den Arm um Miri. „Ich kümmere mich um sie."

Ich verließ Clint und die anderen Jungs, die sich um Pete versammelt hatten. Ich nahm Miris Ellbogen und führte sie ins Schlafzimmer.

„Wo sind deine Kleider, *ma chérie*?", fragte ich.

„Er hat sie verbrannt." Sie schniefte. Sie war den Tränen nahe, was nicht weiter verwunderlich war, wenn man bedachte, was sie durchgemacht hatte.

Ich ging zum Kleiderschrank. Fuck. Da war ein Haufen beschissener Unterwäsche und etwas Männerkleidung. Ich warf eine Jeans und ein Sweatshirt auf das Bett. „Die kannst du anziehen, bis wir zu Hause sind."

„Nein", flüsterte sie. „Ich werde seine Kleider nicht tragen. Ich habe noch meine eigenen Schuhe. Die werde ich anziehen."

Sie setzte sich auf das Bett und zog methodisch ihre Schuhe an. Abgesehen davon, dass ihre Finger zitterten, als sie die Schnürsenkel zuband, war sie ruhig – zu ruhig. Ich glaubte nicht, dass er sie vergewaltigt hatte, aber vielleicht irrte ich mich hier. Furcht überkam mich.

„Okay, wir finden schon etwas anderes für dich." Ich setzte mich neben sie und zog sie an meine Seite. „Hat er …"

„Nein." Sie schüttelte den Kopf. „Er war nah dran. Ich habe ihn hingehalten, aber das hätte ich nicht mehr lange geschafft."

Ich drückte sie an mich. Zum Glück waren wir rechtzeitig da gewesen.

„*Ma chérie.*" Ich löste unsere Umarmung. „Wir müssen zurückfahren. Du kannst meine Jacke anziehen, okay?"

In der Ferne heulten Sirenen. Verdammt.

„Hast du das gehört?", fragte Clint durch die Tür zum Schlafzimmer. „Pack sie ein. Wir müssen los."

Die Sirenen wurden lauter und jetzt konnten wir Motoren hören. Clint und ich fluchten, als wir das Quietschen der Reifen auf der Kiesauffahrt hörten.

„Geh ins Wohnzimmer." Ich packte Miri am Arm und zog sie hoch. „Clint wird sich um dich kümmern, okay?"

„Ich werde es erklären." Ihre Zähne begannen zu klappern, als sie versuchte zu sprechen. „Ich werde es erklären. Ich habe meine Schuhe. Ich kann es erklären."

Ich sah Clint an und konnte erkennen, dass er genau dasselbe dachte wie ich. Miri musste sich zusammenreißen. Ohne sie stand unser Wort gegen das des stellvertretenden Staatsanwalts von Seattle. Wenn wir im Gefängnis landen würden, während sie diese Scheiße klärten, gäbe es niemanden, der Miri vor Pete beschützen könnte.

„Wir haben das Haus umstellt", dröhnte eine Stimme aus einem Megaphon zu uns herein.

„Fuck." Ich schob Clint und Miri durch die Tür und zurück ins Wohnzimmer.

Das war meine verdammte Operation und Rip, Roach und Crash standen um Pete herum. Miris Ex war entkleidet und mit den Gürteln der Jungs gefesselt worden. Clint hatte auf der anderen Seite des Raums seinen Arm um Miri gelegt. Fünf Biker, ein eingeschnürter Staatsanwalt und eine verängstigte Frau, die etwas von ihren Schuhen murmelte, würden auf die Polizisten keinen guten Eindruck machen.

„Ich gehe da raus", sagte ich. Ich reichte Clint meine Neun-Millimeter. „Pass auf Miri auf." Es war an der Zeit, mich der Gnade des Gerichts auszuliefern.

Die Eingangstür der Hütte hing in einem wilden Winkel, weil ich sie eingetreten hatte. Ich schaffte es, mich um sie herumzuschieben und hielt die Hände in die Luft. Zwei Sheriffs richteten ihre Handfeuerwaffen auf mich. In der Einfahrt standen zwei Autos, also warteten wahrscheinlich noch zwei weitere Typen darauf, dass wir etwas taten.

„Ich bin der Gute", rief ich und hoffte, dass ich irgendwie zu ihnen durchdringen konnte. „Wir werden alle kooperieren."

„Nehmen Sie die Hände hinter den Kopf", sagte der Sheriff durch sein Megaphon. „Wenn Sie tun, was wir sagen, werden wir nicht schießen."

Ich legte die Hände auf den Kopf. Das war eine faire Forderung. Wenn ich an ihrer Stelle wäre, würde ich allen Handschellen anlegen und die Sache später klären.

Der Deputy hielt seine Pistole fest, als er die Stufen der Veranda hinaufging.

„Es sind sechs Personen im Haus, Sir", sagte ich so höflich wie möglich. „Die Frau ist das Opfer, vier Männer wie ich und der Schuldige."

„Wir nehmen Sie alle mit aufs Revier", sagte der Hilfssheriff. „Dort können Sie Ihre Unschuld beteuern."

„Nein!", schrie Miri aus dem Inneren der Kabine.

Ich schaute über die Schulter und Miri rannte zu uns, Clint hinter ihr her. Sie lief auf den Deputy zu. Die Augen des Mannes wurden groß. Er ließ mich auf der Veranda stehen und eilte die Treppe hinunter.

Miri rannte direkt auf die Polizisten zu und die

waren bereits aufgeschreckt. Ich musste sie aufhalten, bevor einer der Hilfssheriffs das Feuer eröffnete. Ich flitzte hinter ihr her, aber sie stolperte die Treppe hinab. Ich bückte mich, um ihr aufzuhelfen, als uns wieder eine Stimme durch das Megafon anschrie.

„Lassen Sie die Frau auf dem Boden liegen", sagte der Beamte. „Sie beide nehmen die Hände hinter den Kopf und gehen langsam auf mich zu."

„Verdammt", murmelte Clint hinter mir. „Ich will nicht wieder verhaftet werden."

„Geht es dir gut, *ma chérie*?", fragte ich. Sie saß auf dem Kies und hatte Schrammen von den Kieseln an den Schienbeinen.

„Ja, mir geht's gut." Sie kroch zu der unteren Stufe und setzte sich. „Aber ich habe mir das Handgelenk verletzt. Tu, was die Polizei sagt, ich werde ihnen sagen, was passiert ist."

„Hände hinter den Kopf!", rief der Beamte. „Wenn ich es Ihnen noch einmal sagen muss, dann ist das Widerstand gegen die Staatsgewalt."

Clint und ich gehorchten beide und gingen langsam die Treppe hinunter. Ich warf einen letzten Blick auf Miri. Sie schien zumindest etwas klarer zu sein und das war gut so. Ich war mir aber immer noch nicht sicher, ob es ihr wirklich gutging. Pete hatte viel Zeit gehabt, um zu tun, was er wollte, bevor wir angekommen waren und sie hatte sich merkwürdig verhalten.

„Nah genug. Hören Sie auf zu laufen und legen Sie sich mit dem Gesicht nach unten auf den Boden", befahl der Sheriff.

Es war nicht mein erstes Mal bei diesem Rodeo. Clint und ich legten uns beide hin und warteten darauf, dass uns Handschellen angelegt wurden. Miri hatte die beste Aussicht, als ich verhaftet wurde. Wenn sie schon nicht damit zurechtkam, ein paar Waffen zu sehen, würde sie nach dieser Erfahrung die Flucht ergreifen.

Mit einem Gesicht voller Kies verrenkte ich den Hals und versuchte, einen Blick auf sie zu erhaschen. Sie saß auf den Stufen der Veranda, hielt sich das Handgelenk und starrte in die Ferne.

„Die Frau braucht medizinische Hilfe", sagte ich dem Beamten, der über mir kniete. „Sie könnte vergewaltigt worden sein."

„Wir werden sie im Krankenwagen untersuchen lassen." Der Hilfssheriff packte mich am Arm und half mir auf die Beine. „Was war Ihre Rolle in dieser Sache?"

Ich wusste es besser, als darauf zu antworten.

„Ich sage gar nichts", erwiderte ich. „Nur, dass sie einen Arzt braucht. Für den Rest können Sie meinen Anwalt fragen."

Kapitel 42

Miriam

Die Welt war verschwommen, als ich die Augen öffnete. Ich war in einem Krankenhauszimmer, und mein Handgelenk tat höllisch weh. Meine Mutter saß auf dem Stuhl neben meinem Bett und löste ein Kreuzworträtsel. Ich versuchte, mich daran zu erinnern, warum ich hier war und dann fiel mir alles wieder ein. Pete, Jean Luc, die Polizei, die verdammte Treppe, die ich hinuntergefallen war und die Fahrt im Krankenwagen. Das war so ziemlich der schlimmste Tag meines Lebens gewesen.

„Mom?" Ich war überrascht, wie schwer es war, zu sprechen.

„Hey, Süße", sagte sie leise. Sie strich mit ihrer Hand über meine Wange. „Wie geht's dir? Geht es dir gut?"

„Wo ist Jean Luc?", fragte ich. Ich setzte mich auf und sah mich um. Er war nicht im Krankenzimmer. Dann fiel mir ein, dass er verhaftet worden war. „Ist er noch in Gewahrsam?"

„Leg dich einfach hin." Sie half mir, mich wieder in die Kissen zu kuscheln. „Wie sieht es mit deinem Angstgefühl aus? Brauchst du mehr Valium?"

Ich stöhnte. Deshalb fühlte sich mein Kopf so komisch an und es fiel mir schwer, mich an etwas zu erinnern. Valium.

„Nein, nein", versicherte ich ihr. „Mir geht es gut. Ich will nur Jean Luc sehen."

„Das Krankenhaus hat Tests gemacht", sagte sie. „Wir wissen, was passiert ist. Du kannst aufhören, ihn zu beschützen."

„Wen beschützen?" Warum verhielt sie sich so seltsam? „Wo ist Papa? Ich muss ihm sagen, was passiert ist, damit er Jean Luc verteidigen kann."

„Das Vergewaltigungs-Set ist positiv." Mom drückte meine Hand. „Wir wissen, dass Jean Luc dich in dieser Hütte vergewaltigt hat."

O Gott.

Im Vergewaltigungs-Set wurde auf Sperma getestet und es war Sperma da, weil Jean Luc und ich letzte Nacht Sex gehabt hatten.

Die Polizei dachte, dass er derjenige war, der das getan hatte. In meiner Magengrube machte sich ein großer Klumpen aus Angst breit. Sie würden einen Blick auf seine Motorradweste werfen und ihn einsperren, weil er mich vergewaltigt hatte.

„Ich gehe jetzt auf die Polizeiwache", verkündete ich und schwang die Beine über den Rand des Krankenhausbettes. Ich hielt mich an der Seite des Bettes fest und Schmerz schoss durch mein Handgelenk. Ich fiel zurück auf die Matratze.

„Ist hier alles in Ordnung?", fragte eine Krankenschwester an der Tür.

„Ich muss jetzt gehen", erklärte ich ihr.

***

Widerwillig fuhr mich meine Mutter zu der kleinen Sheriffstation, wo Jean Luc und die anderen Männer festgehalten wurden.

„Schatz, das ist eine schlechte Idee. Du solltest wieder ins Krankenhaus gehen", meinte sie, als sie mir aus dem Auto half. „Du hast ein gebrochenes Handgelenk."

„Mir geht es gut", erwiderte ich und ging die Treppe hinauf. Das Valium brachte mich zwar immer noch ab und zu ins Wanken, aber ich musste meine Sicht der Dinge erzählen. „Ich kann nicht im Krankenhaus liegen, wenn Jean Luc eingesperrt ist. Und wo ist Pete? Haben sie ihn gehen lassen?"

Ein Beamter kam angerannt und öffnete uns die Türen. „Sind Sie Ms. Englestein?", fragte er.

„Ja, und ich bin bereit, eine Aussage zu machen", antwortete ich. „Bringen Sie mich zu dem Beamten, der für meinen Fall zuständig ist."

Sie führten mich in einen Verhörraum und schon bald kam der Sheriff. Es dauerte zwei Stunden, aber ich erzählte ihm die ganze Geschichte und erklärte ihm den Grund für die Ergebnisse des Vergewaltigungs-Sets.

Der Sheriff verengte die Augen, als ob er mir nicht glaubte. „Sie sagen also, dass Sie vom stellvertretenden Staatsanwalt von Seattle entführt und fast vergewaltigt wurden und dass die fünf Biker, die ich in meiner Zelle habe, diejenigen sind, die Sie gerettet haben?", fragte er und klopfte mit seinem Stift auf den Tisch.

„Ja. Sie können mein Handy überprüfen. Ich habe Jean Luc meinen Standort per SMS mitgeteilt, – so wussten sie, wo sie mich finden konnten. Pete hat die Hütte unter seinem eigenen Namen gemietet, – er hat die Entführung geplant. Außerdem hat der Besitzer des Cafés Pete rausgeschmissen, als er mich belästigt hat. Es gibt viele Beweise. Pete ist der Täter und Jean Luc und seine Freunde sind die Guten.“

Der Sheriff warf mir einen harten Blick zu, als könnte er durch mein Gesicht hindurch meine Ehrlichkeit erkennen. „Warten Sie hier. Ich werde Ihre Geschichte überprüfen müssen.“

Er ging, um ein paar Telefonate zu führen, und ich schlief ein wenig. Nach einer Stunde weckte er mich wieder auf.

„Ich habe Ihre Aussage. Gehen Sie nach Hause.“ Er half mir auf die Beine. „Ich glaube, wir haben genug, um Mr. Devaneaux freizulassen, aber es wird eine Weile dauern, bis wir den Papierkram erledigt haben. Ruhen Sie sich etwas aus.“

„Kann ich ihn sehen?“, fragte ich, als der Beamte mich den Flur entlang führte.

„Er wird schon bald entlassen, Ma'am“, versicherte er mir. „Wenn wir den Papierkram für einen Besucher erledigen müssen, verzögert das nur seine Entlassung. Gehen Sie nach Hause und warten Sie dort auf ihn.“

Also ging ich nach Hause und wartete. Und ich wartete. Und ich wartete.

Kapitel 43

Skeeter

Der Sheriff von Chelan County erwies sich als ein feiner Kerl, wenn es um Polizisten ging. Er bestätigte, was Miri ihm über mich erzählt hatte und ließ uns gehen. Pete blieb allerdings eingesperrt. Es war ziemlich lustig mit anzusehen, wie der feine Herr Anwalt uns anglotzte, als wir aus der Arrestzelle entlassen worden waren.

Das Krankenhaus sagte, sie sei entlassen worden, also fuhr ich zum Haus ihres Vaters in Queen Anne. Ich hatte die Zeit aus den Augen verloren, doch es war schon weit nach Mitternacht, als ich vor der Tür stand. Ich hatte gerade meinen Motorradständer heruntergekickt, da ging die Haustür auf. Ich konnte nicht sehen, wer es war, aber sie warteten auf mich.

In der Hoffnung, dass es Miri war, nahm ich zwei Stufen der Verandatreppe auf einmal. Doch es handelte sich um einen Sicherheitsmann.

„Ich möchte Miri sehen", sagte ich dem Mann an der Tür.

„Ms. Englestein ist nicht da, aber Mr. Englestein möchte mit Ihnen sprechen." Der Leibwächter betrat das Haus und führte mich die Treppe hinunter in einen Kellerraum, in dem Mr. Englestein arbeitete.

Er blickte von seinen Papieren auf. „Devaneaux,

setzen Sie sich." Er deutete auf den Stuhl vor seinem Schreibtisch. „Ich habe Sie schon erwartet."

„Hören Sie, wir können später weiterreden." Ich war nicht in der Stimmung, mit ihrem Vater zu sprechen. „Ich will sie nur sehen, um sicherzugehen, dass es ihr gut geht. Ist sie in ihrer Wohnung? Die Bullen sagten, sie sei nach Hause gegangen."

„Es geht ihr gut. Sie schläft schon seit über einer Stunde in ihrer Wohnung." Wieder winkte er auf den leeren Platz. „Setzen Sie sich. Wir müssen uns unterhalten."

Ich setzte mich auf den verdammten Stuhl. „Ich will ganz offen sein", begann ich. „Ich habe gerade zwölf Stunden in einer Zelle verbracht, weil ich einen Kidnapper angegriffen habe. Das Einzige, was ich heute Abend tun will, ist Miri sehen. Also, was immer Sie zu sagen haben, machen Sie es schnell."

„Ich weiß sehr wohl, was Sie heute getan haben", erwiderte Mr. Englestein leise und faltete seine Hände auf dem Schreibtisch. „Ich war derjenige, der Ihre Verteidigung in die Wege geleitet hat. Sie haben sich nur deshalb mit einem anderen Anwalt getroffen, weil ich nicht wollte, dass ein Interessenkonflikt den Fall beeinträchtigt. Ich weiß genau, was Sie in den letzten vierundzwanzig Stunden getan haben – einschließlich der Tatsache, dass Sie ungeschützten Sex mit meiner Tochter hatten."

Fuck. Es fühlte sich an, als hätte mich jemand in den Bauch geschlagen. Als ich mich mit meinem

Anwalt getroffen hatte, dachte ich, Mr. Englestein hätte seine Hände in Unschuld gewaschen. Ein junger Mitarbeiter hatte meine Kaution ausgehandelt, aber Miris Vater hatte offenbar hinter den Kulissen gearbeitet.

„Woher wussten Sie von mir und Miri?", fragte ich und wand mich etwas.

„Ihr Vergewaltigungs-Set war positiv." Mr. Englestein presste die Lippen aufeinander. „Sie musste es allen erklären."

„Verdammt." Ich schloss die Augen und stellte mir vor, wie sie versucht hatte, dem Polizisten alles darzulegen. „Ich wünschte, ich hätte sie davor bewahren können."

„Ich auch", flüsterte ihr Vater. „Wie auch immer, ich bin froh, dass Sie vorbeigekommen sind. Ich wollte mit Ihnen reden – von Mann zu Mann."

Miris Mutter Joan war beängstigend gewesen, aber Gerald, Mr. Englestein, war verdammt furchteinflößend. Er knackte mit den Knöcheln und erinnerte mich an einen erfahrenen Boxer.

„Joans Vater hasste mich. Er nannte mich einen nichtsnutzigen Krankenwagenverfolger – und er hatte nicht Unrecht." Sein Blick wurde abwesend, als ob er an einen alten Streit zurückdachte. „Und jetzt, wo ich der Vater mit der schönen Tochter bin, finde ich, dass der Kerl, mit dem sie sich trifft, ein nichtsnutziger Biker ist."

„Darüber werde ich nicht mit Ihnen diskutieren." Ich nickte. „Das habe ich auch schon gedacht."

„Gut." Er starrte mich an. „Joan und Miri sind sich sehr ähnlich, also werde ich ihr aus dem Weg gehen und sie lieben lassen, wen sie will. Aber ich werde Sie beobachten. So wie Joans Vater mich beobachtet hat, werde ich Sie im Auge behalten. Wenn Sie ihr weh tun, wird die Hölle los sein. Ich habe genug gegen Sie und Ihren Club in der Hand, um das hinzubekommen. Es mag vielleicht nicht ethisch sein, aber ich bin nur ein nichtsnutziger Krankenwagenjäger und das, sollten Sie besser nicht vergessen."

Ich lachte. Ich konnte nicht anders – das war nicht das, was ich von Miris Vater erwartet hatte. Irgendwie schien es natürlich, jetzt, wo er seine Predigt losgeworden war. Er mochte ein hochbezahlter Anwalt und mit den höchsten Rängen im Club verbunden sein, aber er war auch ein Vater.

„Ich werde wahrscheinlich genauso empfinden, wenn mein Sohn anfängt, sich zu verabreden." Ich reichte ihm meine Hand. „Ich verspreche, dass ich ihr nicht wehtun werde. Ich werde mich um sie kümmern und sie lieben."

Lieben. Ja, ich liebte sie, aber das war das erste Mal, dass ich es wirklich laut zugab.

Mr. Englestein schien mit dieser Antwort zufrieden zu sein, denn er schüttelte mir die Hand. „Sie ist in ihrer Wohnung und wartet auf Sie. Ihre Mutter ist auch da." Er stand auf und begleitete mich die Treppe hinauf zur Eingangstür. „Pete ist immer noch in der Zelle. Er wird noch achtundvierzig Stunden bis zu seiner Anklageverlesung dort bleiben. Ich habe den Termin ein paar Tage nach hinten gelegt. Er braucht etwas Zeit, um sich abzukühlen. Ich gebe euch Bescheid, falls er auf Kaution freikommt. Ich bezweifle, dass er das wird. Ich habe vor, mit harten Bandagen zu kämpfen. Rufen Sie mich an, wenn Sie zusätzliche Sicherheitskräfte brauchen."

„Danke, Sir." Ich nickte ihm zu. „Ich denke, wir haben das im Griff. Ihr letzter Wachmann war ein leichtes Ziel."

„Ja", erwiderte Mr. Englestein reumütig. „Er wurde gefeuert. Nie wieder heimlich aus dem Fenster steigen, okay?"

„Kein Problem." Ich lachte. „War nett, mit Ihnen zu reden, Mr. Englestein. Ich gehe rüber zu ihrer Wohnung."

Gerald, der mir zum Abschied noch das Du anbot, und ich, trennten uns und ich schwang mich auf mein Motorrad und fuhr in Richtung Süden zu Miris Haus.

Es war schon nach zwei Uhr früh, als ich dort ankam. Ich stellte den Motor ab und versuchte, leise die Treppe zu ihrer Wohnung hinaufzugehen. Sobald ich die Hand hob, um an ihre Tür zu klopfen, öffnete sie sich.

„Sie müssen Devaneaux sein." Der Mann, der dort stand, trug eine schwarze Uniform. Das musste einer von Geralds Leuten sein.

„Ja. Ich bin hier, um Miri zu sehen", entgegnete ich und versuchte, an ihm vorbei in die Wohnung zu schauen.

„Kommen Sie herein." Der Leibwächter trat zur Seite, damit ich eintreten konnte.

„Jean Luc", sagte Miris Mutter, die aus dem Flur kam. „Ich bin so froh, dass du hier bist. Sie hat schon nach dir gefragt."

Joan sah viel unordentlicher aus als das letzte Mal, als ich sie getroffen hatte. Ihr Samtpyjama war zerknittert und ihr Make-up war längst verschwunden. Sobald sie mich in eine Umarmung zog, drückte ich sie fest an mich. Sie fühlte sich mehr wie ein echter Mensch an, jemand, zu dem ich eine Verbindung aufbauen wollte, weil sie zu Miris Familie gehörte.

„Ist sie wach?", fragte ich und löste mich von ihr. „Ich würde sie gerne sehen."

„Ich habe sie gerade erst ins Bett gebracht", sagte Joan, als würde sie über ein Baby sprechen. „Ich denke, wir sollten sie eine Weile schlafen lassen. Und dich auch. Wie lange bist du schon auf den Beinen?"

„Ich weiß es nicht." Ich versuchte, eine Zahl zu finden, aber es waren fast vierundzwanzig Stunden. „Ich will sie einfach nur sehen."

„Nur ein kurzer Blick in ihr Schlafzimmer, okay?" Joan führte mich in den Flur. „Dann gehst du auch ins Bett."

Ich öffnete die Tür zu Miris Raum und sah sie schlafen. Ihr braunes Haar war über das Kissen ausgebreitet und ich konnte ihren gleichmäßigen Atem hören. Die Last, die auf meinen Schultern gelegen hatte, war nun verschwunden. Müde stolperte ich zurück in den Flur.

„Komm." Joan nahm meinen Arm. „Warum schläfst du nicht ein wenig auf der Couch und dann kannst du sie gleich morgen als Erstes sehen?"

Fuck, es war schön, dass Joan sich um mich kümmerte – so wie meine Mutter es zu Hause getan hätte. Miri war in Sicherheit. Die Decke wurde um mich herum gesteckt und ich schlief ein.

Ich wachte auf, als sich eine Tür schloss. Es war Miri; sie war aufgewacht.

„Ma chérie?", flüsterte ich. Es war ihr Schatten, das konnte ich an der Wolke aus Haar erkennen.

„Jean Luc?", sagte sie in die Dunkelheit. „Bist du das?"

„Komm her, *ma chérie*", befahl ich und hob die Decke an. „Komm und schlaf ein bisschen."

Die Couch war eng, aber wir machten es uns bequem. Miris Rücken war an meine Vorderseite gepresst. Ich hatte nicht viel Platz, um mich zu bewegen, also drückte ich meine Lippen auf ihren Scheitel, während ich an ihrem Haar roch – blumiges Shampoo und danach, dass sie mir gehörte. Ich schloss die Augen und schlief erneut ein.

Als ich wieder aufwachte, döste Miri noch. Der Wachmann kochte gerade Kaffee in der Küche. Ich wollte ihn nicht wissen lassen, dass ich wach war. Ich wollte diesen kleinen privaten Moment mit Miri ganz für mich allein haben. Doch dann stöhnte sie und kuschelte sich enger an meinen Hals. Irgendwann hatte sie sich umgedreht und wir lagen uns nun gegenüber.

„Morgen", flüsterte ich, darauf bedacht, nicht zu laut zu sein.

„Ich glaube, es ist Nachmittag", sagte sie und versuchte, sich tiefer unter die Decke zu kuscheln.

„Wie geht es dir?", fragte ich. „Ich weiß, dass gestern hart war. Hat er dir wehgetan?"

„Nein." Sie sah zu mir auf und lächelte. „Ich hatte meinen Ritter in glänzender Rüstung, der mich gerettet hat."

„Eher deinen Ritter in glänzenden Handschellen." Das war meine schlimmste Befürchtung in unserer Beziehung – dass sie zusehen musste, wie ich verhaftet wurde. „Bist du sicher, dass es dir gut geht?"

„Mir geht's gut." Sie küsste meinen Hals.

„Miri, sieh mich an", befahl ich und schob sie ein wenig von mir weg, sodass ich ihre Augen sehen konnte. „Das passiert manchmal." Ich runzelte die Stirn. „Den Bullen ist manchmal egal, dass wir die guten Jungs sind. Ich dachte, du würdest dich viel mehr darüber aufregen."

„Ich habe es auch falsch verstanden." Sie schüttelte den Kopf. „Du bist nicht der, für den ich dich zuerst gehalten habe. Ich kann diesen Polizisten keinen Vorwurf machen."

„Willst du es immer noch mit uns versuchen?", fragte ich. „Selbst nachdem du gesehen hast, wie ich verhaftet wurde? Ich habe immer noch eine Anzeige wegen Körperverletzung am Hals."

Ich hielt den Atem an. Unsere letzten Momente

bei mir zu Hause hatten daraus bestanden, dass wir uns darauf geeinigt hatten, eine Beziehung zu führen. Ich wollte sie nicht unter Druck setzen, aber ich musste ihr die Wahrheit sagen. Zwischen mir und der örtlichen Polizei war es noch nicht vorbei.

„Ja." Sie kicherte ein wenig. „Das ist mir egal. Ich liebe dich und du hast das Richtige getan. Nicht alles im Leben ist schwarz und weiß. Das weiß ich jetzt."

Ich beugte mich zu ihr hinunter und küsste sie auf die Stirn. Sollte ich ihr sagen, dass ich sie liebte? Dass die Fahrt zur Hütte die schrecklichste meines Lebens gewesen war, weil ich gedacht hatte, dass sie tot sein würde, wenn ich dort ankam? Sie schien gut damit klar zu kommen, aber würde mein Geständnis zu viel für sie sein? Ich musste warten, es ihr vielleicht später sagen, sobald ich sicher war, dass sie es verkraften würde.

„*Ma chérie.*" Diesmal küsste ich sie auf die Nase und setzte mich auf. „Ich muss jetzt los. Ich muss Christophe abholen, – er ist noch bei Adam – und dann haben wir ein großes Treffen im Club. Danach gibt es eine Party, daher werde ich versuchen, sie zu schwänzen."

So sehr ich auch hierbleiben und sie einfach nur halten wollte – ich hatte Verpflichtungen. Heute Abend war die letzte Patch-In-Party mit der Horde. Wir hatten unsere Probezeit abgeschlossen und waren nun vollwertige Mitglieder. In jeder anderen Nacht könnte ich es abblasen, aber nicht in dieser. Außerdem war sie in Sicherheit und stand unter dem Schutz der Leibwächter ihres Vaters. Pete war im Gefängnis und würde noch eine Weile dortbleiben. Sie hatte ihre Mutter und ihre Mitbewohnerin als Gesellschaft. Ich konnte es rechtfertigen, so viel ich wollte, aber ich kam mir trotzdem vor wie ein verdammter Arsch. Ich wollte mit ihr zusammen sein.

„Eine Party?", fragte sie und setzte sich zögernd neben mir auf. „Kann ich mitkommen?"

„Du willst zu einer Party im Clubhaus gehen?" Ich fühlte mich, als hätte man mir ein Brett vor den Kopf geschlagen.

„Schhhh", zischte sie. „Charlie, der Leibwächter, wird dich hören."

„Du wurdest gestern entführt und fast vergewaltigt", erinnerte ich sie, wobei ich versuchte, meine Stimme leise zu halten. „Bist du sicher, dass eine Party mit einem Haufen Biker das ist, was du jetzt brauchst?"

„Ich dachte nur, es könnte Spaß machen." Sie verzog das Gesicht und verschränkte die Hände in ihrem Schoß. „Die anderen Jungs werden doch auch da sein, oder? Diejenigen, die dir mit Pete geholfen haben. Ich möchte mich bei ihnen bedanken und du hast gesagt, wir würden es miteinander versuchen und ich dachte, das könnte bedeuten, dass wir zu einer Party im Clubhaus gehen könnten …"

„*Ma chérie* …" Ich strich mit den Fingerspitzen über ihre Wange, bis sie zu mir aufsah. „Ich bin ein

Arschloch. Wenn du auf die Party mitkommen willst, stelle ich dich dem ganzen Club vor. Okay?" Ich sah ihr in die Augen und hoffte, dass sie das auch wollte. „Du kannst dich bei den Jungs bedanken und so lange abhängen, wie du willst. Aber du hast gestern ziemlich viel Scheiße durchgemacht. Sobald du nach Hause gehen willst, können wir das tun. Du brauchst nur zu sagen, wenn es dir zu viel wird."

„Das klingt perfekt. Wir sehen uns heute Abend." Sie grinste. „Gib mir einen Kuss, bevor du gehst."

Ich küsste Miri, bis sich jemand räusperte. Es war der Leibwächter, Charlie.

„Ja, ja", murmelte ich. Ich küsste sie auf die Nasenspitze. „Ich muss los."

Zu diesem Zeitpunkt war das ganze Haus wach. Ich verabschiedete mich von Joan, Charlie, und Miris Mitbewohnerin. Sie winkten mir von der Tür aus zu, als ich wegfuhr.

* * *

Ich sorgte dafür, dass Christophe für eine weitere Pyjamaparty in Adams Haus bleiben konnte und sagte ihnen, es sei ein familiärer Notfall. Der bestand darin, dass ich eine Verabredung zu einer Party hatte. Sobald Miri dazu in der Lage war, wollte ich daheim in meinem eigenen Bett übernachten. Ich wollte aufwachen und mit ihr auf der Couch die Zeitung lesen, während Christophe seine Superhelden-Cartoons anschaute. Vielleicht könnten wir drei mit einer Angelrute zum Bach hinunterwandern. Ich wollte einen Tag des Nichtstuns.

Ich lachte über mich selbst, als ich zum Clubhaus fuhr. Ich war verdammt alt geworden und das gefiel mir. Das Letzte, was ich jetzt tun wollte, war mit Stripperinnen zu feiern und zu trinken, bis ich alles vergessen hatte. Wenn ich die ganze Nacht vorspulen könnte, würde ich erst wieder auf „Play" drücken, sobald Miri und ich nach Hause kamen und uns entspannen konnten.

Die Leute begannen bereits, sich im Clubhaus zu versammeln. Ein paar Mädchen des *Jiggles* waren schon da. Aber noch keine Getränke. Wir würden die Flaschen nach dem Treffen öffnen.

„Hey, Mann." Colt kam herüber und setzte sich neben mich an die Bar. „Ich habe gehört, was passiert ist. Wie geht's Miri?"

„Es geht ihr gut. Sie wird später am Abend hier sein." Ich schüttelte den Kopf. „Ich kann nicht glauben, dass sie sich heute Abend nicht schonen will, aber sie ist fest entschlossen."

„Ich weiß, wie das läuft." Colt lachte. „Manchmal kann man Krista nicht aufhalten. Ich habe gelernt, es gar nicht erst zu versuchen."

Tate ging durch den Raum und verschwand in den Flur. Das war unser Signal, dass es Zeit für die Kapelle war. Sobald alle eingetreten waren und Platz genommen hatten, schlug Tate mit dem Hammer und eröffnete die Versammlung.

„Als erstes", begann er, „möchte ich Skeeter, Rip, Crash und Roach beglückwünschen. Ich glaube, ihr habt den Rekord für die wenigsten Stunden im Knast aufgestellt. Ihr seid nicht einmal über Nacht geblieben."

Alle jubelten. Meistens sahen die Polizisten unsere Kutten und wenn wir wegen irgendetwas verhaftet wurden, bedeutete das oft einen wirklich langen Aufenthalt im Stadtgefängnis. Wir hatten fast den ganzen Tag und Abend dort verbracht, aber dank Miri waren wir noch am selben Tag wieder draußen gewesen.

Tate ging wie üblich unsere Einnahmen durch – unsere Geldwäsche mit dem Casino, unsere Importfahrzeuge mit den Sportwagen und die verschiedenen legalen Geschäfte, die Tate mit Parkplätzen und Abschleppdiensten in Tacoma betrieb.

Alles ging seinen gewohnten Gang.

„Wir werden bald Besuch aus Kalifornien bekommen." Er sah sich im Raum um und wartete auf das Gezeter. Es gab keines. „Ich erwarte, dass ihr alle Freunde und Teil eines Clubs seid. Der Deal mit der Horde ist abgeschlossen und ich erwarte, dass ihr alle wie ein Club handelt. Die Verbindung der Horde zu Englestein Law hat sich als vorteilhaft erwiesen. Außerdem, wie hätte Skeeter sonst eine Frau finden können, die es mit ihm aushält?"

Die Jungs lachten. Rip, der neben mir saß, boxte mir gegen den Arm.

„In Ordnung." Tate schlug erneut auf seinen

Hammer. „Kurze Sitzung heute Abend."

Alle strömten in den Barbereich, bereit zu trinken. Miri war noch nicht da, also ging ich hinten raus. Ich rauchte nicht mehr, doch draußen zu sitzen, und frische Luft zu schnappen, war eine Angewohnheit, die man nur schwer ablegen konnte.

Asia saß dort alleine, eine Zigarette in der Hand. Ich überlegte, ihr aus dem Weg zu gehen, aber dann erinnerte ich mich an unser letztes Gespräch. Sie wollte, dass wir Freunde wurden. Das konnte ich tun.

„Hey", sagte ich. Ich lehnte mich gegen das Geländer an der Seite der Laderampe.

„Oh, hi." Sie lächelte. „Ich habe dich schon lange nicht mehr gesehen. Lust auf eine Zigarette?"

„Nein danke, ich habe vor einer Weile aufgehört." Ich musterte sie. Sie trug Jeans. Es musste das erste Mal sein, dass sie keinen kurzen Rock anhatte. Sie hatte auch weniger Make-up als sonst im Gesicht. Ich kratzte mich am Kopf. Noch etwas war anders, nicht nur die Jeans und der Lippenstift. „Bist du kleiner?"

„Ja." Sie lachte und hob ihr Hosenbein an. Sie trug Turnschuhe. „Ich ändere meinen Beruf. Keine Stripperkleider, Stöckelschuhe und keine sexuellen Gefälligkeiten mehr."

„Wow, das ist toll." Ich klopfte ihr auf die Schulter. Ich freute mich für sie.

„Ich gehe auch in die Reha", fuhr sie fort. Sie drückte ihre Zigarette aus. „Ich bin jetzt clean, aber ich möchte wirklich an einem Programm teilnehmen, um den nüchternen Lebensstil zu festigen."

Das erregte meine Aufmerksamkeit. Asia hatte immer gekokst, wenn wir miteinander ins Geschäft gekommen waren. Ein paar Mal hatte ich versucht, mit ihr darüber zu reden, aber es endete stets in meinem Zimmer.

„Ich bin eigentlich hergekommen, um dich etwas zu fragen", sagte sie und holte tief Luft. „Ich wollte wissen, ob du auf mich warten würdest, bis ich aus der Reha komme."

„Was?" Hatte ich das richtig verstanden? „Was meinst du damit?"

„Ich weiß es nicht." Sie zuckte mit den Achseln. „Ich habe mich nur gefragt, ob du Lust hättest, mal mit mir auszugehen. Du weißt schon, nicht als Freunde, aber auch nicht als Kunden. Du warst immer so nett zu mir, ich dachte, wir könnten es vielleicht mal mit einem Date versuchen."

Sie starrte mich an und wartete auf eine Antwort. Ich wusste nicht, was ich sagen sollte, also sagte ich einfach die Wahrheit.

„Tut mir leid, so habe ich dich noch nie gesehen." Wow, das war beschissen. Ich fuhr mir mit den Fingern durch die Haare. „Du bist ein tolles Mädchen und jeder Kerl wäre froh, dich zu bekommen …"

„Ach, kein Problem. Es war sowieso nur ein Versuch." Sie schnappte sich ihre Handtasche vom Boden und warf sie sich über die Schulter. „Ich werde jetzt gehen. Einen schönen Abend noch."

Ich beobachtete sie beim Weggehen. Es war

nicht ihr üblicher hüftschwingender Gang, mit dem sie Kunden anlockte. Ich war stolz auf sie – sie hatte sich sehr verändert. Es war schwer, clean zu werden. Ich hatte nie etwas mit harten Drogen zu tun gehabt, aber ich hatte die Auswirkungen an Delphie gesehen. Ich war froh, mich von Asia zu verabschieden. Nicht, weil ich mich freute, dass sie aus meinem Leben verschwand, sondern weil sie Hilfe bekam.

„War das Asia?", fragte Clint, der hinter mir auftauchte. Er zündete sich eine Zigarette an. „Ich hätte nicht gedacht, dass du sie heute Abend einlädst."

„Ich habe sie nicht eingeladen." Ich zuckte mit den Achseln. „Sie wollte mehr. Ich habe sie ein paar Mal bei mir schlafen lassen, aber sie war nur ein schneller Fick. Das Befriedigen von einem Juckreiz. Es hat nie etwas bedeutet. Mir war nicht klar, dass es für sie mehr als nur etwas Beiläufiges gewesen ist."

Kapitel 44

Nachdem Jean Luc gegangen war, ging ich wieder ins Bett. Gegen Mittag wachte ich erneut auf und stellte fest, dass ich versprochen hatte, zu der Clubparty zu gehen und keine Ahnung hatte, wann sie begann. Ich rief Krista an und sie schlug vor, dass ich zu ihr kam und wir zusammen hinfuhren. Ich hatte nur eines zum Anziehen – meine schwarze Weste – und kombinierte sie mit einer Jeans.

„Bist du sicher, dass das eine gute Idee ist?", fragte Krista. „Ich finde, du solltest dich zu Hause erholen."

„Du klingst wie Jean Luc und meine Mutter." Ich lachte. „Alle denken, ich sei so zerbrechlich. Pete hat mich angegriffen, aber ich wurde nicht vergewaltigt und ich habe mir nur das Handgelenk verstaucht." Ich hielt meinen kleine elastische Fixierbandage hoch, mit der mich das Krankenhaus nach Hause geschickt hatte. „Ich werde schon nicht verkümmern."

„Oh, Liebes." Krista umarmte mich fest. „Du bist eine Überlebenskünstlerin. Das sind wir alle. Wenn du heute Abend hundert Kurze trinken willst, schenke ich sie dir ein."

Ich entwirrte einige der schwarzen Fransen, die um meine Hüften hingen, und drehte mich um, um mich von hinten zu betrachten. Es war irgendwie noch sexyer als beim ersten Mal, als ich es angehabt hatte. Meine Brüste drückten sich bis unter mein Kinn hoch und zwischen der Weste und dem oberen Ende meiner tief sitzenden Jeans waren mindestens acht Zentimeter Bauch sichtbar.

„Sehe ich gut aus?", fragte ich. „Ich möchte sichergehen, dass ich nicht auffalle."

„Nicht auffallen ist das Letzte, was du tun willst." Krista zwinkerte mir im Spiegel zu. „Ich finde, du solltest da runter gehen und ihn mit deinen Brüsten umhauen."

„In Ordnung." Ich straffte die Schultern. „Ich bin bereit, los geht's."

Der Barbereich im Clubhaus war voll. Dies war meine erste Clubparty und sie war ganz anders als ein Familienabend. Mein Outfit war geradezu konservativ. Krista war in einen winzigen Rock und in ein Bikinioberteil geschlüpft. Ich war froh, dass ich zumindest von der Taille abwärts, vollständig mit einer langen Jeans bekleidet war.

„Komm schon." Sie zog mich dicht an sich heran. „Wir holen dir einen Drink. Das hilft dir, ein bisschen lockerer zu werden."

Wir hielten an der Bar und trafen uns mit Bettes, die anscheinend Getränke für die ganze Meute ausschenkte. „Was darf's sein? Whiskey oder Whiskey on the Rocks?" Sie grinste.

Ich entschied mich für Letzteres. Unter der schwarzen Lederweste wurde mir heiß. Ich lehnte mich über die Bar. „Hast du Skeeter gesehen?", fragte ich.

Bettes nickte, während sie die nächste Runde Shots einschenkte. „Er ist hier irgendwo." Sie sah sich um. „Wenn ich ihn sehe, soll ich ihm dann sagen, dass du hier bist? Oder willst du ihn selbst überraschen?"

„Ich werde ihn überraschen." Ich gab Bettes meine Handynummer. „Schick mir eine SMS, wenn du ihn siehst."

„Alles klar." Sie reichte mir ein Glas. Zwei Eiswürfel und eine ganze Menge Whiskey. Ich trank einen großen Schluck. Ich würde den Mut brauchen.

Nach zwanzig Minuten war ich bereit, meine High Heels abzustreifen und zu sterben. Mein BH war schweißgetränkt und meine Zehen wurden von Kristas Schuhen so eingeklemmt, dass es eine gute Idee zu sein schien, sie abzuschneiden. Ich hatte Jean Luc immer noch nicht gefunden.

Ich ließ mich auf einen freien Barhocker fallen. „Hey, Frau Anwältin." Der Typ, der neben mir saß, drehte sich zu mir. „Hätte nicht erwartet, dich hier zu sehen."

Er kam mir bekannt vor. Dann wurde mir klar, dass er in der Nacht, in der ich aus dem Fenster meines Schlafzimmers geklettert war, im Lieferwagen gesessen hatte.

„Rip." Er reichte mir seine Hand.

„Hi. Schön, dich zu sehen", sagte ich und schüttelte sie. „Hast du zufällig Skeeter gesehen?"

„Ich weiß, dass er hier ist." Er zuckte mit den Achseln und nahm einen Schluck von seinem

Whiskey. „Ich glaube, er ist hinten rausgegangen, um eine Zigarettenpause zu machen."

„Danke." Ich runzelte kurz die Stirn und setzte dann ein Lächeln auf. Es war seltsam, dass Jean Luc nach draußen ging, um Pause zu machen, wenn er nicht rauchte. Ich machte mich auf den Weg in die Küche. Es gab eine Außentür, die zu den Laderampen im hinteren Bereich führte.

Als ich auf die Betonfläche hinaustrat, konnte ich niemanden sehen, aber ich hörte Stimmen. Ich ging auf die Geräusche zu, bis ich erkennen konnte, wer da sprach.

„Ich habe sie nicht eingeladen", sagte Jean Luc zu Clint. „Sie wollte mehr. Ich habe sie ein paar Mal bei mir schlafen lassen, aber sie war nur ein schneller Fick. Das Befriedigen von einem Juckreiz. Es hat nie etwas bedeutet. Mir war nicht klar, dass es für sie mehr als nur etwas Beiläufiges gewesen ist."

Fassungslos erstarrte ich. War es das, was er von mir dachte? Er hatte immer wieder gesagt, er wollte es versuchen und ich hatte angenommen, er meinte damit eine Beziehung. Vielleicht war das seine Art gewesen, sich von mir zu lösen? Ich hatte ihm einfach eine Beziehung aufgedrängt, obwohl er keine wollte.

Ein hoher Heulton, wie von einem sterbenden Tier, entkam meinem Mund.

„Was zum Teufel war das für ein Geräusch?", fragte Jean Luc. Er stand auf, drehte sich um, und unsere Blicke trafen sich. „O nein …"

Ich wartete nicht darauf, seine Entschuldigung zu hören. Ich wollte sein Mitleid nicht. Ich kannte die Wahrheit. Ich knallte gegen die Küchentür und flog im vollen Lauf durch den Barbereich. Die Leute wichen mir aus, während ich Fersengeld gab. Es gab nichts mehr zu tun, als zu meinem Auto zu kommen und das wollte ich so schnell wie möglich tun. Auf halbem Weg zur Tür riss ich Kristas Schuhe von meinen Füßen und trug sie beim Weiterlaufen in den Händen. Der Asphalt schmerzte an meinen Fußsohlen, aber mein Herz schmerzte mehr.

„Miri, warte!"

Das war er. Ich hielt an meinem Auto und suchte in meiner Jeans. Meine Handtasche war irgendwo in Kristas Zimmer, aber ich brauchte nur den Schlüssel, um von hier zu verschwinden.

„Miri, warte!", rief er.

Er rannte immer noch über den Parkplatz. Die ganze Gruppe von Bikern und Frauen strömte in seinem Kielwasser aus dem Haus. Alle wollten die Show sehen.

„Lass uns reden." Er verlangsamte zu einem Joggen. „Du hast das falsch verstanden."

Die Menge, die sich versammelt hatte, hatte das wohl bemerkt.

„Reden?" Ich schleuderte einen Schuh nach ihm. Ich schuldete Krista ein neues Paar. „Du willst reden, verdammt? Rede darüber, dass es dir nichts bedeutet hat."

Die Menge lachte im Hintergrund und er stand

einfach nur da. „Lass uns drinnen reden, okay?“ Er streckte die Hand aus, um mich zu berühren.

Ich riss meinen Arm weg und wich zurück. Ich musste etwas Platz zwischen uns schaffen.

„Lass uns irgendwo anders hingehen“, bat er und warf einen Blick auf unser in Leder gekleidetes Publikum.

„Sollen sie doch zuhören“, stieß ich hervor. Es war mir scheißegal, dass die Jungs jedes unserer Worte hörten. Ich warf den anderen Schuh. Diesmal traf er seine Schulter und klapperte auf den Boden. Jean Luc bewegte sich nicht. Ich musste immer noch die Antwort erfahren. „Habe ich dir jemals etwas bedeutet? War ich nur ein schneller Fick?“

„Verdammt.“ Er starrte nach unten, dann warf er die Hände in die Luft und rief: „Ich liebe dich, Miri, okay?“

Die Menge hinter ihm brüllte und klatschte.

Zu hören, dass er mich liebte, war schlimmer als das, was er vorher gesagt hatte. Das Arschloch wollte mich nur beschwichtigen. Ich hatte keine Schuhe und keine Ideen mehr. Kopfschüttelnd stieg ich in mein Auto und knallte die Tür zu.

Ich kurbelte das Fenster herunter, lehnte mich hinaus und schrie: „Wenn du mich wirklich lieben würdest, würdest du den Leuten nicht erzählen, dass ich nur ein schneller Fick war!“

Meine Hände zitterten, als ich das Lenkrad umklammerte. Ich schämte mich nicht einmal dafür, dass ich den letzten Satz geschrien hatte. Ich musste da unbedingt raus. Es gab nur einen Ausgang aus dem Parkplatz und Jean Luc stand davor. Ich ließ den Motor ein paar Mal aufheulen, um ihm zu zeigen, dass ich es ernst meinte.

Er verankerte seine Füße und verschränkte die Arme. In der Ferne drehten die Jungs durch. Ich konnte alle möglichen Jubelrufe und Pfiffe hören. Das gefiel ihnen offenbar.

Ich ließ die Bremse los und das Auto rollen. Gerade so viel, dass er es kapierte. Tat er aber nicht.

Er hätte es mir sagen können. Wenn er mich nicht liebte, hätte er mir sagen können, was er fühlte. Er hätte mir nicht sagen müssen, dass er eine Beziehung ausprobieren wollte, um dann meine Gefühle auf einer verdammten Bikerparty zu zerstören. Ich nahm den Fuß von der Bremse und drückte aufs Gaspedal.

Ich war zu schnell unterwegs. Ich war nicht mehr auf der Suche nach einem Argument, sondern kurz davor, ihn zu überfahren. Ich war wütend, aber ich wollte ihn nicht umbringen. Ich trat mit beiden Füßen auf die Bremse. Als der Wagen quietschend zum Stehen kam, spürte ich einen dumpfen Schlag.

Kapitel 45

Skeeter

Schmerz schoss durch meinen Fuß. Es war seine Party und ich hatte keine schweren Arbeitsstiefel an, also boten meine Schuhe keinen guten Schutz vor ihrem Mercedes.

Miri saß immer noch im Auto und ich bückte mich, um nach meinem Fuß zu sehen. Ihre Autotür prallte gegen meinen Hintern und wirbelte mich herum. Ich rollte mich auf den Rücken und hörte ihre Tür zuschlagen. Diese ganze Szene war wie aus einer verfickten *The Benny Hill Show*-Folge. Ich stöhnte und schloss einfach die Augen. Die Jungs verteilten wahrscheinlich gerade das verdammte Popcorn und lachten.

„O Gott. Ich wollte dich nicht überfahren." Miri kniete sich neben mich. „Dein Fuß sieht ziemlich übel aus."

Der Schmerz strahlte durch mein Bein nach oben und endete an Stellen, von denen ich nicht wusste, dass ich sie hatte. Sie half mir, mich aufzusetzen.

„Ich habe nicht von dir gesprochen", brachte ich zwischen dem stechenden Pochen in meinem Bein hervor. Ich lehnte mich zurück gegen das Auto. „Ich habe von Asia gesprochen. Der Nutte. Sie geht in die Reha."

„Was?", fragte Miri verwirrt. „Eine Nutte?"

„Ich liebe dich. Ich habe nicht von dir gesprochen." Ich ergriff ihre Hand, die nicht im der Fixierbandage steckte und drückte ihre Finger. „Fuck, das tut weh."

„Ich denke, wir sollten einen Krankenwagen rufen", meinte Rip.

Die Menge war näher gekommen, um die Show zu sehen, und Miris Stimme verklang, als sie sich alle um sie herum drängten. Tate tauchte auf und begann Befehle zu bellen. „Holt den Wagen!"

Rip und Roach halfen mir auf und luden mich in den Laderaum des Transporters. Ich sah mich um, und Miri war weg.

* * *

Der Arzt klemmte das Röntgenbild auf dem beleuchteten Display fest.

„Ihre Zehen sind hier, hier und hier gebrochen." Er kreiste die Stellen mit seinem Stift ein, für den Fall, dass ich die gezackten weißen Knochenstücke, die auf dem Bild erkennbar waren, übersehen hätte. „Wenn jemand über einen Fuß rollt, ist das normalerweise nicht so schlimm. Aber Ihr großer Zeh muss gegen einen Stein oder etwas anderes gestoßen sein. Der Zeh wurde fast ganz abgetrennt. Das war die Ursache für das viele Blut."

Dann hielt er mir eine Rede darüber, was für verdammtes Glück ich doch hatte, dass ich noch alle meine zehn Zehen hätte.

Ich hätte lieber Miri.

„Sobald wir die Fäden gezogen haben, können

Sie nach Hause gehen." Der Arzt machte einige Notizen in seiner Akte. „Ich muss noch ein paar Sachen holen und bin gleich wieder da."

Er ging und ich ließ mich wieder auf das Krankenhausbett fallen. Colt saß in der Ecke und las das *Wall Street Journal*, während Rip mit einer der Krankenschwestern auf dem Flur flirtete.

Roach klopfte an die Tür meines Zimmers und räusperte sich. „Du hast einen Besucher. Soll ich sie reinlassen? Sie hat dich immerhin überfahren."

Ich wollte seine verdammte Anwärter-Kutte packen und ihn schütteln. „Ja, ich will sie sehen." Ich sah Colt an. „Hey, verschwinde mal für eine Weile, okay?"

Er rollte mit den Augen und packte seine Zeitung ein.

Dann war ich ganz allein und wartete auf sie. Und wartete.

Die Tür öffnete sich langsam und ein gelber Blumenstrauß kam zum Vorschein. Schließlich betrat Miri mein Zimmer.

„Hey." Sie hielt die Blumen hin. „Ähm, die sind für dich." Sie legte sie auf den kleinen Rolltisch neben meinem Bett.

„*Ma chérie*, komm, setz dich zu mir aufs Bett." Ich wollte nach ihr greifen, ihre Hand nehmen, irgendetwas. Aber der Blick in ihren Augen sagte mir, dass sie noch mehr zu sagen hatte.

„Danke, dass du mich empfangen hast." Sie schüttelte den Kopf und setzte sich auf einen Stuhl neben meinem Bett. „Es tut mir so leid. Ich kann nicht glauben, dass ich dich gerade mit meinem Auto angefahren habe." Ihre Schultern sanken herab. „Es waren ein paar verrückte Tage für mich. Ich glaube, die Sache mit Pete hat mich mehr erschüttert, als ich zugeben will. Sobald ich dann hörte, wie du über sie gesprochen hast, dachte ich, ich hätte dich falsch eingeschätzt – so wie ich anfangs auch Pete falsch eingeschätzt hatte. Deshalb bitte ich dich um Verzeihung. Dass ich dich überfahren habe, dass ich dir nicht geglaubt habe, dass ich nicht an uns geglaubt habe."

„Ich will mich klar ausdrücken." Ich sah ihr in die Augen. „Ich glaube an uns. Ich habe von einer Frau namens Asia gesprochen. Sie ist eine Prostituierte. Sie geht in die Reha und wollte sich verabschieden."

„O", sagte Miri und setzte sich endlich doch neben mich. Sie ließ den Kopf hängen. „Ich komme mir so dumm vor. Ich hätte fragen sollen, anstatt durchzudrehen. Ich habe einfach Dinge angenommen, weißt du? Ich dachte, ich hätte dich zu etwas gedrängt, das du nicht wolltest und wegen der Sache mit Pete hättest du das Gefühl, du müsstest bei mir bleiben. Ich bin einfach davon ausgegangen, dass es nicht so enden kann, dass wir glücklich sind."

„Ich sage dir, wie es enden wird." Ich legte meinen Arm um sie und drückte sie an mich. „Eines Tages wird es ein Kind mit deinen Locken und meinen Sommersprossen geben. Ich werde nachts schlechte Träume haben und du wirst da sein, um mich aufzuwecken. Du wirst deine eigene Karriere haben und manchmal sauer auf mich sein, weil ich nicht abgewaschen habe. Es wird nicht immer perfekt sein und es könnte der Tag kommen, an dem du mich mit deinem Auto überfährst, aber das hast du bereits getan und ich liebe dich trotzdem."

„Wirklich?", fragte sie und hob ihren Blick zu mir. „Du liebst mich wirklich? Weil ich dich liebe."

Ich beugte den Kopf und küsste sie. Ihre Lippen schmeckten salzig, wahrscheinlich von den Tränen, die sie zuvor vergossen hatte. Sie legte ihre Hand auf meine Wange und zog mich näher zu sich heran.

„Ähem." Ein Mann räusperte sich.

„Was?", fragte ich und löste meine Lippen von Miri. Ich runzelte die Stirn. „Gehen Sie weg."

„Nein." Der Arzt rollte mit den Augen und zog sich einen Stuhl an das Fußende meines Bettes. „Ich muss Visite machen. Sie können ja weitermachen, während ich Ihren Zeh nähe, wenn Sie wollen."

„Nur zu, Doktor." Miri kicherte. Dann beugte sie sich vor und küsste mich.

Ich spürte die Stiche überhaupt nicht.

Epilog

Ich hob mein Sektglas. In meinem winzigen Büro war eine riesige Menschenmenge versammelt, aber das war es wert.

„Ich möchte euch allen dafür danken, dass ihr mir in diesem ersten Jahr geholfen habt, aber ganz besonders Sheena. Ich weiß, dass es ein Risiko war, bei einer großen Firma zu kündigen und hierher zu kommen, um mir beizustehen, aber ich bin so froh, dass du es getan hast. Danke. Und du bist zudem eine meiner besten Freundinnen." Mir kamen die Tränen, als ich meiner Assistentin zuprostete. „Ich möchte mich auch bei meinem Mann bedanken. Danke für all die Unterstützung, selbst in den langen Nächten und an den Wochenenden. Ich liebe dich. Prost, Leute!"

Alle klatschten und nahmen einen Schluck von ihrem Sekt.

„Du hast es geschafft, *ma chérie*", sagte Jean Luc, packte mich um die Taille und küsste mich. Ich wollte, dass dieser Moment ewig anhielt.

Der Rest des Abends war eine riesige Party und verschwommen. Die Leute gratulierten mir zum einjährigen Bestehen meiner Kanzlei. Nachdem ich die meines Vaters verlassen hatte, hatte ich mich selbstständig machen und mir ein eigenes Leben aufbauen können.

„Wie geht es dir, Liebes?" Vivien, eine Freundin

meiner Mutter und die Büroklatschtante aus der Firma meines Vaters, tätschelte meinen Arm. Ich konnte mich nicht erinnern, sie eingeladen zu haben. „In diesem letzten Jahr ist so viel passiert. Hast du Angst, dass er zurückkommen wird?"

Pete. Sie sprach von Pete.

„Er ist im Gefängnis, Vivien." Ich rollte mit den Augen. „Genau da, wo er hingehört."

„Es ist schon komisch, wie das Leben so spielt, nicht wahr?", fragte sie. „Ich hätte nie gedacht, dass du mit dem Biker glücklich wirst, aber hier bist du und lebst glücklich bis ans Ende deiner Tage."

Sie hatte recht. Vor ein paar Jahren wäre der Gedanke, dass ich mit einem Mitglied eines Motorradclubs ausgehen könnte, noch lächerlich gewesen. Aber nach einem Jahr Ehe gab es niemanden, mit dem ich lieber zusammen gewesen wäre.

Als die Party zu Ende ging, fuhren einige Leute zu Colt und Krista, um den Abend fortzusetzen, und die anderen – Anwälte, Richter, Stadträte, die ich kannte, – gingen in eine Bar die Straße hinunter.

Ich saß auf der Couch in meinem Büro, hielt das Glas Champagner in der Hand und kuschelte mit Jean Luc. „Willst du mir etwas sagen?", fragte er.

Ich drehte mich, um zu ihm aufzublicken. Ich blinzelte unschuldig – hoffentlich hatte er meine List noch nicht durchschaut.

„Wovon redest du?", fragte ich.

Er hob eine Augenbraue, nahm mein Sektglas

und trank es aus.

„Das ist ja furchtbar." Er schnitt eine Grimasse. „Der schmeckt flach und ist warm. Du trägst schon den ganzen Abend dasselbe Glas Champagner mit dir herum. Bedeutet es das, was ich denke, dass es bedeutet?"

Er verwickelte mich in einen heftigen Kuss. Nachdem wir ein paar Kissen von der Couch geschleudert hatten, holte er Luft. „Sag mir, dass es das ist, was ich glaube", verlangte er.

Ich nickte. Ich hatte nicht vorgehabt, es ihm so früh zu sagen, aber er hatte es erraten.

„Bist du glücklich?", fragte ich und biss mir auf die Lippe. „Ich war mir nicht sicher, ob du dazu bereit bist. Wir sind noch dabei, uns an das Zusammenleben mit Christophe zu gewöhnen."

„Worte können nicht ausdrücken, wie glücklich ich bin." Er küsste mich auf die Nasenspitze und ließ dann seine Hand an meiner Seite hinunter und über meinen Bauch gleiten. „Ich will es diesmal richtig machen. Ich möchte die ganze Zeit dabei sein. Ich liebe dich."

Autorin

Sarah Hawthorne lebt im pazifischen Nordwesten, wo sie zu viel Kaffee trinkt, viele
Urlaube plant und Liebesromane schreibt. Zu
ihren natürlichen Lebensräumen gehören ihr Gar-
ten und die örtliche Bibliothek. Sarah Hawthorne
hat einen Bachelor-Abschluss von der California
State Polytechnic University of Pomona, Los Angeles, mit Hauptfach Geschichte und dem Nebenfach
Englisch. Außerdem war sie „Golden Heart"-
Finalistin 2016 und "Heart to Heart"-Preisträgerin
2015.

Weitere Teile der Demon Horde MC-Reihe:
Enforcer's Price (Krista & Colt)
Outlaw Ride (Jo & Clint)

www.sarahhawthorne.com/